AF140150

Leah von Cimmeria

Helga und Mae

Episodenroman

Bibliografische Information der Deutschen Nationalbibliothek: Die Deutsche Nationalbibliothek verzeichnet
diese Publikation in der Deutschen Nationalbibliografie;
detaillierte bibliografische Daten sind im Internet unter
http://dnb.dnb.de abrufbar.

Umschlaggestaltung, Herstellung und Verlag:
BoD – Books on Demand, Norderstedt
© 2023 Leah von Cimmeria
ISBN: 978-3-7347-8419-4

Erster Teil: Lebenslust

Inhaltsverzeichnis

David: Beidhändig

Es klingelte und ich öffnete. Vor mir stand, wie eine kurze Musterung ergab, eine atemberaubende Frau. Da sie bestellt war, durfte ich mir erlauben, ihre Beckengegend einer besonderen Qualitätskontrolle zu unterziehen. Ein schwarzer Spankingrock bedeckte nicht mehr als nötig und betonte die üppigen Rundungen, die er umfing, mehr als er sie verbarg. Die kräftigen weißen Beine kontrastierten sehr schön mit dem Nicht-Kleidungsstück darüber und die Netzbluse verriet, dass kein BH die straffen, aber formvollendeten Brüste zu halten versuchte.

„Hallo. Ich bin Mae."

„Hallo, ich bin David. Komm' rein."

Mae sah sich um und fuhr zusammen. „Keine Panik, das ist meine Frau Elisabeth oder Elli."

„Und was …?"

Elli erhob sich. „Nochmals keine Panik. Es mag für dich ungewöhnlich sein, dass eine Ehefrau zuguckt, aber …"

„So ungewöhnlich auch wieder nicht. Allerdings beim Sex und nicht beim …"

„Spanking. Findest du es schlimm, dass ich gern Zeugin bin, wenn eine andere Frau von meinem Mann den Arsch vollgehauen kriegt?"

Mae wirkte nachdenklich, aber nicht schockiert. „Hm, wenn ich's recht überlege, nicht. In dieser Form erlebe ich das allerdings zum ersten Mal." Sie betrachtete ihrerseits Ellis Beckengegend. „Sag' mal …"

„Ich glaube, ich weiß, was dich bewegt. Mein Hintern übertrumpft den Deinen um einiges. Der darf später auch 'ran. Das ist dann Davids Spaß, denn der endet mit einem Fick, während du davon verschont bleiben wirst. Ob du dabei zuschauen möchtest, überlassen wir dir. Bist du mit den Bedingungen einverstanden?"

Tatsächlich bietet Ellis Allerwertester beinahe amerikanische Dimensionen, die sie durch maßgeschneiderte Jeans zusätzlich betont – das Arrangement bewegt sich gerade noch am Rand des Ansehnlichen, wie ich bekenne.

Mae hatte mittlerweile genickt. „Da ist nichts bei, dem ich nicht zustimmen kann."

„Du weißt, dass du geschlagen wirst?" warf ich ein, um jeglichen Missverständnissen vorzubeugen.

„Sicher, dafür bin ich ja bestellt. Ihr kennt – du kennst die Grenzen?"

„Ich bleibe weit diesseits. Ausschließlich flache Hand, etwas anderes würde Elli auch nicht antörnen."

„Okay."

Da zwar Mae zum ersten Mal hier war, Elli und ich hingegen das Verfahren bereits häufig durchgezogen hatten – wenn auch nur virtuell –, war alles vorbereitet. Wir führten Mae in den Fitnessraum, dessen Mitte ein Sprungkasten dominierte, wie er in Schulturnhallen üblich ist. An seine Querseite war ein niedriger Bock geschoben, den ein Kissen krönte. Die Oberseite des Sprungkastens war gepolstert.

„Sehr komfortabel, alle Achtung!"

„Du weißt, wozu das gut ist?"

Mae lachte aus vollem Hals. „Entschuldigt, ich wollte euch nicht auslachen. Ja, das weiß ich, ist meine Antwort." Mae positionierte sich unverzüglich gekonnt und äußerte sich nochmals dankbar darüber, dass ihre Knie auf dem Kissen weich auflagen. Ihr Busen war ein wenig gedrückt, aber nicht so stark, dass es ihr unangenehm sein müsste. Als Prostituierte bot auch sie beachtliche Kurven – Bretter sind selten begehrt, was viele models offenbar bis heute nicht begreifen.

Elli schnalzte bereits mit der Zunge. „Heiß."

Tatsächlich spannte sich Maes Fummel so stramm über ihr appetitliches Hinterteil, dass meine Hand wie von selbst ausholte. Noch beherrschte ich mich jedoch eisern.

„Willst du nicht selbst …?" wandte sich Mae an meine Frau.

Diese zuckte mit den Schultern. „Hab' ich noch nie probiert", bekannte sie. „Vielleicht später, wenn du's zulässt."

Ich stellte mich hinter und gleichzeitig über Mae, denn ich übertunnelte breitbeinig ihre Unterschenkel.

„Nicht seitlich?"

„Mit Absicht nicht, denn du wirst eine Spezialität von mir kennenlernen. Ich kann nämlich beidhändig gleich gut. Du wirst sehen, es wird dir Vergnügen bereiten."

„Das soll's eigentlich nicht, denn ich bin ja geschäftlich hier."

„Ist denn Vergnügen für dich verboten?"

„So direkt nicht, aber ich kann nicht jedes Mal aus mir herausgehen."

„Dann probieren wir's."

Genüsslich knallte ich erst meine rechte Hand auf die dargebotene rechte Backe und dann meine linke auf das entsprechende Gegenstück. „Gut?"

„Hat 'was. Wie soll's weitergehen?"

„Normalerweise gibt's je zwei wechselweise, dann drei auf die Linke und drei auf die Rechte. Dann, zur Krönung, drei Doppelte."

„Ich bin gespannt."

Ich schritt zum Vollzug. Rechts – links – rechts – links; dann rechts – rechts – rechts und links – links – links. Dann die versprochene Krönung: Drei gutsitzende Doppelschläge auf beide Backen gleichzeitig, die auf dem Latex herrlich lautstark widerhallten.

Mae hatte sich verhalten wie ein Profi. Da sie Ihre Oberschenkel gegen die Stirnseite des Sprungkastens gepresst hatte, zuckte sie bei einem Treffer um keinen Millimeter. Arme und Hände, die beidseitig ihres Folterinstruments frei herunterhingen, zeigten keine Anzeichen von Verkrampfung, und ihrem Gesicht waren keine Anzeichen von Qual anzusehen. Sie war diese Behandlung gewohnt.

Nach Abschluss der ersten Runde rutschte ihr eine Freud'sche Fehlleistung heraus, die preisgab, dass sie durchaus spankingaffin war. „Hm-h, kam gut."

„Bist du denn gekommen?" Es war Elli, die das fragte.

„Beinahe. Ich hab's mir aber verkneifen können."

„Warum? Lass' deinen Gefühlen doch freien Lauf."

„Bist du bereit für eine nächste Runde?" fragte wiederum ich Mae.

Diese sah mich verunsichert an. „Wollt ihr, dass ich einen Orgasmus bekomme? Da habt ihr doch gar nichts von?!"

„Glaubst du. Also nächste Runde … Oh."

„Was ist?"

„Du hast ja ein Höschen an."

Mae kicherte. „Hast du gedacht …? Ich bin auf alles vorbereitet. Manche wollen mir halt unbedingt da drauf hauen."

„Und dazu rosa."

Mae kicherte nochmals. „Nach einer Weile gleichen sich Po- und Höschenfarbe aneinander an. Das macht die Kerle total kirre. Manche schaffen es nicht einmal zu warten, bis ich blank bin, sondern wichsen sich vorher einen. Wenn du nach dem Spanking den Stoff in die Spalte schiebst, kannst du's sehen."

„Das hatte ich nicht unbedingt vorgesehen, hört sich aber heiß an. Dieselbe Abfolge wie eben, nur auf dein rosafarbenes Dingelchen?"

„In Ordnung. Keine Hemmungen übrigens, du darfst genauso fest draufhauen wie eben."

Ein bisschen hatten sich Maes Pobacken bereits gefärbt. Es war aber klar, dass es jetzt erst richtig zur Sache gehen würde.

Beim Doppelpack gab sie das erste genussvolle „ouououo" von sich. Elli, die sich vor ihrem Gesicht aufgebaut hatte, nickte mir zufrieden zu. „Sie kommt." Es waren nur ihre Lippen, die für mich sichtbar die Worte formten.

Entgegen meiner ersten Eingebung beschloss ich für die zweite Runde dieselbe Sequenz wie für die erste und schob, wie Mae empfohlen hatte, den Stoff beidseits in die Spalte. „Boah", sagte ich anerkennend, „wirklich eine frappante farbliche Angleichung. Darf ich auf deinen Nackten weitermachen?"

„Gern. Hör' aber bitte erst auf, wenn ich ‚stopp' rufe. Ich hätte es gerade beinahe geschafft."

„Das schmeichelt mir. Du lässt also sämtliche Hemmungen fallen?"

„Lass' ich. Die Wärme ist herrlich und meine Muschi heischt nach mehr."

„Überfordere ich dich nicht?"

„Mit der flachen Hand? Unsinn! Leg' bitte los!"

Auf der bloßen Haut klatschen passend konkav gewölbte Männerpranken anders als auf Latex. Nicht so laut, aber erregender. Ich hielt mich nicht zurück, sah, dass sich Maes Hände zu Fäusten ballten, und beglückte die rosigen Schinken mit wohldosierten Liebkosungen. Plötzlich keuchte Mae „stakkato" und ich hörte ihre stoßweisen Schreie, unterbrochen von rhythmischem Stöhnen, und sah ihre Fäuste gegen den Holzkasten trommeln.

Sie brauchte gar nicht „stopp" zu rufen, denn ich sah selbst, wie sie sich allmählich beruhigte und ihr Atem gleichmäßig wurde. Ich streichelte ihre heißen rückwärtigen Rundungen und knetete sie ganz sanft. Mae schnurrte vor Wonne, sodass meine Frage „gut?" überflüssig war.

„Wunderbar. Darf ich aufstehen?"

„Natürlich, Mae. Warum meinst du nicht?"

Mae hob ihren Oberkörper in die Senkrechte, verharrte aber in kniender Stellung und rieb ihren Po. „Na, du – ihr habt ja bisher nichts von mir gehabt. Nur ich von euch. Da dürfte ich gar kein Geld verlangen."

„Unsinn", erwiderte Elli, „du warst ein traumhafter Anblick.

Das Beste hast du verpasst", wandte sie sich an mich, „nämlich Maes Gesichtsausdruck. So ein seliges Lächeln habe ich noch nie gesehen."

Maes Gesicht wurde beinahe so rot wie ihr Hintern. „Erwischt. Was soll's. Möchtest du an Davids Stelle weitermachen?"

Elli schüttelte den Kopf. „Das macht mich nicht an. Nur wenn mein Mann einen Frauenarsch durchhaut, empfinde ich etwas."

Maes Miene wurde nachdenklich. „Das kann ich nachvollziehen. Ich glaube auch nicht, dass ich einen Orgasmus bekäme, wenn mich eine Frau verprügelt."

„Wie wär's", schlug ich vor, „wenn Mae ihr Outfit ändert?"

„Wie meinst du das?"

„Ein Spankingrock ist gut und schön und sexy, aber für die wichtigste Funktion ist er zu eng."

Mae lächelte. „Einen Tod muss ,man' sterben. Stimmt, ein weiter Rock lässt sich publikumswirksam hochpusten, siehe Marylin Monroe. Was führst du im Schilde?"

„Da du ein schlechtes Gewissen zu haben scheinst, könntest du dich mit einem von Ellis Dingern ausstaffieren – sie werden auf jeden Fall weit genug sein – und dich nochmals auf den Bock legen. Vorausgesetzt, deine Kehrseite verträgt eine Zugabe."

„Ich bin gemietet und noch lange nicht am Ende meiner Kräfte. Außerdem brauche ich Ellis Textil nicht. Ich habe selbst so einen Fummel in meiner Handtasche."

„Was hast du?" Mir war beim Türöffnen aufgefallen, dass Mae eine Handtasche von Seesackdimensionen umgehängt hatte.

„Meinst du, ich laufe in einem Spankingrock und durchsichtiger Bluse in der Stadt herum? Unmittelbar bevor ich bei euch aufkreuzte, das heißt auf eurer Fußmatte zog ich mein geblümtes Kleid über den Kopf und stand da, wie du mich bestellt hattest, David."

Rasch waren Spankingrock, Slip und Netzbluse in der voluminösen Handtasche verschwunden. Das Kleid, nunmehr Maes einzige Hülle, sah harmlos, beinahe züchtig aus, wie es Oberarme und die Oberschenkel halb bedeckte. Sein Gewebe war undurchsichtig und steigerte die sexuelle Spannung ins Unermessliche.

Maes schauspielerische waren ihren nehmerischen Qualitäten ebenbürtig. Sie platzierte ihre Oberschenkel mit einigen einige Zentimetern Abstand von Sprungkasten, und nachdem ich ihr – diesmal konventionell von der Seite – einige auf die bewusste Rundung draufgegeben hatte, ergriff sie mit den Fingerspitzen den Saum und warf das Kleid mit einer dramatischen Geste in die Höhe, sodass dessen Unterteil auf ihrem Rücken liegenblieb und den geröteten Po zur Besichtigung preisgab.

Mitnichten nur zur Besichtigung. Er empfing natürlich einige weitere Schläge. Mit Begeisterung sah Elli, wie sich meine Hand auf der dunklen Unterlage einige Sekunden lang weiß abzeichnete, bis sich die Fingerabdrücke assimilierten. „Boah", rief sie, „wirklich reif."

Wir wiederholten die Prozedur drei Mal. Dann sagten Elli und ich wie aus einem Mund: „So, genug der Haue. Du bist entlassen, liebe Mae."

Die Angesprochene streckte sich und rieb erneut ihren Po. Dass sie dazu ihr Blümchenkleid anhob und uns – oder nur mir? – ihre Rückleuchten in voller Schönheit präsentierte, weckte in mir den Verdacht, dass sie weitere Zuwendungen erhoffte. Sie atmete tief ein und aus und sagte: „Danke."

„Dir tut's doch bestimmt höllisch weh."

„Klar brennt's, David. Es hat aber auch 'was. Mach' dir bitte keine Gedanken." Sie sah uns nacheinander an. „Und nun?"

„Wie meinst du das?"

„Na, ein Fick ist im Preis mit drin."

„Dafür ist Elli da", erklärte ich ein wenig verlegen. „Willst du zugucken?"

„Darf ich?"

„Weißt du 'was, David", sagte meine Frau großzügig, „du hast bestimmt Lust, dich an Maes glühendem Arsch auszutoben. Meinen Segen hast du."

Überrascht sah ich Elli an. Meine Freude war mir wahrscheinlich deutlich anzusehen und ich kokettierte nicht damit, zunächst dankend abzulehnen. „Mae?"

„Klar. Wie willst du's haben?"

Natürlich von hinten, sonst hätte ich die heiße Hautfläche nicht genießen können. Wir platzierten den niedrigen Bock in passendem Abstand an die Längsseite des Sprungkastens, sodass sich Mae mit leicht gespreizten Beinen darauf stellen und sich bequem auf dem Polster des großen Kastens abstützen konnte. Nun befand sich ihr verlockender haarumsäumter Kranz genau in der richtigen Höhe für mich.

Mae hatte zwar von einem Fick gesprochen, aber nach dem dritten war es meine Frau, die mich ausbremste. „Lass' 'was von deinem Saft für mich übrig."

Mae drehte uns amüsiert ihr Gesicht zu. „Schade. Ich beglückwünsche dich zu deinem Mann, Elli. Ich hätte noch ein paar mehr vertragen, aber ich habe natürlich Verständnis für dich.

Bin ich jetzt endgültig entlassen?"

„Bist du. Wenn du noch ein bisschen Zeit hast, laden wir dich zu einem gemütlichen Kaffeeklatsch ein."

„Nochmal klatsch?"

„Nein, nicht so. Ich meine richtig mit Kaffee und Kuchen. Du kannst doch hoffentlich sitzen?"

„Selbstredend. Schinkenklopfen ist mein täglich' Brot."

Ich sah Mae versonnen nach, wie sie zu ihrem Auto stiefelte. „Die war 'was für dich, gib's zu", stichelte meine Frau.

Nun sah ich sie an. „Eine Nutte zu bestellen war deine Idee, Elli."

„Ich merke seit langem, dass du nicht mehr ganz zufrieden mit mir bist. Ich hatte lange gedacht, es wäre mein dicker Hintern und wollte einmal sehen, wie du reagierst, wenn du Feingliedrigeres zwischen die Finger kriegst. Nun hat auch Mae recht üppige Polster. Ist wohl auch für eine praktisch, die sich beruflich ständig den Arsch versohlen lässt. Nichtsdestoweniger: Wo liegt der Unterschied?"

Ich grinste Elli an. „Darin, dass du keine Nutte, sondern meine Ehefrau bist. Die ist etwas Heiliges."

„Red' doch nicht so einen Quatsch, David. Wenn du es so gern machst: Hier!" Mit diesen Worten drehte sie sich halb herum und bot mir ihren Allerwertesten in passendem Winkel. Ich holte aus und knallte ihr einen Kräftigen auf ihre Jeans. Sie lachte und sagte: „Na also. Unsere Ausrüstung im Fitnessraum haben wir hoffentlich nicht vergebens angeschafft. In Zukunft brauchen wir, glaube ich, kein Geld mehr für externe Fachkräfte auszugeben."

Pankraz: Wand an Wand

Wer nach einer längeren Fahrt durch Deutschland endlich Stralsund links liegen und den Rügendamm samt zugehöriger Brücke vor sich hatte, dem stand bis 2007 eine letzte Geduldsprobe bevor. Fand nämlich gerade eine Schiffsdurchfahrt durch den Strelasund statt, war die Klappbrücke gesperrt, die nun zur Fahrbahn senkrecht stand, und innerhalb kürzester Zeit war die Bundesstraße 96, die einzige Zu- und Abfahrt auf die und von der Insel, in beide Richtungen über mehrere Kilometer mit zwangsgeparktem Blech vollgestellt.

Heute führt eine elegant geschwungene Hängebrücke über alle Hindernisse hinweg. Der Blick hinunter ist der einzige Hinweis, dass der Tourist dort seinen Urlaub zu verbringen im Begriff ist, der mir Wasser zu tun hat. Die weitere Fahrt über die Insel geschieht durch wunderschöne Alleen, die allerdings auch tagsüber raten, das Fahrlicht einzuschalten, so dunkel ist es selbst bei Sonnenschein darunter. Die verwunschen wirkenden grünen Tunnel sind dafür mehr als ein Ausgleich. In Westdeutschland beseitigten übereifrige Verkehrsplaner in den 1960er und -70er Jahren alle Bäume an den Straßenrändern, um dem Autofahrer mehr Sicherheit zu bieten – dabei war und ist das sicherste Fahrverhalten, angepasst zu fahren und auf dem Asphalt zu bleiben. In der DDR mangelte es zum Glück an Mitteln für ein derart rigoros-flächendeckendes Vorgehen.

Um nach Göhren im Mönchsgut zu gelangen, ist die komplette Durchquerung der Insel angesagt, was dem unerwartet lang dünkt, der sich nach einem endlosen Autotag eigentlich am Ziel wähnt.

Irgendwann war es soweit: Wir standen in besagtem Ort vor dem Fremdenverkehrsamt. Dort besorgten wir uns die Schlüssel unserer Ferienwohnung, ließen uns den Weg beschreiben und standen alsbald vor der Tür, die für die nächsten 14 Tage unser Domizil vor unerwünschten Eindringlingen abschirmen sollte. Es handelte sich um eine

Doppelhaushälfte, die symmetrisch aussah. Folglich stand zu vermuten, dass die Wohnung nebenan wie unsere geschnitten, aber seitenverkehrt angeordnet war.

„Geht uns nichts an", behauptete ich, „besichtigen wir erstmal unser Reich." „Hoffentlich kriegen wir ruhige Nachbarn, Pankraz." „Notfalls machen wir selber Krach. Bitte keine Unkenrufe, bevor irgendetwas passiert ist, Miranda."

Die Besichtigung fiel zur Zufriedenheit aus. Großes Wohnzimmer mit Terrasse, akzeptables Schlafzimmer, komfortabel eingerichtete Küche und Dusche und WC in offenbar ordentlichem Zustand. Auch eine Waschmaschine war vorhanden.

„Ein quadratisches Bett ohne Fuge", gluckste Miranda, „da krieg' ich die Beine ohne anzuecken genügend weit auseinander." „An was du gleich wieder denkst." „Sag' bloß, das hast du nicht auch gedacht." Ich wurde rot. „Na schön, da hast du mich erwischt. Lass' uns aber zunächst ausladen."

Als ich mich mit meiner Staffelei abmühte, stichelte Miranda: „Falls du die berühmten Kreidefelsen abpinseln willst: Da kam dir vor über 200 Jahren ein ebenso berühmter Maler zuvor, Caspar David Friedrich mit Namen." „Meinst du, das wüsste ich nicht? Immerhin sehen die Klippen heute völlig anders aus als damals." „Völlig zugewuchert – heute, meine ich. Du kannst also Gestrüpp zeichnen wie bei uns zu Hause." „Du wirst dich wundern, was ich so alles aus dem Motiv 'rausholen werde." „Aber heute Abend nicht mehr?!" „Sicher nicht. Gehen wir zunächst essen."

Als wir gesättigt zurückkehrten, stand ein Citroën XM vor der Nachbartür. „Ein Oldtimerfan, wenn ich es recht sehe." „Um das zu kombinieren, muss man nicht Nick Knatterton heißen, mein lieber Pankraz." „Ich hätte den Mund halten sollen. Dann hätte ich gehört, was du zu sagen gehabt hättest, meine liebe Miranda." „Vermutlich nichts, jedenfalls nichts zu dem Auto. Das ist nicht ganz meine Welt."

Die Nachbarn waren offenbar auch zum Abendessen ausgegangen, denn eine ganze Weile hörten wir nichts. Dann eine Tür gehen und gedämpfte Stimmen von einer Frau und einem Mann. „Scheint hellhörig zu sein, das Gemäuer." „Das ist bei Ferienwohnungen oft so." „Wir sollten uns bei Gelegenheit vorstellen. Sie bleiben bestimmt auch eine Woche oder länger, sonst hätten sie keine Ferienwohnung gemietet." „Wir werden's sehen."

Wir schalteten weder Radio noch Fernseher ein, sondern daddelten eine Weile auf unseren Smartphones herum. Das Gemurmel nebenan wirkte eher einschläfernd als störend, sodass wir es bald verdrängt hatten. Da erklang ein Geräusch, das wir aus eigener Praxis gut kannten. Wir ließen unsere Plastikteile sinken und sahen uns an. „Da!" Ein zweites Mal erklang das verräterische Klatschen und ein drittes und ein viertes Mal. Dazu ein Keuchen und ab und zu eine beruhigende männliche Stimme.

Ich grinste Miranda an und urteilte: „Du kannst mir erzählen was du willst, da wird gerade ein nackter Hintern versohlt, und zwar vermutlich ein weiblicher." Miranda grinste zurück. „Da setze ich nicht gegen." Der Klatschrhythmus steigerte sich und das Stöhnen in einem melodiösen Alt auch. Dann wurde beides leiser und verstummte. „Ob sie gekommen ist?" Ich sah Miranda an. „Ziehst du bitte deinen Spankingrock an?" „Das hat dich wohl angemacht? Mit oder ohne Höschen?" „Ohne. Ich möchte etwas probieren" „Und was bitte?" „Morsen." „Wie soll das denn gehen?" „Das wirst du gleich sehen."

Miranda war geübt und stand blitzschnell in ihrem knackengen Textil, das unmittelbar unter dem Schritt endete, vor mir. „Bücken?" „Ein bisschen. Stütz' dich auf deine Oberschenkel ab, das sollte genügen." Miranda gehorchte. „Und jetzt?" „Pass' auf. Ich hau' dir jetzt drei möglichst Lautstarke drauf…" „Ah, verstehe. Du bist auf ein Echo aus?!" „Genau."

Latex ist der beste Schallverstärker, den es gibt. Meine drei Aufpraller waren wahrscheinlich im Freien zu vernehmen. Wir warteten eine Weile. Als wir beinahe resigniert hatten, knallte es zur Antwort drei Mal von nebenan. Wir grinsten beide. „Vier." Die Vier schallten zurück. Auch der folgende

Fünfer wurde korrekt beantwortet. „Jetzt beiß' die Zähne zusammen. Einen, aber einen richtig Festen." „Okay." Er gelang mir gut, denn mir hallte es in den Ohren. Miranda hatte nicht ganz zu verhindern vermocht, „boah" zu rufen und heftig auszuatmen. Ich legte die Hand ans Ohr und nickte zufrieden, als die lautstarke Antwort und das „aua" der Altstimme herüberscholl. „Komm', Zeit für die Vorstellung."

Wir öffneten gleichzeitig unsere Haustüren. Ich stand vor einem asketisch aussehenden Mann, dem ich seinem Äußeren nach keine Spankingorgie zugetraut hätte. „Was macht ihr denn für unanständige Sachen?" fragte ich. „Ist das Ihre oder meine Frage?" „Wir scheinen ja ähnliche Hobbys zu haben." Der Mann grinste. „Kommen Sie 'rein." Ich wandte meinen Kopf in unsere eigene Unterkunft zurück und rief: „Komm', Miranda, wir sind eingeladen." „Wie soll ich …?" „Ich glaube, du kannst bleiben wie du bist. Das schafft Klarheit."

Ein Blick zeigte mir, dass meine Vermutung richtig gewesen war. Die Wohnung war genauso wie unsere geschnitten, nur seitenverkehrt. Im Zimmer stand eine Frau in einem Jeansmini, der kaum mehr verdeckte als Mirandas zweckgebundener Beckenschurz. „Wir sind Miranda und Pankraz", stellte ich uns vor, „und ich glaube, im Urlaub können wie auf das ‚Sie' verzichten." „Wir sind Helga und Berwulf, genannt Wulf. Angenehm."

Wir setzten uns um den Wohnzimmertisch und Wulf zauberte rasch vier Einliterbüchsen eines dänischen Gebräus samt vier Maßkrügen her. „Das ist doch nicht etwa Starkbier?" „Nein, die harmlose Fünfprozentvariante. Sollte zur Auflockerung langen."

Es stellte sich heraus, dass Helga und Wulf bei der Polizei arbeiteten, was mich erstaunte. „Ich dachte, Beamte wären alle superpenibel?" „Sind wir doch auch." „Aber …" „Aber was?" „Naja, eure Beschäftigung …" Wulf lachte. „Warum sollen Beamte keinen Spaß haben dürfen? Ich kann mich zum Glück dahinter verschanzen, dass die ‚Beschäftigung' zunächst auf Helgas Mist gewachsen ist.

Helga, willst du erzählen?" „Moment", schaltete sich Miranda ein, „wir haben zwar noch nicht das Wort in den Mund genommen, aber wir wissen ja alle, worum es geht. Wie wär's zunächst mit einer Pokontrolle?" Ohne eine Antwort abzuwarten, stand sie auf, drückte ihren Bauch gegen den Tisch und hob ihren Rock – was wegen dessen Enge gar nicht so einfach war. „Helga?" Helga tat es ihr nach und wir Gockel prüften fachmännisch die Ergebnisse. „Helgas ist um einiges röter und heißer." „Ich hab' ja eine Runde auf den Nackten Vorsprung", lautete ihre Begründung. Wir lachten.

„Nachdem das geklärt ist, oute ich uns", begann Helga. „Wir sind auf Hochzeitsreise und ihr seht meinen Mann, den Inbegriff von Disziplin und Selbstbeherrschung. Er ist Gerichtsmediziner. Ich selbst bin Kommissarin und natürlich im Dienst hochgeschlossen. Leider verhindert das, dass Männer auf mich fliegen." „Ich habe deine Qualitäten sofort erkannt." „Das aber bestens verheimlicht."

Wulf nahm den Faden an einer anderen Stelle auf. „Wir sahen uns zum ersten Mal bei einem Gerichtstermin, zu dem wir beide als Zeugen geladen waren. Eine tolle Frau, die ein bisschen unsicher wirkte, als sie befragt wurde." „Es war mein erster Gerichtstermin." „War ja auch kein Vorwurf. Ich erkannte damals schon deine Qualitäten, aber …"

„Aber was?" fragte ich in die sich ausbreitende Stille. „Es war so, dass ich keinerlei Erfahrung hatte. Helga, willst du es aus deiner Sicht schildern?" „Wenn du willst. Ich nehme aber kein Blatt vor den Mund.

Ich hatte mich sofort in Wulf und seine brillante Intelligenz verknallt, obwohl er behauptet, dass ich tausend Mal mehr Grips als er hätte. So ein Unsinn …" „Absolut nicht." „Tut mir leid, du hast mir das Wort erteilt.

Egal, er war unglaublich schüchtern." „Wie gesagt hatte ich vorher noch nie 'was mit einer Frau zu tun." „Gut, dass du es gesagt hast. Mir wäre es peinlich gewesen. Weiter im Text. Wie vorgehen? Wir hatten, um einen bestimmten Fall aufzuklären, zu einigen sehr informellen Methoden greifen müssen, um es vorsichtig auszudrücken. Dabei half ich ihm. Als wir zur abschließenden Aktion in meinem Privatauto aufbrachen, hatte ich meinen kürzesten Mini als Waffe ins Spiel gebracht – den, den ihr hier seht und den ich insgeheim meinen Bums-mich-Fummel tituliert hatte –, aber das brachte es zunächst nicht. Obwohl Wulf immer wieder auf meine Oberschenkel schielte. Leider behielt er seine Hand unter Kontrolle." „Sag' bloß, ich hätte dir einfach …?" Wulf schien das erstmals bewusst zu werden. „Sicher. Mutig drangepackt und du hättest ein Lächeln geerntet. Was meinst du, warum ich dir mein Fell so offensichtlich anbot?

Wenigstens kam es zu einer zweiten Besprechung unter uns, zu dem ich das Ding wieder anzog. Ich musste allerdings einen Umweg über eine Kneipe einlegen, um Wulf ein paar Bier einzuflößen. Alkohol enthemmt bekanntlich." „Ich hatte erst alkoholfreies trinken wollen." „Das hatte ich befürchtet; deshalb bestellte ich ein richtiges, bevor du den Mund aufkriegtest.

Für die Kneipe hatte ich Leggins drunter gezogen, denn mir sollten ja nicht alle Typen in den Garten gucken. Da wir einiges aufzuzeichnen hatten, gingen wir schnell auf einen Espresso zu mir auf die Bude." „Wir erledigten auch alles Dienstliche." „Wir sind ja pflichtbewusst.

Danach hieß es sich beeilen, bevor die Trockenblume sich verabschiedete. Ich zog unter dem Vorwand, sie wäre mir zu eng, die Leggins unter dem Jeansmini aus." „Nach allen Regeln der Kunst, kann ich euch sagen. Keine orientalische Bauchtänzerin brächte es fertig, sich lasziver aus ihrer Pelle zu schälen als Helga." „Ich glaube, das war mir gut gelungen. Wenn ihr wollt, führe ich es euch bei Gelegenheit vor. Dann setzte ich mich ihm wenig damenhaft so gegenüber, dass er nicht an meinem Garten vorbeigucken konnte und jede Bewegung seiner Hände unbedingt zu Kontakt mit meinen Schenkeln führen würde." „Sie sind so lang, dass sie als Straßenbarriere einsetzbar sind."

Miranda rutschte auf ihrem Stuhl herum. „Das ist mir aufgefallen, Helga. Stehst du bitte auf?" Helga tat das mit einer gewissen Koketterie und wir alle starrten auf das Naturwunder. „Hast du mal gemessen?" „95 Zentimeter. Stimmt, da kommt kaum jemand vorbei. Das sehe ich an euren sabbernden Mündern, Kerls. Aber, Miranda, du hast ja auch nicht wenig zu bieten." Miranda stellte sich neben ihre neue Bekanntschaft. Beider Fahrgestell kerzengerade, mit runden Knien und wohlgeformt, aber Miranda fehlten dennoch einige Fingerbreit zu Helgas Rekordmaßen. „Ein bisschen spreizen." Bei so willigen Frauen waren wir Männer einem Herzinfarkt nahe. Sie lächelten uns an. „Wollt ihr einen Quickie im Doppel?"

Das ließen wir uns nicht zwei Mal sagen. „Bückt euch bitte über die Kommode und ihr dürft nicht nach hinten schauen." „Hast du hochhackige Schuhe, Helga?" „War...; ach so, wegen der passenden Höhe. Ich brauche sowas nicht."

Bald standen beide Damen in Positur, indem sie uns über in umgedrehter V-Form auf den Boden gestemmten Beinen ihre Gesäße samt ihren einladenden Öffnungen entgegenstreckten. Ich nickte Wulf zu und er nickte ebenfalls. Wie auf Kommando wechselten wir unsere Positionen, stellten uns hinter die ‚falschen' Partnerinnen und legten los. Hm, Helgas Vagina war anders als Mirandas – ein bisschen weiter, aber auch wärmer und feuchter. Vielleicht lag das an der vorher absolvierten Spankingrunde. Auch die Muskelbewegungen waren anders, weniger ‚melkend'. Zufrieden registrierte ich, dass ich mit Mirandas Unterleib ein gutes Los gezogen hatte.

Nichtsdestoweniger war Angebot so appetitlich, dass wir eine ganze Weile durchhielten, bis unsere Stecker erschlafften und aus den dafür vorgesehenen Dosen glitten. Wir schlichen von links nach rechts und von rechts nach links zurück und sagten: „Jetzt dürft ihr gucken."

Und, zufrieden?" Die beiden Frauen nickten. „Die Muschis baden in Wonne. Aber: Glaubt ihr wahrhaftig, wir würden nicht merken, wenn uns fremde Schwänze stechen?" Wulf und ich wurden rot. „Macht euch nichts draus", grinste Helga, „als ihr uns befahlt, nicht zu gucken, war uns klar, was ihr vorhabt. Wir waren ja selbst gespannt und ab und zu fremdes Saatgut einfahren schadet nichts. Unsere Gesichter und Münder sind für andere tabu, aber unsere Büchsen keine Heiligtümer. Übrigens fühlten sich auch die Männerhände, die unsere Hüften festgeschraubt hielten, anders an als gewohnt.

Nun aber weiter in meiner Erzählung." „Richtig. Ich bin geil drauf." Mirandas Ausdrucksweise gehorcht nicht immer den Normen der gehobenen Gesellschaft." „Okay.

Ich war soweit, dass Wulf drei Bier intus und ich meine Oberschenkel unmittelbar vor sein Gesicht gerammt hatte. Endlich, endlich legte er seine Hand darauf. Ich platzierte meine sogleich auf seine und hatte ihn damit sozusagen in der Zange. Jetzt war Beeilung angesagt. Mit meinem Schlangentanz hatte ich mich selbst genügend stimuliert, um feucht zu werden. Der erste Fick musste schnellstmöglich über die Bühne, dann wäre der Bann gebrochen – das war sonnenklar. Zärtlichkeiten und Küsse waren mir in diesem Augenblick egal und auch, ob ich einen Orgasmus bekäme." „Und?" „Du bist ganz schön lüstern, liebe Miranda. Nein, kriegte ich nicht, aber als ich Wulfs Lebenssaft in mich 'reinströmen spürte, war das meine Erfüllung und beinahe genauso gut."

Helga lächelte ihren Mann an. „Das Ziel war erreicht und der Bann gebrochen. Der Abend wurde lang und Küsse, Zärtlichkeiten und Streicheleinheiten gab es bei fortschreitender Begeisterung reichlich. Auch lagen weitere Besuche seines besten Stücks drin und jedes Mal wurde es besser. Zum Schluss schnurrte meine untere Befehlszentrale vor Zufriedenheit, wenn es das ist, was dich interessiert, liebe Miranda."

Wulf nahm den Ball auf. „Helga ist eine fantastische Frau. Ich war wegen der Premiere total nervös. Sie brachte es aber fertig, so geschmeidig zu agieren, dass ich andockte, bevor ich es gewahr wurde. Ich hatte gelesen, dass Frauen Kerzenlicht, sanfte Musik oder sonstige romantische Requisiten brauchen und war erstaunt, dass Helga ohne all' das mir nichts dir nichts zur Sache kam. Sie hat mir dann quasi gestanden, warum es ihr so pressiert hatte."

„Das gilt auch nicht pauschal, Wulf. Es ist schön für eine Frau, romantisch umworben zu werden. Manchmal genügt aber ein Blick, eine Geste oder ein Wort und ich möchte ohne Federlesens genommen werden, fordernd und heftig." Miranda wandte sich an Helga. „Ich schließe daraus, dass du bereits Erfahrung hattest?" „Hatte ich, aber leider keine Traummänner. Ich weiß, dass es riskant sein kann, auf den Märchenprinzen zu warten, denn dann kann geschehen, dass man oder besser gesagt frau ratz-fatz 80 und immer noch unschuldig ist.

Ich ließ mich von Typen beglücken, von denen ich erwartete, dass sie mich kraftvoll bedienen würden. Das war auch meistens der Fall, aber mir fehlte der geistige Tiefgang." „Wurden denn welche gewalttätig?" „Das nicht. Das hätte ich ihnen auch nicht geraten, denn ich bin in so gut wie allen Kampfsportarten ausgebildet. Sie mussten schon warten, bis ich ihnen freie Bahn signalisierte. Dann gestattete ich ihnen, mich zu besteigen und auf mir herumzuturnen. Dabei lernte den einen oder anderen Trick, was mir bei Wulf zugute kam."

Der Gastgeber hatte mittlerweile den zweiten Vierer Literdosen auf den Tisch gestellt und wir schenkten uns bedenkenlos ein. „Morgen sind wir dran", bemerkte ich. „Da sagen wir nicht nein", antwortete Helga. „Morgen sind wir auch mit Erzählen dran", doppelte Miranda nach, „heute ist euer Auftritt.

Wie kamt ihr ans Spanking?" Helga grinste. „Zunächst gar nicht. Ich hätte zufrieden sein müssen. Mit dem Mann meiner Träume liiert, der zunehmend auftaute, mich immer wieder umwarb, obwohl er sich meiner sicher sein durfte, und stets zuvorkommend, niemals schlecht gelaunt und ein echtes Vorbild war. Auch mit Zärtlichkeiten und Sex lief es bestens.

Aber etwas fehlte." „Und du wusstest nicht, was?" „Richtig, Miranda.

Es kam der Tag, an dem ich etwas sehr Törichtes sagte. Sinngemäß, dass Männer Dummblondchen bevorzugen. Wulf war wirklich sauer. Es gelang mir, die Sache geradezubiegen, und er sah mir meine beleidigenden Worte nach. Allerdings ließ er sich dazu hinreißen, mir als Sühne einen kräftigen Klaps auf den Hintern zu versprechen." „Das war gar nicht so ernst gemeint", warf Wulf ein. „Das hatte ich gemerkt. Deshalb galt es unverzüglich den Klaps einzufordern, bevor du zur Tagesordnung übergehst." „Und weiter?" Mirandas Wangen hatten sich gerötet, so begeisterte sie diese Geschichte.

„Meine Befürchtung, es käme eine bessere Liebkosung heraus, bewahrheitete sich zum Glück nicht. Wulf knallte mir feste einen drauf und ich spürte wohliges Ziepen. So wohlig, dass ich ihn am liebsten angebettelt hätte, mir an Ort und Stelle ausgiebig den Arsch vollzuhauen. Ich war mir aber nicht sicher, ob unsere relativ frische Beziehung dafür bereits strapazierfähig genug war." „Und ich war erschrocken über mein atavistisches Ungestüm." „Das war mir bewusst. Deshalb schmachtete ich sofort ‚danke' und lächelte dich an." „Die Andeutung war nicht zu misszuverstehen", lachte Wulf. Helga lachte ebenfalls. „Klar. Ab diesem versehentlichen Ungestüm streckte ich dir immer wieder meinen Po entgegen, sodass du nicht drum herum kamst, ihn zu beglücken." „Und zum Überfluss bedanktest du dich jedes Mal." „Ich war am Verzweifeln. Irgendwann muss ihm doch ein Licht aufgehen, kochte es in mir." „Und?" forderte Miranda weitere Aufklärung.

„Dann wurde es mir zu bunt und ich nahm meinen ganzen Mut zusammen. Wulf saß in der Mitte der Couch und daddelte auf seinem Smartphone herum. Ich legte mich einfach bäuchlings über ihn, mein Becken genau über seinem Schoß. Mein Polster wölbte sich einladend – das hoffte ich wenigstens – unter seiner Nase und jegliche Flucht war ihm verwehrt."

„Das Bemerkenswerte war, dass in dieser Situation lediglich drei Worte fielen. Ein paar Mal patschte meine Hand unsicher auf ihre Jeans, bis sie entschlossen „fester, richtig feste" zischte. Plötzlich begriff ich, dass diese Frau allen Ernstes eine schmerzhafte Tracht Prügel ersehnte, was für mich vorher undenkbar gewesen war." „Und?" Miranda sah aus, als wäre sie heiß wie eine rollige Katze. „Na, dann ging es los. Ich briet Helga bestimmt hundert drüber und fragte mich, wann sie genug hätte. Irgendwann wünschte ich allerdings, dass das nicht so bald der Fall sein würde, denn mich begann die Beschäftigung zu erregen."

Helga gluckste. „Ich hätte den armen Kerl besser vorbereiten sollen. Irgendwann hatte die Spannung seines fünften Glieds ein solches Maß erreicht, dass es sich entlud." „Alles in die Hose", beklagte sich Wulf. „Hattest du auch einen Abgang, Helga?" Miranda ist nicht aufzuhalten, wenn sie etwas begeistert. Obwohl mir ihr Verhalten peinlich war, schritt ich nicht ein, denn ich kannte sie gut genug, um zu wissen, dass das sinnlos wäre.

„Ja. Zum Glück befiel Wulf die Idee, auch seine linke Hand zu beschäftigen. Ich hatte ein weites T-Shirt übergeworfen, unter das zu langen ein Leichtes für ihn war. Ich stützte mich nämlich auf die Ellenbogen ab, damit meine Brüste synchron mit den Schlägen wackelten, und er drückte und knetete sie. Das stimulierte mich zusätzlich zum hinteren Feuer, sodass es nach vorn strömte und meine Lustgrotte in Wallung brachte."

„Plötzlich stöhnte sie und zappelte wild mit den Unterschenkeln", spann Wulf den Faden fort. „Sie rief ‚weiter, Stakkato', sodass mir schwante, was in ihr vorging. Als ihr Keuchen nachließ, wurde auch ich langsamer, bis ich zum Schluss ihren Po zärtlich tätschelte und massierte. Da sagte sie ‚danke' und erhob sich." „Deine Hose war ja auch durchtränkt?!" „Miranda, benimm dich doch wenigstens ein bisschen!" „Lass' mich doch, Pankraz!" Wulf kicherte in Erinnerung der entstandenen Schweinerei. „Wir mussten sogar den Couchbezug säubern. War aber egal, denn jetzt war klar, worum es ging. Nach der Züchtigung rieb Helga versonnen ihre Apfelsinenbäckchen und lächelte selig. Das empfand ich als so herrlich erregend, dass es schnell zu frischer Kraft meines besten Freundes führte.

Wenn sie mit ihrem Bums-mich-Fummel oder ihren Hau-mich-Jeans vor mich tritt, weiß ich seitdem, dass ich meine südlichen Gefilde entblößen und ein Handtuch unterlegen sollte." „Was für Jeans?" „Das sind die, bei denen Helga in der Beckengegend an Stoff gespart hat und die ihre hinteren Rundungen faltenfrei einzwängen wie die bewusste des gerade geschilderten Spanking-Einstands. Es gibt sie auch in kurzer Version." „Und wann ist was fällig?" Helga lachte Miranda an. „Du bist wirklich noch lüsterner als ich. Ob ich auf den Nackten oder den Leinenstoff bedient werden möchte. Unter den Rock hier …" damit schob sie den Saum im Sitzen etwas höher, obwohl das unmöglich schien „… ziehe ich nichts drunter, damit keine Zeit verloren geht und ‚danach' mein Haarkranz Wulfs Spritze sofort zur Verfügung steht. Bei den Jeans läuft's ab und zu auch ‚ohne'. Da geht's mir um das Kribbeln und die Wärme. Dass sie zu einem Hinlangen für unterwegs taugen, wenn keiner zuguckt, brauche ich nicht extra zu erwähnen."

Entspannt schauten wir uns an. Die je zwei Liter Hopfenblütentee hatten ihre Wirkung getan und wir machten Anstalten, uns zu verabschieden. „Du lieber Himmel, ist es spät geworden", war die allgemeine Ansicht. „Was habt ihr morgen vor?" „Die größte Sehenswürdigkeit Rügens als Erste", schlug ich vor. „Die Kreidefelsen?" „Ja. Pankraz gedenkt es Caspar David Friedrich gleichzutun und möchte ein ähnlich berühmtes Gemälde erschaffen", klärte Miranda unsere Nachbarn auf. „Noch weiß ich nicht, wohin ich meine Staffelei mitschleppe", knurrte ich.

„Moment mal …" Wulf starrte mich mit großen Augen an. „Mir ist ein Maler namens Pankraz Wanderwecken bekannt. Der ist ziemlich prominent. Bist du …?" „Bin ich. Was nicht heißt, dass ich jemand Besonderes wäre. Sollen wir uns morgen gemeinsam zum Königsstuhl aufmachen?" „Gern. Vielleicht malst du wirklich etwas Epochales. Du bist nämlich keinen Deut schlechter als der erwähnte alte Meister." Ich spürte, wie ich rot wurde. „Danke. Dein Kompliment ist beinahe eine Verpflichtung für mich." „Bitte keinen Stress. Frühstück jedenfalls morgen nicht vor Neun bei uns. Für das leibliche Wohl sorgen wir." „Und morgen Abend sind wir mit Erzählen dran." „Nichts lieber als das. Es wird bestimmt spannend. Gute Nacht." „Gute Nacht."

Mae: Blindekuh

Zum zweiten Mal stand ich vor der Tür des Ehepaars Möller. Ich hätte nicht gedacht, dass ich nochmals hierher bestellt werden würde, und ahnte, dass das wenig erbauliche Gründe haben dürfte – für Elli und David, nicht für mich.

Diesmal hatte ich mich in normale Straßenkleidung geworfen, denn ich wusste von meinem ersten Besuch, dass David mehr auf weiten, luftigen Röcken als auf knackengen Handtüchern steht. Ich freute mich auf das Mandat, denn obwohl David mir beim letzten Mal ganz schön eingeheizt hatte, hatte mir das Einheizen – wie ich zu meiner Berufs-unehre gestehen musste – nichts weniger als großen Spaß bereitet. Ich wusste außerdem, dass ich lediglich die flache Hand zu spüren bekommen würde, und davon vertrug meine rückwärtige Polsterung einen ganz schönen Stiefel.

Zu meiner Überraschung öffnete Elli mir. „Hallo Mae", begrüßte sie mich, „sei willkommen."

Ich trat ein und sah mich verwirrt um. „Wo ist David?"

„Noch einkaufen. Er wird bald kommen, aber vorher wollte ich mit dir ein Gespräch von Frau zu Frau führen." Mir schwante, dass meine Anwesenheit heute weniger die einer Nutte als die einer Seelsorgerin werden würde.

Bald saßen wir Frauen gemütlich bei Kaffee und Kuchen und Elli vertraute mir ihre Sorgen an. „Ich habe dich bestellt, nicht David, auch wenn's dich wundert."

„Du scheinst sehr wenig eifersüchtig zu sein. Oder denkst du, eine Nutte zählt nicht?"

„Um Himmels Willen, betrachte dich von mir als genauso geachtet wie jeder Mensch auf Erden. Nein, der Grund für meine Anforderung ist ein anderer und der mag beschämend sein, obwohl ich nicht so genau weiß für wen.

Tatsache ist, dass David, mein Mann, bei mir keinen hochkriegt. Ich hatte ja gesehen, dass er keineswegs impotent ist, denn dich hat er ja mühelos drei Mal satt vollgespritzt.

Meine Bitte an dich ist, mir herausfinden zu helfen, woran das liegt. Erschrick bitte nicht ob dieser Aufgabe, die dir zunächst als nicht bewältigbar vorkommen mag, aber ich habe vor, uns ebenbürtig anzubieten. Da David auf Spanking steht, denke ich, dass es auch diesmal um rote und heiße Ärsche geht."

Ich nickte. „Ich werde sehen, was ich tun kann. Ich hatte gedacht, ihr spielt in eurem Fitnessraum genauso miteinander wie es David mit mir tat."

„Dazu haben wir uns die ganze Einrichtung zugelegt. Leider ist es so, dass David nicht einmal richtig kräftig zuhaut, wenn es um den Meinen geht, während er bei dir keinerlei Hemmungen zeigte. Er sagte mir wahrhaftig einmal, dass eine Ehefrau etwas Heiliges sei."

Obwohl ich das nicht gewollt hatte, platzte ich laut heraus. „Die Ehefrau, die Heilige. Dann ist die Analyse beinahe abgeschlossen. An einer Nutte oder sonst einem beliebigen weiblichen Wesen ist austoben statthaft, aber bei der eigenen nicht. Seltsame Auffassung, aber vielleicht ist er da nicht der einzige. Von frigiden englischen ladies und ihren Gatten sind solche Geschichten bekannt. Deshalb muss da das Kindermädchen oder die Haushälterin 'ran. Aus Japan kenne ich ähnliche Ansichten. Da sind es die Geishas, die der Mann sich hält. Die Frau Gemahlin kriegt in ihrem Leben zwei Spritzer ab, damit der Nachwuchs heranreift, und das war's. Ich bin mir nicht sicher, ob die Damen das gar nicht anders wollen. Bei dir scheint es hingegen klar zu sein, dass du gern beglückt werden möchtest."

Von der Haustür erklang ein Geräusch. David trat taschenbepackt herein und sah mich. „Oh!"

„Hallo", sagte ich so ungezwungen wie mir möglich war, „kennst du mich noch?"

„Klar! aber was …?"

„Erklär' ich dir gleich", wiegelte Elli ab und nahm ihm ein Gepäckstück ab, während ich mich des zweiten annahm. „Bringen wir erstmal alles im Kühlschrank unter."

Während wir Frauen in der Küche hantierten, als wären wir seit Jahren eingespielte Zusammenarbeit gewohnt, verkrümelte sich David ins Wohnzimmer, froh, der weiteren Haushaltsunterstützung entronnen zu sein. Ich raunte Elli zu: „Ich hab' eine Idee."

„Und welche?"

„Die kann ich dir hier auf die Schnelle nicht erklären. Vertrau' auf mich und tu', was ich dir sage."

Der Kaffeetisch, an dem wir nunmehr zu Dritt saßen und uns Ellis Kuchen munden ließen – für uns Frauen die jeweils zweiten Stücke –, hätte niemanden darauf schließen lassen, dass eine der beteiligten Personen eine bestellte Prostituierte war. Nachdem Teller und Tassen leer waren, besann sich David des merkwürdigen Arrangements. „So, ihr Lieben. Jetzt erklärt mir bitte den Sinn eures Komplotts."

„Das ist doch kein Komplott", gab sich Elli in gekünstelter Empörung, „ich wollte dir nur wieder einmal einen vergnüglichen Nachmittag gönnen."

„Und dir nicht?"

Elli grinste und schürzte fordernd ihre Lippen. „Warum nicht?"

„Wollen wir nicht langsam zur Tat schreiten?" fragte ich.

„Wenn du dich danach sehnst, dein Hinterteil leuchten zu sehen."

Ich zuckte mit den Schultern. „Ist mein Beruf."

Im Fitnessraum hatte sich nichts geändert. „Ich schlage dir eine neue Variante vor, David."

„Und welche, Mae?"

„Blindekuh. Du kriegst die Augen verbunden und sollst meine Backen natürlich genauso satt treffen wie das letzte Mal. Traust du dir das zu?"

Davids Ehrgeiz war geweckt. „Natürlich. Wenn wir uns genauso postieren, muss ja dasselbe herauskommen."

„Ich denke, du machst's gleich auf den Nackten und auch dich selbst von vornherein unten herum frei. Sobald dir danach ist, stößt du zu."

Auch diese Variante nahm David anstandslos an. Elli runzelte die Stirn. Was um alles in der Welt …? Ich lächelte ihr aufmunternd zu.

Ich positionierte mich wie gewohnt auf dem Bock und schob mein Kleid lasziv über die Hüfte. Dabei durfte David noch zuschauen. Unmittelbar darauf knotete Elli ihm ein Tuch vor die Augen und platzierte seine Hand auf meiner passenden Backe. „Alles im Griff?"

„Alles im Griff."

„Los!"

„Moment!", warf ich ein. „Wie gehabt, das heißt vier wechselweise, dann drei am Stück auf die eine und drei auf die andere Seite und zum Schluss beidhändig. Danach bitte ein paar Sekunden Pause, bis ich ‚weiter' sage, und dann nochmals, sooft du willst. Einverstanden?"

„Einverstanden!"

„Dann los!"

Ich ließ die erste Salve ohne Reaktion über mich ergehen, versuchte aber mit der Hand Elli anzudeuten, dass auch sie sich unten herum entblößen sollte. Sie verstand. Nach der zweiten Runde sprang ich katzenartig vom Sprungkasten und bedeutete Elli, meine Stelle einzunehmen. Sie hatte nicht die Übung ihres professionellen Vorbilds – meine – und brauchte einige Sekunden, um eine stabile Lage einzunehmen, aber nach ein paar Sekunden war das geschafft und ich sagte aus Ellis Kopfhöhe in die abgewandte Richtung „weiter!" Dann drehte ich mich um und sah mit einem gewissen sadistischen Vergnügen zu, wie einmal ein anderer Schinken als meiner malträtiert wurde. Gerade noch rechtzeitig nahm ich wahr, dass Elli ob der ungewohnten Schmerzen kurz davor stand, wehleidig zu klagen oder sogar zu schreien. Sofort presste ich ihr die Hand vor den

Mund und begann die Schläge zu kommentieren. „Super, der saß! Boah, fester! Ja, jetzt; gleich ist's soweit."

Nach einer Weile hatte sich Elli an die Tortur gewöhnt, obwohl Schweißperlen auf ihrem Gesicht den Stress widerspiegelten, dem sie sich ausgesetzt fühlte. Ich entfernte meine Hand und begann rhythmisch zu stöhnen. „Jaa! Jaaa!! Du bist der Größte!"

Obwohl es mit unverminderter Stärke auf Ellis Po einprasselte, musste diese unwillkürlich angesichts meines perfekt vorgetragenen Hörspiels grinsen. Ich war unterdessen zum Bitten übergegangen. „Ist er nicht langsam steif?"

„Und wie!" keuchte David. Jetzt war es an mir zu grinsen, denn für mich war das ja überdeutlich zu sehen.

„Willst du nicht …?"

Das ließ sich David nicht zweimal sagen. Er umfasste meine vermeintliche Hüfte und begann heftig die ihm dargebotene Scheide zu penetrieren. Seine sexuelle Lust hatte sich dermaßen gesteigert, dass er den Unterschied zum letzten Auftritt nicht bemerkte. Ellis Gesicht zeigte nunmehr ebenfalls unübersehbare Lustgefühle. Ich wandte mich ihr zu, legte den Zeigefinger auf die Lippen und übernahm ihr Stöhnen.

Diesmal verdarb keine Ehefrau das Spiel mit dem Ausruf „lass' 'was von deinem Saft für mich übrig." David rackerte sich ab und schnaufte und kämpfte und hechelte. Endlich ließ er mit dem Seufzer „ich kann nicht mehr!" von den weiblichen Fleischröllchen ab.

„Jetzt darfst du dir die Binde abnehmen", forderte ich meinen Kunden amüsiert auf.

Als David sah, an wessen Hinterteil er seine Lenden gedrückt hatte, errötete er. „Elli! Entschuldige, ich …"

Elli erhob sich und sah ihn beinahe zornig an. „Na hör' mal, was entschuldigst du dich?! Ich bin deine Ehefrau und habe genauso Anrecht darauf, hin und wieder beglückt zu werden wie eine bestellte Nutte …" Sie unterbrach sich und warf einen verlegenen Seitenblick auf mich. „Entschuldige, Mae, das war mir so herausgerutscht."

„Macht nichts, Elli. Nun zu dir, David. Du hast gehört, was Elli gesagt hat. Dieselbe Ermahnung hörst du dir nun bitte von mir an. Und, sag' ehrlich: Was es so schlimm?"

„N…, nein."

„Na also. Gib's zu: Du hast den Unterschied nicht gemerkt, nicht einmal, dass deine Klopfunterlage zu Beginn der dritten Runde plötzlich wieder kalt war."

„Hm, ja, einen klitzekleinen Verzögerungsmoment gab es, aber …"

„Eine gute Ausrede ist 'was wert. Aber Männer, einmal in Ekstase, nehmen alles wie's kommt, kalte und heiße Ärsche verschiedener Wölbungen und Polsterstärken und feuchte Öffnungen jeglicher Kapazität. Stimmt's?"

David hatte sich mittlerweile gefangen und sagte: „Ganz schöne Unterstellungen, meine liebe Mae."

„Aber berechtigt. Ich habe sorgfältig registriert, dass du mir nicht widersprochen hast."

„Du hast mich überrumpelt. Wie zu Beginn vermutet, habt ihr doch ein Komplott geschmiedet."

„Wenn du's so nennen willst. Zu deiner Information: Es ist auf meinem Mist gewachsen. Immerhin war's eins zu deinem Besten."

„Naja, meinem Kleinen schien's egal zu sein."

Elli, die ihre geschundenen Rundungen streichelte und knetete, bestätigte: „Den Eindruck hatte ich auch. Er war ja gar nicht zu bändigen."

In das folgende lastende Schweigen hinein fragte ich provokativ: „Willst du das nicht übernehmen, David?"

„Was, Mae?"

„Na, dich Ellis Po widmen. Er hat wahrlich Streicheleinheiten verdient. Übrigens, falls du glaubst, ich hätte für mein Geld zu wenig getan: Wie erwähnt gingen die ersten beiden

Runden an mich." Mit diesen Worten hob ich mein Kleid hinten bis zur Höhe der Taille hoch und präsentierte David meine rosigen rückwärtigen Rundungen. „Es prickelt angenehm, um deiner Frage zuvorzukommen. Zufrieden?"

Elli fiel es nach einer ausgiebigen Spankingprozedur nicht so leicht wie mir, sich auf einem Küchenstuhl niederzulassen. Sie verzog das Gesicht, sog pfeifend Luft durch die Zähne und schaffte es schließlich. Während David diesmal das Kaffeekochen übernahm, sagte sie zu mir: „Ich danke dir, Mae. Die, die aus dem heutigen Besuch keinen Nutzen zieht, bist ja du."

„Inwiefern?"

„Na, wenn es David jetzt mit mir treibt, bist du – zumindest bei uns – arbeitslos."

Ich lächelte. „Ich habe mehr Kunden als mir lieb ist, denn mein Hinterteil scheint zum Draufhauen sehr zu verlocken. Was euch betrifft: Abwechslung macht das Leben süß. Es gibt viele weitere Varianten. So könntest du mich, Elli, das nächste Mal spanken, während sich David einen wichst."

„Oder anders herum."

„Oder anders herum, David, kein Problem. Ihr glaubt nicht, was ich schon alles erlebt habe."

„Spielst du auch die Rolle der Domina, ich meine, haust du den Männern …?

„Nein. Dazu habe ich entsprechend geübte Kolleginnen. Auch so herum: Ihr glaubt nicht, wie viele hochdotierte Herren gern einmal den Sklaven spielen, der gefehlt hat und sich einer Züchtigung zu unterziehen hat."

Als ich das Haus verließ, war der nächste Besuchstermin in trockenen Tüchern.

Helga: Kreidefelsen

Wir hatten für so reichlich Nahrung gesorgt, dass sie auch noch für das morgige Frühstück reichen würde. Ohne dass wir diskutiert oder abgestimmt hatten, waren wir uns seit dem Vorabend einig, dass Rügens bekannteste Sehenswürdigkeit, die Kreidefelsen, den ersten Tag unseres Urlaubs ausfüllen würde.

Pankraz umrundete bewundernd unseren Citroën XM. „Ich habe mit dem Baujahr 1990 genau die richtige Nische erwischt", erklärte Wulf ihm, „den Sechszylinder mit drei Litern Hubraum und 167 PS hätte ich als rauen Vierventiler mit 33 PS mehr nicht haben wollen. Im Grunde ist auch der Europa-V6 alles andere als ein Leisetreter, da er mit 90° statt 60° einen ungünstigen Zylinderwinkel aufweist. Das liegt daran, dass es ursprünglich ein V8 hätte werden sollen, aber im Zuge der ersten Ölkrise 1973 abgespeckt wurde.

Wie dem auch sei, ich bin zufrieden. Wenn ich bedenke, dass heute im Verbrennungsmotorbereich nur noch Vierventiler mit mindestens zwei Turboladern und winzigen Hubräumen angeboten werden, damit die Abgasvorgaben erreicht werden, ist klar, dass unser nächster ein Stromer sein wird, denn mit deren einfacher Bauweise mit maximalem Drehmoment beziehungsweise maximaler Kraft bei Antritt kann ein Otto- oder Dieselmotor nicht mithalten."

„Aufladbare Lithium-Ionen-Akkus oder Brennstoffzelle?"

„Auf jeden Fall Brennstoffzelle. Ein Lithium-Ionen-Akku ist nicht nur Sondermüll, sondern Gefahrgut, überaus schwer und die Gefahr des Abfackelns oder gar einer Explosion ist reell gegeben. Unsere Filmemacher lassen zwar herkömmliche Pkws mit besonderem Vergnügen in Feuerbälle aufgehen, aber das ist völlig unrealistisch."

„Bei Wasserstoffautos nicht? Wasserstoff ist doch hochexplosiv."

„Bei denen geschieht eine Oberflächenverpuffung wie bei Benzindämpfen auch, während Autogas zu einer enormen Druckwelle führt. Das ist tatsächlich kritisch."

Pankraz setzte sich auf den Beifahrersitz. „Extrem komfortabel wie bei Franzosen üblich." „Solange er fährt, ohne mich finanziell aufzufressen, behalte ich ihn. Er läuft ja unter historisch, wie du am Kennzeichen siehst, und kostet deshalb auch keine übermäßigen Steuern."

Obwohl der Autobauer Citroën nie besonderen Wert auf geräumige Kofferräume gelegt hat, passte Pankraz' zusammengelegte Staffelei hinein. „Jetzt ist Caspar David Friedrichs dran?" stichelte ich. „Wie gesagt weiß ich noch nicht, was ich draus mache. Vielleicht etwas Surreales. Keinesfalls streng gegenständlich."

Zwischen den Prorer Wiek und die Straße quetscht sich eine Bahnstrecke. „Sieht völlig normal aus", maulte ich, „ich dachte, auf Rügen gondele eine schnucklige Schmalspurbahn im 30km/h-Tempo herum." „Der ‚rasende Roland'", lachte Pankraz. „Der fährt sogar ab Göhren, wo wir wohnen. Allerdings weiter im Inselinneren, sozusagen hinter den Badeorten Baabe und Sellin vorbei und dann am Jagdschloss, Serams und Posewald vorbei nach Putbus. Dort war früher Schluss. Seit einigen Jahren führt ein Dreischienengleis einen Kilometer weiter nach Lauterbach Mole."

„Dreischienengleis?"

„Naja, ihn können sowohl Schmal- als auch Normalspurzüge benutzen und das tun sie auf diesem Abschnitt auch wechselweise."

„Was für Spuren?"

„Das System Eisenbahn ist darauf angewiesen, dass die lichte Weite zwischen den Schienen immer gleich bleibt. Erstaunlicherweise konnte der größte Teil der Erde Einigkeit erzielen, dass der Abstand im Normalfall 1.435 Millimeter beträgt – daher die Bezeichnung Normalspur. Lokal wurden aus Kostengründen häufig Strecken in schmalerer Spur gebaut wie die Rügener Kleinbahn. Neben Kies- und

Torf-, aber auch provisorischen Heeresfeldbahnen, die bis 60 Zentimeter abspeckten, gelten 75 Zentimeter als das Kleinste, was als ‚richtige‘ Eisenbahn durchgeht.“

„Das ist ja nichts.“

„Morgen fahren wir mit dem ‚rasenden Roland‘. Du wirst dich wundern, welch‘ relativ große Fahrzeuge sich über derart haarstäubende Spurrillen balancieren lassen.“

Als wir nördlich von Mukran in den Wald eintauchten, sagte ich: „Das war mir bereits gestern aufgefallen, als wir über die B96 und später über die B196 über die Insel fuhren: Das fehlende Inselgefühl. Auf jeder anderen Nord- oder Ostseeinsel siehst du immer irgendwo das Meer.“

„Weil die alle langgestreckt sind, während Rügen fast rund ist“, erklärte Pankraz, „dazu ist sie auch noch die größte. Da kommst du dir im Wald tatsächlich vor wie in Thüringen oder Hessen.“

Für den Naturpark Jasmund trifft das solange zu, bis der Entdecker auf den Parkplatz ‚Königsstuhl‘ einbiegt. Neben der happigen Gebühr ist es vor allem der vieltausendstimmige Lärm, der ihn rasch überzeugt, dass er sich auf einen touristischen Höhepunkt zubewegt.

„Ich war als Jugendlicher mit meinen Eltern mal hier“, erzählte Wulf so verhalten, wie es das Grundgeräusch zuließ. „Nicht, dass niemand hier war, aber alles war gratis – außer dem Restaurantbesuch natürlich – und wenige Meter entfernt vom Königsstuhl hatte dich die Idylle wieder.“ „Jaja, früher war alles besser“, frotzelte Pankraz. „Natürlich nicht, Pankraz. Früher warst du manchmal gezwungen, mehrere hundert Meter zu Fuß zu gehen.“ Ich bin froh, wenn Wulf ab und zu seine Keule der Selbstironie auspackt.

Einen Platz in der Gaststätte zu ergattern erwies sich als zu großes Geduldsspiel. Wir gingen die steile Treppe zum Kiesstrand hinunter und fanden uns da deutlich einsamer, denn um hierher zu gelangen, ist entweder die Treppe oder ein ausgedehnter Spaziergang von Sassnitz aus in Angriff zu nehmen. „Siehst du, es gibt auch heute noch Gelegenheiten, mehr als hundert Meter zu Fuß zurückzulegen."

„Ich finde es hier unten viel schöner. Wollen wir nicht den Marsch nach Sassnitz in Angriff nehmen?" schlug Miranda vor. „Und alles zurück? Das Auto steht hier." „Rügen hat ein hervorragend ausgebautes öffentliches Verkehrsnetz", beschwichtigte ich, „wir können nach Sassnitz spazieren, von dort eine Schiffsrundfahrt an der Jasmunder Küste entlang bis Kap Arkona buchen und mit einem Linienbus zum Abzweig Königsstuhl zurückfahren. Dann weißt du auch, Pankraz, wo es lohnt, deine Staffelei aus hervorzuholen."

Pankraz sah mich anerkennend an. „Das ist, glaube ich, für eine Frau eine gute Idee."

„Denk' dran, dass ich schwarze Gürtel für alle asiatischen Kampfsportarten innehabe."

Wie erwartet war der Ausblick auf die Kreidefelsen vom Wasser aus am besten. „Miranda warnte mich bereits bei der Ankunft, dass Caspar David Friedrichs Perspektive heute nicht mehr nachstellbar wäre", bekannte Pankraz, „da wäre nur noch grünes Gestrüpp erkennbar. Aber von hier aus …"

„Bis zum 25. Februar 2005 gab es die Wissower Klinken zu sehen, die wie Teufelshörner in die Luft stachen", erzählte Wulf, „aber an diesem Tag siegte die Erosion über den Kohäsion und 50.000 Tonnen Kreide stürzten in die Ostsee. Eine zeitlang waren die beiden Abbruchstellen gut erkennbar, aber mittlerweile hat sich alles egalisiert und ich weiß selber nicht mehr genau, wo sie zu orten sind." „Und ungefähr?" „Ungefähr dort." Wulfs Finger wies auf eine Fläche, die weißer als ihre Umgebung wirkte. „Und dort auf halber Höhe."

Unser Ausflug gestaltete sich so, wie ich es erhofft hatte, und Pankraz holte sein Werkzeug aus dem Kofferraum. „Du weißt, was du zu tun hast?" „Ich glaube, ich kriege es hin."

Während sich unser Künstler zurückzog, ergatterten wir anderen einen Tisch im Restaurant. „Im Mai ist's schon so lange hell; ich frage mich, warum alle bereits heimwärts streben." „Ich nicht; ich find's umso besser."

Wir holten Pankraz von der Victoriasicht ab, die nunmehr beinahe menschenleer war und unbeschränkte Sicht auf das Felsstückchen bot. „Als Fotografin wäre mein Urteil: Falsche Tageszeit. Die Sonne steht geradewegs links über dem Kernobjekt." „Als Maler tusche ich eiskalt darüber hinweg, Helga." Neugierig besah ich mir das Bild. Alles erstrahlte in herrlich leuchtenden Farben wie bei einem besonders gelungenen Sonnenaufgang. „Ich gebe zu, da bist du mir überlegen. Wenn ich das so hinkriegen möchte, muss ich mich morgen in aller Herrgottsfrüh aufraffen, hierher zu kommen." „Oder du fotografierst Pankraz' Gemälde ab", lachte Wulf. „Das wäre unrealistisch, mein Lieber. Du siehst doch, dass der Künstler die Sicht von vor 200 Jahren zeigt." „Noch besser. Dann könntest du ein Digitalfoto vermarkten, das du um 1818 aufgenommen hast, und wärst Millionärin.

Hast du nicht gesagt, dass du nicht streng gegenständlich malen würdest?" wandte Wulf sich an Pankraz. „Hab' ich auch nicht. Wie du selbst erkannt hast, ist mein Motiv rein gegenständlich nur in der Vergangenheit.

Weiß eigentlich einer, warum der Punkt Victoriasicht heißt? Ist Königin Victoria von England die Verursacherin?" Miranda hatte bereits im Reiseführer nachgeblättert. „Nein. Im Juni 1865 weilten König Wilhelm I. und die Kronprinzessin Victoria – von Preußen also – hier zu Besuch und die Dame fand an ihm außerordentlichen Gefallen."

Wie vor einiger Zeit auf dem Hinweg halfen wir Pankraz nunmehr auch auf dem Rückweg, seine umfangreiche Ausrüstung zu tragen. Als wir alles in dem XM verstaut hatten, beschlossen wir, den Abend in der beinahe verwaisten Gaststätte ausklingen zu lassen und deren reichhaltige Speisekarte durchzuprobieren. Zufrieden fuhren wir im Dunkeln zurück nach Göhren.

Wir versammelten uns diesmal in Mirandas und Pankraz' Wohnung, denn auch deren Biervorräte durften nicht sauer werden.

„Morgen also der ‚rasende Roland'?" hakte Wulf nach. „Ja; da kann ich euch ein bisschen erzählen. Über Dampfloks und so." „Malst du die auch?" „Mal sehen. Wenn, dann nicht so üppig wie die Felsen heute, sondern in sparsamen Strichen." Wulf runzelte die Stirn. Bei ihm ist das nicht unbedingt ein Zeichen der Missbilligung, sondern des Nachdenkens. „Heißt dein berühmtestes Bild nicht ‚Die Züchtigung' und besteht auch das nicht nur aus wenigen Strichen, auf denen die porträtierte Delinquentin nichtsdestoweniger erkennbar ist?"

Miranda grinste. „Hast du es vor Augen, Wulf?" „Ungefähr." „Ungefähr auch die Delinquentin?" Wulf sah Miranda mit großen Augen an. „Heißt das, dass du …?"

Jetzt lachte Miranda lauthals. „Was meinst du, wie wir uns kennengelernt haben?" Miranda setzte sich wie eine orientalische Märchenerzählerin in Positur – es fehlte lediglich der durchsichtige Kaftan. „Wir hatten ja versprochen, dass wir heute mit erzählen dran sind. Dazu zunächst ein Eingeständnis.

Frauen fragt man nicht nach dem Alter. Es ist aber erkennbar, dass ihr Drei ungefähr gleichaltrig seid, ich jedoch ungefähr zehn Lenze mehr zähle. Ich habe auch erwachsene Kinder, eine Tochter und einen Sohn, die nicht von Pankraz und zu meiner Freude gut geraten sind. Außerdem habt ihr sicher gemerkt und seid höflicherweise darüber hinweg gegangen, dass ich keine humanistische Bildung genießen durfte, obwohl ich mich nicht für gänzlich blöd und ordinär halte.

Ich war Putzfrau – heute gibt's da elegantere Bezeichnungen, die aber nichts an den Tatsachen ändern – und ein stinkvornehmer Herrenklub bot in einer Anzeige außerordentlich gute Bezahlung. Ich meldete mich und bekam einen Schreck, denn den barocken Kasten staubfrei zu halten betrachtete ich als unmöglich. Das war aber egal, denn meine Aufgabe sollte eine gänzlich andere sein. Die alten Knacker brauchten nämlich eine lebendige Frustpuppe, der sie den Arsch vollhauten, wenn sie wieder einmal – naja, frustriert waren."

„Und worüber waren sie so frustriert?" verkniff ich mir nicht zu fragen. „Über geschäftliche Dinge, aber hauptsächlich über ihre häufig nur halb so alten Frauen, die sich mit jungen Schwänzen vergnügten, wenn die ihres Angetrauten keine ausreichende Stoßkraft mehr entwickelten." Ich lachte. „Das kann ich mir denken. Und dann haben sie sich bei dir …?" „Ich hätte empört davonrauschen müssen, als endlich auf dem Tisch lag, worin mein Job bestehen würde. Aber die Macht des Geldes …; eine Säulenheilige bin ich sowieso nicht."

„Und Pankraz war Klubmitglied?" wollte Wulf wissen. „War ich als einziger Junger", bestätigte dieser, „denn ich war damals zwar kommerziell erfolgreich, aber künstlerisch fühlte ich mich unter Wert verkauft." „Ihr hättet erleben sollen, wie zaghaft die Knacker drangingen", nahm Miranda den Ball auf, „einzig der flotte Kerl hier haute hemmungslos zu, sodass ich mit heißen Backen nach Hause fuhr. Das Dumme war, dass ich das als ganz angenehm empfand. Ich ließ mich überreden, ihm Modell zu stehen, und war bereit, die vorgesehenen Posen authentisch zu stehen."

„Hm", sagte Wulf, „bei ‚Die Züchtigung' habe ich oft überlegt, ob …" „Deine Überlegung war richtig. Ich wurde vorher in Echt vermöbelt, damit alles realistisch aussieht." „Das Rot des Pos hätte ich auch so hingekriegt", fügte Pankraz hinzu, „aber der Widerstreit zwischen Pein und Entzücken in ihrem Gesicht erteilt jeder abstrakten Vorstellung eine Absage." „Genau das habe ich auch immer gedacht. Wie willst du wissen, wie sich die Miene einer Frau unter Schlägen verzieht, wenn sie nicht wirklich geschehen?"

„Jetzt wisst ihr, wie wir zum Spanking kamen", schloss Miranda, „apropos …?"

Ich hatte mir für den aktuellen Abend etwas überlegt. „Das mit dem Miene-Verziehen ist ein guter Aufhänger. Mögt ihr es, ihr Herren der Schöpfung, einer Frau ins Gesicht zu sehen, während sie gespankt wird? Ihr dürft euch dabei gern einen wichsen. Da schauen wir unverfroren zu."

Der Vorschlag wurde ohne Federlesens, um nicht zu sagen begeistert angenommen. „Gestern warst du mir eine Runde voraus, Helga", bestimmte Miranda, „folglich bin heute ich es, die bei dir über dem Schoß liegt." „Du hattest doch gestern so einen heißen Spankingrock an", bohrte Wulf. „Klar. Soll ich den wieder anziehen?" „Der knallt einfach herrlich." „Unter riesigen Männerpranken deutlich besser. Aber Helga gibt sich sicher Mühe." „Und, Miranda, machst du dich oben 'rum frei? Wenn sich Helga wirklich Mühe gibt, wackeln deine Dinger sicher sauber im Takt mit." „Geiler Kerl, mein lieber Wulf."

Während ich mich in Positur setzte und Miranda sich über meine Oberschenkel drapierte, hörte ich Pankraz sagen: „Das ist auch für mich neu. Ich musste damals mit einem Camcorder Vorlieb nehmen, aus dessen Aufnahmen ich den Extrakt für mein Kunstwerk zog." „Nie einen flotten Dreier versucht?" erwiderte Wulf. „Wir haben uns nie zu outen getraut und haben auch keinem erzählt, dass ‚Die Züchtigung' das Ergebnis einer realen Aktion war. Warum wir uns gestern so unproblematisch fanden, ist mir im Rückblick ein Rätsel." „Verwandte im Geiste finden sich immer."

Mittlerweile streckten sich mir Mirandas schwarzverhüllte Rundungen appetitlich entgegen. Ich sah, dass sie nichts unter dem Latex trug. „Bist du bereit, meine Liebe?" fragte ich. „Sicher. Ulkig. Ich bin noch nie von einer Frau gespankt worden." „Du, wenn du's gar nicht magst …" „Nein, nein, schon gut. Leg' los." „Zunächst zehn Sanfte zum Anwärmen."

Ab dem Elften klatschte es so vernehmlich, dass es eine Freude war. „Backe, backe Kuchen", deklamierte ich. Ich hätte nie gedacht, dass es soviel Spaß bereiten könnte, einer Geschlechtsgenossin den Hintern zu versohlen. Aus dem Augenwinkel sah ich, dass sich die beiden Männer, die sich natürlich unten herum entblößt hatten und deshalb auf Handtüchern saßen, allmählich aufgeilten. „Moment, Jungs", sagte Miranda etwas abgehackt, „bevor ihr's euch selber macht, lecke ich euch gern einen. Wollt ihr?"

Pankraz stand sofort auf und stellte sich vor seine Holde. „Und jetzt…?" „Steck' ihn doch 'rein, du Dummerchen. Du wirst sehen, meine Ruck-Zuck-Bewegungen durch Helgas Bemühungen bringen ihn leicht zum Erguss.

Mach' weiter", befahl sie mir.

Langsam tat mir meine Hand weh, aber als ich vernahm, wie sich Pankraz' Geräuschemissionen steigerten, verdoppelte ich meine Anstrengungen. Sein Stöhnen ging in ein gemäßigtes Keuchen über und er trat einen Schritt zurück. Miranda bestimmte: „Jetzt du, Wulf." „Direkt danach …?" „Klar! Hab' dich nicht so."

Ich anerkannte, dass Miranda aus anderem Holz als ich geschnitzt ist, denn das hätte ich so unverfroren nicht gebracht. Vor allem die vermutlich beträchtliche Spermamenge ungeachtet der rhythmischen Schläge, der sie ausgesetzt war, geräuschlos zu schlucken wäre ich ihr kaum nachzuahmen in der Lage gewesen.

Es bleibe nicht unerwähnt, dass Wulf seinen ‚Vorgänger' bald vergaß und an der Lutschpartie genauso viel Vergnügen wie dieser empfand. Männer haben zwar ein Gewissen, schaffen es jedoch wunderbar, dieses zu ihrem Komplizen heranzuzüchten.

Als auch Wulf leergemolken war, sagte Miranda: „Stopp!" „Fertig?" fragte ich hoffnungsvoll. „Nein. Was ist?" „Mir tut die Hand weh." „Dann nimm die Haarbürste. Da vorn auf der Kommode liegt eine." Pankraz holte das Instrument eilig her, während Miranda kurz ihr Becken anhob und ihren Rock in die Hüfte schob, sodass mir ihr Gesäß in leuchtendem Rosa entgegenstrahlte. „Du willst wirklich …?" „Klar. Es darf ruhig richtig brennen."

Die letzte Runde tat richtig weh, das spürte ich an Mirandas Zucken und hörte an dem Zischen ihrer Stoßatmung durch die zusammengebissenen Zähne. Nach 30 hörte ich auf und sagte: „Genug, mehr gibt's nicht. Jetzt zeig' dich!" Miranda erhob sich und präsentierte ihre schweißüberströmten Züge. Ich betrachtete sie mitleidig. „So hart bin ich nicht, meine Liebe. Morgen bin ich Delinquentin, aber wir lassen's bei der flachen Hand. Einverstanden?" Miranda begann sich zu erholen und lächelte mich sogar an. „Klaro, einverstanden."

Dann baute sie sich mit leicht gespreizten Beinen in die Mitte des Raums auf, hob ihren Rock erneut über die Hüfte und forderte Pankraz auf: „Fotografierst du das Arrangement? So rot waren meine Rückleuchten, glaube ich, bisher nie."

Zu den Männern fügte sie kokett an: „Ich will ja auch noch 'was haben. Jungs, schaut zu, dass ihr ihn wieder hochkriegt. Ihr dürft nach Belieben gucken und grabschen. Liegt ja alles frei. Helga, zieh' dich aus. Ich denke, du solltest mithelfen."

Selbstredend, dass wir Frauen es schafften, die Lenden unserer zauberhaften Männer zu neuem Leben zu erwecken. Zufrieden betteten wir uns neben sie, als Mitternacht längst vorüber war. „Morgen darfst du dich auch bei mir wieder an einem schönen warmen Po ergießen", versprach ich Wulf beim Einschlafen.

Mae: Go West

Von Spankingfilmen halte ich nicht allzu viel, aber da sie deutlich einträglicher als Einzelbesuche bei noch so wohlhabenden Klienten sind, ließ ich mich dazu breitschlagen, in einem mitzuwirken. Ein bisschen stolz bin ich darauf, unter einigen Dutzenden Mitbewerberinnen ausgewählt worden zu sein, weil meine rückwärtigen Rundungen alle anderen ausstachen – denn natürlich sollten die es sein, die zum Schluss unter den Händen der drei Hauptdarsteller weichgeklopft würden.

„Es soll mehr werden als eine der üblichen Sequenzen, die aus nichts weiter bestehen als einer Frau, die über dem Schoß eines Mannes liegt, von dem zudem das Gesicht ausgeblendet wird, und sich solange verbläuen lässt, bis ihr Arsch schön rosa ist", erläutert mir der Regisseur, „sondern eine Art Handlung bieten."

Ich hatte mir das Drehbuch bereits durchlesen dürfen. „Die Geschichte erinnert mich stark an ‚Go West' von den Marx Brothers."

„Darauf basiert sie auch, Mae, und zu Beginn folgt sie auch ihrer Vorlage. Da die Handlung in Spanking ausarten soll, verwandelt sich das happy end allerdings in ein Chaos, aus dem die Hauptdarsteller nicht als die großen Sieger hervorgehen. Quale, Joseph und Rusty sehen ihre einzige Genugtuung darin, Eve den Hintern zu versohlen."

„Gib's zu, Notger, du hast dich in Diana Lewis verguckt und willst sie unbedingt sehen, wie sie den Schlitten mit den drei Kerlen drauf hinter sich durch Sand zieht."

Der Regisseur wird rot, ein Zeichen, dass ich ihn ertappt habe. „Und wenn's so wäre?" brummt er.

„Dann wäre nichts", beruhige ich ihn, „die gute Diana sieht in ihrem Wildlederrock trotz dessen Länge bis zum Stiefelschaft heiß aus." Dass meine fransenbewehrte Replik kurz unterhalb des Pos endet, half die Produktionskosten senken, denn das Material ist teuer. Cowboyhut, Cowboystiefel bis knapp unter die Knie und die weite, weiße Bluse waren geblieben. Besagte Bluse neigt allerdings im Vergleich zum Original dazu, dass sich ihr ständig die Knöpfe lösen. Für einen BH hatte es wiederum nicht gereicht. „Beim Übers-Knie-Legen sollen nicht nur deine Hinterbacken, sondern auch deine Vorbauten schön wackeln", vertraut mir Notger an, „und das soll jeder sehen."

Ich betrachte mein Outfit im Spiegel. „Nicht schlecht", kommentiere ich, „das Ganze hat nur einen Schönheitsfehler."

„Welchen?"

„Guck' dir meine dicken Schenkel an. Diana Lewis' Beine sind zwar im Film nie zu sehen, aber jeder stellt sie sich automatisch schön schlank vor."

„Stimmt nicht! Als Eve, zwischen Groucho und Chico eingezwängt, auf dem Kutschbock sitzt, gibt sie ihre Waden zur Besichtigung preis. Sie sind tatsächlich recht dünn ...; äh, schlank. Zu deinen Schenkeln: Sie sind nicht dick, sondern stramm. Bei der Anprobe gaben sie beste Figur ab."

„Soso, darauf hast du geachtet."

Notger räuspert sich. „Ganz im Dienst, selbstverständlich."

„Selbstverständlich."

„Davon abgesehen traut der Zuschauer deinem gut ausgebautem Fahrwerk zu, dass es den Schlitten ziehen kann; Streichhölzer würden seine Fantasie wahrscheinlich überstrapazieren."

„Ich bin froh, dass ich meine Nicht-Streichhölzer mittlerweile mit Hilfe einiger kosmetischen Tricks dazu überreden konnte, ein bisschen braun zu werden. Bis vor wenigen Jahren blieben sie schneeweiß."

„Na siehst du, alles wendet sich zum Besten."

Da das Filmchen keine 81, sondern lediglich 20 Minuten dauern soll, von denen zudem sieben von der Handlung abgezwackt werden müssen, um das Handauflegen dreier frustrierter Männer auf meine rückwärtigen Polster ausgiebig in Szene setzen zu können, bleiben für die Reise der zunächst als Konkurrenten auftretenden S. Quentin Quale einerseits und den Brüdern Joseph und Rusty Panello andererseits in den Wilden Westen eine allenfalls symbolische Bildstrecke.

Sehr gekürzt kommen daher die sich überstürzenden Ereignisse mit Eves Großvater Dan Wilson in Red Baxters Saloon daher. Dann ist die Handlung so weit gediehen, dass Joseph und Rusty wieder im Besitz ihrer Eigentümerurkunde über das zweite Stück Land sind, dessen Wert darin besteht, dass die New York & Western Railroad darüber ihre neue Strecke verlegen möchte. Die Urkunde über ein zweites Stück Land, das die Gesellschaft als Alternativroute wählen könnte, hält allerdings Eves Großvater Dan Wilson. Ab dieser Stelle weicht unser Streifen vom Original ab, denn das Ganze muss ja in ein Desaster münden, damit die abschließende dreifache Tracht Prügel, die auf Eve niedergeht, gerechtfertigt ist. Nebenbei wäre der Showdown, in dem die Marx Brothers den ganzen Zug verheizen, um Nahrung für das Feuer des Lokomotivkessels zu gewinnen, nicht durchführbar, denn die wenigen hölzernen Güterwagen, die noch existieren, sind heute wertvolle historische Fahrzeuge – von amerikanischen Personenwagen ganz zu schweigen.

Da Joseph und Rusty sowohl Zug als auch Postkutsche verpasst haben, liebäugeln sie mit einem Schlitten, der sich über Sand genauso gut ziehen lässt wie auf Schnee. Da taucht plötzlich Quale auf, den die beiden vor ihrer Abfahrt in New York übers Ohr gehauen hatten. Auch der will den Schlitten mieten und bietet mit.

„Was soll das eigentlich?" fragt Joseph, „da passen wir doch alle drei drauf."

„Stimmt. Aber: Wer soll ihn ziehen?"

Da fällt aller Drei Blick auf das Paar Eve Wilson und Terry Turner. Obwohl verlobt, sind sich die beiden nicht mehr grün, denn Terry gibt Eve die Schuld, die Urkunde über das zweite Stück Land leichtfertig aus der Hand gegeben zu haben. „Braucht ihr einen Esel?" fragt Terry voll Zorn. „Ich hätte da einen."

„Wo? Ich sehe keinen."

„Dann sperr' die Augen auf. Hier neben mir steht einer."

Die Verhandlung mündet in den bereits beschriebenen Trek durch die Wüste Arizonas, dem wir deutlich mehr Zeit gewähren als seiner Bedeutung über das weitere Vorgehen der drei Bankrotteure zusteht. Abweichend vom Original haut der vorn auf dem Bock sitzende Quentin Quale dem Zugpferd, das heißt mir im Fünfsekundentakt mit einer in ein Herzchen auslaufenden Gerte hörbar wechselweise auf die linke und rechte Pobacke, um mich anzutreiben und schon einmal auf das Kommende vorzubereiten. Naja, Groucho hätte das sicher mit Vergnügen auch getan, hätte das damalige Filmkonzept das zugelassen.

„Gut überstanden?" erkundigt sich Notger in einer Kaffeepause. Natürlich musste die Szene mehrfach wiederholt werden, bis sie dem Herrn gefiel. Ganz bin ich den Verdacht nicht losgeworden, dass sich die Klappen nicht groß voneinander unterscheiden, und es den Männern einfach Spaß bereitet hat, mich mehrfach dem Spießrutenlauf auszusetzen.

„Trotz Lederrüstung hat die Rute ganz schön gezogen", erwidere ich. „Hat das Textil nicht hinten bereits herzförmige Glanzflächen?"

„Ach wo. Wir haben uns bester Qualität versichert."

„Na, dann ist's ja gut." Ich spule in froher Erwartung die 1½ Minuten auf dem Kameradisplay ab und werde nicht enttäuscht: Wie ich mich, von allen Seiten aufgenommen, in meinem Wildwest-Fransendingelchen ins Halfter lege, von Quale rhythmisch schmerzhafte Ermunterungen einstecke und als Reaktion darauf jeweils kurz mein Gesicht verziehe, kann ich als hocherotisch einzuordnen nicht umhin. Mein appetitlich gebräuntes Fahrgestell erhöht den Sexappeal weiter. Dass die Handlung noch haarsträubender ausfällt als das Original der Marx Brothers, erfüllt uns mit nicht geringem Stolz, denn dessen Absurdität zu übertreffen galt bisher als unmöglich.

Vordergründig diente die Fahrt dem Zweck, dass sich die drei Helden darauf einigten, wie in der Sache der Besitzurkunde weiter vorzugehen sei. Klar ist, dass sie auch der zweiten habhaft werden müssen, um die Bahngesellschaft auf jeden Fall über ihr Territorium zu zwingen.

Geplant ist ein Versuch, bei Red Baxter einzubrechen und diesem dessen Urkunde zu entwenden, denn sie wissen, dass Eves Großvater Dan sie dem Saloonbetreiber als Pfand gegen ein Glas Bier überlassen hat. Sie vollziehen den Einbruch auch, werden aber von Baxter und dessen Freund John Beecher ertappt und eingesperrt. Eves Verlobter Terry Turner befreit die Gefangenen unter der Bedingung, dass er die gepfändete Urkunde erhält, um sie Dan zurückzugeben. Zähneknirschend willigen Quale, Joseph und Rusty ein und schauen, dass sie Land gewinnen.

Nicht bemerkt haben sie, dass Terry auch ihre Urkunde mitgehen ließ. Das erkennen sie erst, als sie bei der NY&WRR vorsprechen und Quale in seiner Jackentasche Leere fühlt, wo sich ein Papier befinden sollte. Den Dreien geht auf, dass sie von allen Seiten betrogen worden sind. Wut übermannt sie, obwohl auch sie auf keineswegs feine Art an ihren vermeintlichen Schatz gelangt sind.

Müßig zu erwähnen, dass die geschilderte hochkomplexe Handlung auf weniger als vier Minuten zusammengedrängt ist, denn sie findet ohne die Hauptdarstellerin statt – mich. Ich, das heißt Eve Wilson, ist die einzige unter allen Mitwirkenden, die keinen Dreck am Stecken hat, sondern ehrlich bemüht ist, den traditionellen Streit zwischen den Familien Turner und Wilson beizulegen.

In Kenntnis der Ungerechtigkeit, die die Welt regiert, hat sie durch den Drehbuchautor nicht nur ihren Verlobten verloren, der nunmehr nach seinem Deal mit der Bahngesellschaft mit Eves Großvater einem Leben in Saus und Braus entgegensieht und auf diese Weise eine unvorhergesehene

Art der Versöhnung erwirkt hat, sondern ist darüber hinaus die einzige, auf die sich der Unmut der erfolglosen Schatzsucher konzentriert.

Sie sitzt traurig auf der Pritsche in ihrer Bruchbude, als der stumme Harpo eintritt. Sein Gesicht spricht Bände und Eve weiß, dass ihr nichts Gutes bevorsteht.

„Was willst du?"

Rusty alias Harpo antwortet nicht – wie sollte er auch als Stummer? –, schließt hinter sich die Tür ab und nähert sich ihr entschlossen. Eve weicht immer weiter zurück, bis sie die Bretterwand am weiteren Zurückweichen hindert. Harpo packt die Frau entschlossen und zerrt sie hinter sich her, wiederum bis zur Pritsche, und setzt sich selbst darauf. Das alles geschieht unter Eves Riesengezeter und Versuchen, sich zu wehren. Die Versuche enden merkwürdigerweise, sobald sie sich in der üblichen Spankingpose hindrapiert hat. Der hellbraune Wildlederhintern nimmt nun das volle Format auf dem Kameradisplay ein und Harpo legt zum ersten Mal Hand an.

Inkonsequenterweise soll ich bei einzelnen Schlägen Wehgeschrei ausstoßen, während ich stakkatoartige Salven reaktionslos über mich ergehen zu lassen habe. Eine Kamera ist auf mein Gesicht gerichtet, sodass ich gehalten bin, jeden Aufpraller mit einer Grimasse zu quittieren. Na gut, ich tue, was ich kann.

Harpo lässt erst von mir ab, als jemand an der Tür rüttelt. „Eve, mach' gefälligst auf!" befiehlt Chico. Harpo springt auf, rennt zum Fenster und springt hinaus. Ich erhebe mich, rufe „schon gut!" und lasse den Möchtegern-Italiener 'rein.

Auch er ist außer sich vor Zorn, versucht mir aber zu erklären, warum geschehen wird, was geschehen soll, bevor er mich über die Schulter wirft und zur Pritsche trägt. Ich muss ihm, obwohl ich laut Drehbuch wieder krakeele und mit meinen Fliegengewichtsfäusten auf ihn eindresche, tatkräftig helfen, dass er mich gestemmt kriegt, denn als Senkblei bin ich ernst zu nehmen. Während ich zum zweiten Mal innerhalb weniger Minuten über einem Männerschoß liege, stelle ich mir vor, dass ich die Pygmäe – 'tschuldigung, das war, glaube ich, politisch nicht korrekt – kurz auseinander nehme.

Für die zweite Staffel legt mir der Akteur mein Höschen blank und …

„Joseph, du hast vergessen, den Schlüssel umzudrehen!" ruft Notger dazwischen und zerstört grob die Idylle einer gemütlichen Spankingorgie.

Also noch mal von vorn. Auch unter Chicos Händen habe ich zu schreien und mich aufzubäumen, aber der starke Mann lässt nicht ab, bis es wieder an der Tür rüttelt und Grouchos Stimme ertönt: „Verdammt, Eve, mach' auf!"

Auch Chico entfernt sich wie ein ertappter Liebhaber durch das Fenster und ich öffne dem Dritten im Bunde, um meine dritte Portion einzukassieren. Zuvor habe ich allerdings eine von Grouchos berüchtigten Redetiraden zu überstehen. „Und, was ist die Quintessenz?" frage ich. „Dass ich dir im Anschluss leider den Hintern versohlen werde, denn sonst sehe ich nicht, wie mir Gerechtigkeit widerfahren soll."

Bei dieser Klappe verhalte ich mich anders, denn ich tue, als überlegte ich. Nach einer geraumen Weile sage ich: „Okay. Das Ganze aber bitte geordnet und gesittet."

Als ich über Grouchos Schoß liege, schiebt er nicht nur mein Röckchen hoch, sondern zieht auch mein Höschen hinunter. „Du bist ja schon rot und heiß", meint er überrascht. „Ich habe ein wenig vorgeglüht", antworte ich kryptisch.

In der dritten Staffel sieht der Zuschauer – die Zuschauerin vermutlich weniger –, wie meine Backen schön wackeln, als sie wechselweise bedient werden. Manchmal schlägt Groucho auch drei Mal nacheinander auf dieselbe und dann drei Mal auf die andere. Da ihn niemand stören wird, macht er einfach Schluss, als meine Kehrseite flächendeckend leuchtet. Damit endet auch der absurde Film.

„Bitte nicht noch einmal", wende ich mich an Notger, nachdem mein Peiniger von mir abgelassen hat, „und wenn, dann erst morgen und gegen einen finanziellen Bonus."

„Die Einstellung ist an sich gelungen", sinniert er, „aber du bist eine solch tolle Delinquentin, Mae, dass die Versuchung groß ist, ob es nicht ein Quäntchen besser geht. Ich werde versuchen, unserem Produzenten deinen Bonus aus dem Kreuz zu leiern, um …"

„Bloß nicht! Ich werde meine Puffmutti bitten, mir morgen freizugeben, damit sich mein Arsch erholen kann. Du hast ja gerade zugegeben, dass ich mein Geld verdient habe."

„Das hast du. Ich denke, das bestätigen alle männlichen Mitwirkenden einschränkungslos." Die einschränkungslose Bestätigung erfolgt umgehend durch eifriges Kopfnicken.

Als wir uns alle das fertige Machwerk ansehen, ist die Zufriedenheit mit den Händen zu greifen. Als einzige moniere ich, dass die Kamera in der letzten Einstellung ein wenig arg lang auf meinem geröteten Po verharrt, den ich während des gesamten Abspanns zärtlich mit meinen Händen streichele. Das war mir gar nicht bewusst gewesen. „Hab' dich nicht so", beruhigt Notger mich, „guck' hier, nochmal deine gequälte Miene."

„Das sieht auch nicht besser aus."

„Das sieht sagenhaft aus. Jeder sieht, dass deine Pein nicht gespielt ist."

Ich grinse in mich hinein. Liebe Leute, denke ich, da bin ich ganz anderen Tobak gewohnt. Aber das brauche ich euch ja nicht auf die Nase zu binden.

Das Sahnehäubchen der Dreharbeiten besteht darin, dass ich mein wildledernes Fransenhandtuch mit nach Hause nehmen darf. Bei den nächsten Karnevalsfeiern stehe ich im Mittelpunkt des schwanztragenden Interesses, so viel ist sicher.

Wulf: Rasender Roland

Kühlschrank und Brotkorb waren ausreichend geplündert, sodass heute frisch würde eingekauft werden können, diesmal zu Gunsten von Mirandas und Pankraz' Vorratshaltung. Vorerst standen wir allerdings am Bahnhof von Göhren, an dessen Bahnsteig der Zug nach Lauterbach Mole bereitgestellt seiner Fahrgäste harrte. Hinter dem Empfangsgebäude war eine Bekohlungsanlage zu freien Einsicht platziert und gewährte Interessierten Einblicke in die Aufrüstung der erstaunlich wuchtigen Dampflokomotiven.

Helga hörte nicht auf, sich über die 75 Zentimeter schmale lichte Weite zwischen den Schienenköpfen zu wundern. „Dass das Riesending nicht umkippt." „Naja, Riesending", beschwichtigte ich. „Immerhin 58 Tonnen Dienstgewicht. Wenn die dir über den Fuß fährt, humpelst du fortan." „Was heißt Dienstgewicht?" „Halbvoll mit Vorräten. Die Gesamtfüllmenge beläuft sich auf vier Tonnen Kohle und 5,8 m³ Wasser." „Wasser?" Helga kam heute aus dem Staunen nicht mehr heraus.

Pankraz holte Luft, um für eine längere Erklärung genug davon in der Lunge zu haben. „Was meinst du, treibt eine Dampfmaschine an, Helga?" „Kohle?" „Brauchst du, um das zu erzeugen, was sie wirklich antreibt: Wasserdampf. Daher Dampflok. Und das Wasser dafür muss die Lokomotive mitschleppen. Das tut sie bei Schlepptenderausführung in genau dem, nämlich im angehängten Tender, der leider totes Gewicht bedeutet. Bei einer Tenderlok wie unserer 99 783 hier – das ist die Variante, bei der der Tender unmittelbar ans Führerhaus angebaut ist – sind die Wassertanks seitlich neben dem Kessel angeschweißt. Leider verdecken sie die klassische Dreiteilung dieses Bauteils, die du bei Schlepptenderloks wunderbar siehst.

Gehen wir von hinten nach vorn vor, lassen Kohlenkasten und Führerhaus weg und wenden uns direkt dem Kessel zu, der aus drei sogenannten Schüssen besteht. Im Führerhaus schaufelt der Heizer Kohle in die Feuerbüchse oder den Stehkessel, in der oder dem das Feuer brennt. Dieses erhitzt das Wasser und bringt es zum Kochen. Das erzeugt den Dampf, der letztlich für den Vortrieb sorgt. Das geschieht im Lang- oder auch Röhrenkessel, der den mittleren Schuss bildet." „Röhrenkessel?" „Dieser ist von Rauch- und Heizrohren durchzogen, um die Berührungsoberfläche von erhitztem zu erhitzendem Aggregatzustand und damit die Effizienz zu vergrößern. Das Prinzip erfand übrigens bereits George Stephenson 1829 für seine legendäre ‚Rocket' und blieb bis zum Ende der Dampflokzeit mehr oder weniger unangetastet." „Hat der nicht den Abenteuerroman ‚Die Schatzinsel' geschrieben?" „Der hörte auf Robert Louis und lebte beinahe 50 Jahre später.

Ganz vorn seht ihr den letzten Schuss, die Rauchkammer. Die könnt ihr wirklich sehen, weil die seitlichen Wasserkästen davor enden. Hier wird der Rauch in das Blasrohr geleitet, mit dem Abdampf aus den Zylindern gebündelt und über den Schornstein ins Freie geblasen." „Warum das?" „Ein Schlot ‚zieht' umso besser, je länger er ist. Da er bei einer Lokomotive aber nicht endlos in die Höhe ragen darf – Brücken, Tunnel! –, muss irgendwie getrickst werden. Der Trick besteht aus dem durch den Unterdruck der Rauchkammer erzeugten Sog." „Und wie gelangt der Dampf in die Zylinder?" „Der wird in den Dampfdomen gebündelt, Helga. Das sind die beiden runden Kuppeln auf dem Kesselscheitel. In den beiden eckigen ist Sand, der vor die angetriebenen Achsen zur Haftverbesserung gestreut wird. Der Sand ist sozusagen das, was die Haftreifen bei einer Modelllokomotive sind.

Zurück zu den Dampfdomen. Von denen wird der Dampf über Fallrohre zu den Zylindern geleitet und erzeugen, was dem Ganzen zum Vortrieb dient. Ein Kessel leistet nämlich trotz des häufig verwendeten falschen Begriffs der Kesselleistung nichts, sondern stellt der Antriebseinheit – Zylinder und Steuerung – Dampf zur Verfügung. Erst diese wandelt Druck in Kraft und Leistung um. Ist das getan, geschieht das, was ich bereits bei der Rauchkammer erklärt habe.

Apropos ins Freie geblasen. Robin Garn gesteht in seinem Buch ‚Heißdampf' den gleichnamigen Loks, nämlich den Heißdampfloks, nur Effizienzklasse Y zu. Z sind für ihn die alten Nassdampfer von vor dem ersten Weltkrieg." „Heißdampf? Nassdampf?" „Erklär' ich gleich. Zunächst meine eigene Klassifizierung, nämlich W für Heißdampf-, X für Nassdampf-, Y für Volldruck- und Z für die Watt'schen Einstufenmaschinen.

Jetzt die Erklärungen. In Heißdampfkonstruktionen wird der Dampf über einen Überhitzer, nun ja, überhitzt. Wasser kann bei normalem Druck nur 100° heiß werden, Dampf hingegen hat keine Obergrenze. Dass 400° heißer Dampf deutlich mehr Power entwickelt als solcher, der gerade die Siedemarke hinter sich gelassen hat und ständig tropft, das heißt rückkondensiert, liegt, glaube ich, auf der Hand. Nassdampfer haben keinen Überhitzer, denn sie stammen aus einer Zeit, als der noch nicht erfunden war, nämlich aus dem 19. Jahrhundert.

Volldruckmaschinen. Um die zu veranschaulichen, hole ich ein wenig aus. Das bisschen Wirkungsgrad, den unsere 99 783 entwickelt, holt sie aus der Entspannung, der der Dampf im Zylinder unterliegt. Den Anteil des zugeführten Dampfs nennt man Füllung. Bei einer Füllung von 40%, wie sie im normalen Fahrbetrieb ungefähr anliegt, braucht das Kesselfeuer nur diesen Anteil am Vortrieb beizusteuern. Den Rest erledigen die bereits öfter erwähnten Zylinder. Konkret sind das die beiden waagerecht gelagerten Dinger vor den Kuppelachsen – auf der anderen Seite ist noch einmal so ein Ding." „Müssten die nicht rund sein?" „Sind sie auch, Helga. Oben drüber ist der Schieber angebracht, dessen Stellung die erwähnte Füllung bestimmt, aber auch, in welchen Teil des Zylinders der Dampf strömen, kurz gesagt, in welche Richtung das Teil sich in Bewegung setzen soll. Wär's das?"

„Du hattest Einstufenmaschinen erwähnt." „Richtig, Wulf. Das waren die allerersten im 18. Jahrhundert. Da war der Schieber noch nicht erfunden und der Dampfdruck wirkte nur in eine Richtung. Zurück lief der Kolben leer." „Und die Richtung …?" „Wurde durch ein Riesenschwungrad bestimmt, das ein kräftiger Geselle anzustoßen hatte."

„Was hatten denn die für einen Wirkungsgrad?"

„Gerade einmal drei Prozent. Moderne Heißdampfmaschinen bringen es immerhin auf knapp 15%."

„Dann hattest du die Steuerung erwähnt, Pankraz. Wofür braucht ein Schienenfahrzeug eine Steuerung?"

„Weil es Steuerung und nicht Lenkung heißt. Steuern kann man alles Mögliche. So dient die Benzinsteuer dem Gegensteuern von unerwünscht hohem Verbrauch durch künstliche Verteuerung. Die Steuerung einer Dampflok dient dem Steuern der erwähnten Belange – Richtung und Füllung – und besteht aus dem Stangengewirr vor den Kuppelrädern. Die beiden dicken treiben alles an; ihr seht, dass eine vom Zylinder zum dritten Rad verläuft und dieses antreibt – daher Treibstange und -achse. Die zweite verbindet dieses Treibrad mit den anderen, kuppelt sie in des Wortes wahrster Bedeutung, und heißt deswegen Kuppelstange. Nun kommt ihr sicher leicht drauf, wie die anderen gekuppelten Räder genannt werden?!" „Äh …; Kuppelräder?" „Richtig, Wulf."

„Uff!" stöhnte Helga. „Bist du nicht auch erschlagen, Miranda?" „Ich weiß das von früher. Pankraz hat mir immer wieder mit Engelsgeduld beizubiegen versucht, wie so eine Höllenapparatur funktioniert."

‚Unsere' 99 783 hatte sich inzwischen vor den Zug rangiert. Langsam wurde Zeit zum Einsteigen, obwohl der Begriff Beschleunigung bei der Fuhre, die neben dem Zugpferd aus immerhin acht Wagen bestand, eher als akustischer denn als dynamischer Akt zu werten ist. Es wäre ohne weiteres möglich gewesen, auch nach erfolgter Abfahrt auf eine der offenen Endplattformen aufzuspringen, ohne Weltmeister im Sprint zu sein – was natürlich streng verboten ist.

Besagte Fuhre ruckte an. Im vordersten Wagen, den Pankraz gewählt hatte, war die Unwucht der beiden Zylinder, die in hinkendem Takt ihre Kolben bewegten, deutlich zu spüren. „Die Kolben sind im Bogenverhältnis 90° zu 270° ausgerichtet", dozierte Pankraz weiter, „damit höchstens einer in einem Totpunkt zum Stehen kommt. Wären das beide, wüsste jeder sofort, warum die Totpunkte so heißen.

Ganz zu Anfang brachtest du den Begriff des Umkippens, Helga. Bei der Lok dürfte das Menschenkraft kaum zuwege bringen, aber die Wagen sind relativ leicht. Wenn einer voll ist und alle Passagiere sich zur selben Seite aus dem Fenster lehnen, bin ich mir nicht sicher, ob das nicht geschehen kann." Helga rutschte erschrocken auf ihrem Sitz ein paar Zentimeter weiter in die Mitte, was Pankraz zu einem Grinsen veranlasste. „Das dürfte kaum einen Effekt haben.

Göhren – Putbus ist für Fotografen und Filmer die attraktivere Richtung, denn so herum geht's Kessel voraus." „Was heißt das denn schon wieder?" „Naja, die Lok fährt vorwärts. Ihr habe ja gesehen, dass eine Dampflok unsymmetrisch gebaut ist. Da die Rügener Kleinbahn keine Drehscheibe und auch kein Wendedreieck besitzt, können die Fahrzeuge nirgends gedreht werden.

Ich frage mich", fragte Pankraz mehr sich selber als uns andere, „wie sie der ungleichmäßigen Abnutzung Herr werden. Göhren – Putbus ist eine weitgespannte Links- und Putbus – Göhren eine adäquate Rechtskurve. Naja, irgendwas werden sie sich schon überlegt haben."

Nachdem der ‚rasende Roland' die östlichen Badeorte abgeklappert und nach 9½ Kilometern Garftitz passiert hat, beginnt der landschaftlich schönste Teil der Strecke, der am Jagdschloss vorbeiführt und dank einer gelinden Steigung der Lokomotive einiges abverlangt. Teilweise verläuft die Trasse parallel zur B196, die über Lancken-Gtanitz und Zirkow nach Bergen führt.

Wir beobachteten einen Radfahrer, der mit dem Zug mitzuhalten sich bemühte und das auch schaffte, ohne übermäßig verbissen auszusehen. „Ist das ein E-Bike?" Pankraz kniff die Lider zusammen. „Eindeutig nicht. Der Typ ist einfach fit, Helga." „Wie schnell fahren wir eigentlich; weißt du das, Pankraz?" „Die Lok ist für 50 Sachen zugelassen, aber ich weiß, dass sich die Rügen'sche Kleinbahn mit 30 bescheidet." „Das rumpelt, als stünden wir kurz vor Durchbruch durch die Schallmauer." „Daran siehst du, wie relativ unser Gefühl für Geschwindigkeit ist."

Wir hatten den Zug Nr. 104 um 9:35 Uhr ab Göhren gewählt, der in 10:46 Uhr in Putbus eintrifft. „Ist das nichts?" brüstete sich Pankraz, als hätte er unsere Garnitur eigenhändig hergezogen. „Knapp 24¼ oder genauer 24,2 Kilometer in einer Stunde und elf Minuten. Das gibt den stolzen Schnitt von 20,45 km/h. Ihr seht, seinen Namen ‚rasender Roland' trägt der Insel-ICE zu Recht."

Mir war eine andere Einzelheit aufgefallen. „Kopfrechenkünstler?" Pankraz grinste. „Könnte ich behaupten, Wulf. Ich hatte mir allerdings bereits im Vorfeld Kilometrierung und Fahrplan im Internet beschafft.

Kommt mit 'raus, einem kleinen Rangiermanöver zusehen."

Wir schauten zu, wie sich eine Schmalspurdiesellok ans rückwärtige Ende des Zuges setzte. Der Schaffner pfiff wie in der guten alten Zeit und mit einem doppelten Ruck nahmen wir Fahrt auf. „Bei den alten Fahrzeugen gibt's keine elektronische Synchronisierung. Wie sanft oder unsanft der Start ausfällt, ist ganz allein dem Feingefühl der Lokführer überlassen." „Und warum das Ganze? Geht's das letzte Stück steil bergauf?" „Im Gegenteil, nur noch knapp drei Kilometer flach 'runter an die Lauterbacher Mole.

Dort werdet ihr sehen, dass die Strecke in ein Stumpfgleis ohne Umsetzmöglichkeit ausläuft. Für einen Triebwagen kein Problem; für die Rückfahrt begibt sich der Lok- oder besser gesagt Triebfahrzeugführer ins bisher rückwärtige Cockpit, schaltet um und fährt los. Die schiebende Dampflok könnte ihre Last nur als Rangierfahrt mit fähnchenschwenkendem Einweiser zurück befördern. Wie ihr euch denken könnt, eine extrem langsame und umständliche Methode.

Mit der Diesellok, die nunmehr die Zugmaschine stellt, kann die Rückleistung ganz normal erfolgen. Das Ganze nennt man im Englischen top-tail-driving oder auf gut Deutsch Sandwichanordnung. Die V 51 901 wurde übrigens 1964 gebaut und ursprünglich in Württemberg eingesetzt, zum Beispiel bei dem berühmten ‚Öchsle‘, einer Strecke, die 19 Kilometer weit von Ochsenhausen nach Warthausen führt und heute noch in Betrieb ist, allerdings als reine Museumsbahn ohne Beförderungsmandat."

Wir standen vor der ‚kleinen Roten‘, wie Helga sich ausdrückte. „Den Spitznamen ‚kleine Rote‘ trägt an sich die Rhätische Bahn im schweizerischen Kanton Graubünden", dozierte Pankraz weiter, „aber mit der Bezeichnung ‚altrot‘ lägst du richtig. In dieser Farbe waren nämlich sämtliche Dieselloks der früheren Deutschen Bundesbahn von Anbeginn – also 1949 – bis ungefähr 1980 lackiert, und das hier ist eine ehemalige Bundesbahnmaschine."

Wir warteten ab, bis sich unsere Fuhre 11:01 Uhr als Zug Nr. 107 unter Aufbrüllen der beiden 270PS-Diesel zurück Richtung Putbus und Göhren in Bewegung setzte. „In Putbus ist ein aufwändiges Umsetzmanöver fällig", informierte Pankraz uns, „aber das schauen wir uns an, bevor wir zurückfahren.

Weißt du jetzt, was ein Dreischienengleis ist, Helga?"

Helga starrte verblüfft die drei Stränge an. „Wenn mir einer gesagt hätte, dass es so etwas gibt, hätte ich gedacht, er verarscht mich." „Aber der Sinn ist doch klar, oder? In einer Stunde kommt der Normalspurtriebwagen aus Bergen, da könntest du sehen, dass der die äußeren Schienen benutzt. Ich denk‘ aber, das warten wir nicht ab?!" „Nein, ich glaub's auch so."

In Lauterbach gibt es außer einigen Segelbooten nicht viel zu sehen, sodass wir bald zur Retortenstadt Putbus aufbrachen. Da diese in einiger Entfernung vom Bahnhof liegt, hatten wir einen ganz schönen Fußmarsch zu bewältigen, bevor wir auf dem für den 4.700 Einwohner-Ort völlig überdimensionierten zentralen runden Platz, dem Circus, standen. Zu allem Überfluss ziert ihn ein monumentaler Obelisk, der dem ägyptischen Luxor zur Ehre gereicht hätte.

„Das sieht alles sehr steril aus. Man kann nur staunen, dass hier überhaupt Menschen leben", meinte Miranda. „Irgendwo werden wohl ganz normale Einfamilienhäuschen zu finden sein", erwiderte ich halbherzig. „Das ist das Ergebnis, wenn jemand vom Grafen zum Fürsten erhoben wird", urteilte Pankraz, der sich auch für den Besuch dieser Residenz gut vorbereitet hatte. „Im vorliegenden Fall Malte 1807 – da war er 24 Jahre alt – durch den schwedischen König Gustav Adolf. Prompt brauchte der frischgebackene Fürst eine adäquate Residenz, mit deren Bau er 1810 begann – Putbus, worin wir uns gerade befinden."

„Und alles auf dem Rücken der ausgebeuteten Leibeigenen", knurrte Helga. Pankraz zuckte mit den Schultern. „Das ist der Zwiespalt des modernen Touristen. Schaut euch das prachtvolle Wien mit der Hofburg und Schloss Schönbrunn an; das gedeiht nur unter feudalistischer Herrschaft. In der seit über 700 Jahren demokratischen Schweiz findet ihr sowas nicht. Das Berner Bundeshaus ist geradezu schnucklig und auf jedem Reiseführer prangt das Matterhorn, denn ein markantes Gebäude wie das Brandenburger Tor, den Eiffelturm, den Big Ben oder die Freiheitsstatue gibt es dort nicht." „England ist seit 400 Jahren eine konstitutionelle Monarchie, also keine feudalistische, und die USA waren von Anfang an ebenfalls demokratisch." „Aber nicht basisdemokratisch. Einmal gewählt können ja auch unsere Abgeordneten mehr oder weniger tun und lassen, was ihnen gefällt, und Prestigeobjekte ins Leben rufen oder unsinnige Kreis- und Gemeindereformen durchdrücken, die in der Eidgenossenschaft garantiert an der Urne scheitern würden."

In unserer Ehe ist Helga die Fotografin und trotz ihren zweifelnden Äußerungen, was die Lebensqualität von Putbus betrifft, erschienen ihr genügend viele Motive des Ablichtens für wert, sodass sie sich während unseres Rundgangs kaum anders als mit ihrer Systemkamera vor dem Gesicht bewegte. Als ich sie auf diesen Widerspruch zwischen Gesagtem und Getanem hinwies, antwortete sie schlagfertig: „Das Schöne hier ist, dass sich die wenigen Menschen in diesem Riesenareal so zerstreuen, dass ohne weiteres Aufnahmen ohne kamerabehängte Touristen gelingen. Versuch' das mal beim Kölner Dom oder dem Brandenburger Tor. Hier habe ich das Gefühl, der Ort wäre eigens wegen unseres VIP-Status abgesperrt worden."

Auch der Marktplatz mit dem Theater und der Schlosspark wirken überdimensioniert, zumal die SED-Leitung 1962 die Sprengung des Schlosses selbst angeordnet hatte. Unter Ulbricht war das hehre Ziel ausgerufen worden, vom ‚ersten sozialistischen Staat auf deutschem Boden' alles zu tilgen, was aus der überwundenen ‚Junker'-Epoche stammte. Das Berliner und das Zerbster Stadtschloss erlitten dasselbe Schicksal. Danach ging den Parteioberen offenbar das Dynamit aus und unter Honecker zeichnete sich eine Wende ab, indem in den 1980er Jahren sogar das Preußentum in Form des ‚Alten Fritz'-Denkmals zu Ehren kam, das in der Prachtstraße ‚Unter den Linden' wieder aufgestellt wurde, dem verzweifelten Versuch geschuldet, der Deutschen Demokratischen Republik eine nationale Identität überzustülpen, und sei es unter der Flagge des wiedererstandenen Preußentums. Auch Goethe hatte die Regierung unter dem Motto vereinnahmt: ‚Lebte Goethe heute, würde er sich für die DDR als Heimat entscheiden'. Eine ungefährliche Behauptung, denn deren Gegenteil blieb ja nicht beweisbar. Nichtsdestoweniger gelang es der Parteiführung nicht, in den DDR-Bürgern ein Heimatgefühl zu wecken.

Nach Kaffee und Kuchen in einem der wenigen, aber angenehmen Cafés wandten sich unsere Schritte wieder dem Bahnhof zu. „Warum so früh?" fragte Helga. „Wir haben eine Dreiviertelstunde Zeit bis zur Abfahrt." „Weil ich euch das Manöver zur Rückfahrt nicht vorenthalten will", antwortete Pankraz. Nicht ersparen will, dachte ich unwillkürlich. Ein Blick zu Miranda bestätigte diese Überlegung. Sie war allerdings die Marotten ihres Gatten gewohnt.

Wie wir den 107 aus Lauterbach hatten abfahren sehen, traf der 111 pünktlich um 15:08 Uhr von dort in Putbus ein. Die V 51 901 wurde abgekuppelt und entfernte sich nach ihren anstrengenden zweimal drei Kilometern in ihren Lokschuppen zur verdienten Pause. Auch die Dampflok, diesmal die 99 782, trennte sich von ihrer Garnitur und setzte ein Stück zurück. Dann stellte ein Bediensteter die Weiche zwischen beiden auf Abzweig, nachdem die 782 sie vollständig passiert hatte, und dirigierte die Lok auf ein Parallelgleis. Sie dampfte nun an ihrem Zug bis kurz vor die Kreuzung mit dem Normalspurgleis vorbei, wendete dort erneut und setzte sich vorsichtig mit dem Kessel voraus vor ihre Last. Wäre nicht Pankraz schier aus dem Häuschen und kurz davor, sich bei seinen Erklärungen zu überschlagen, hätte ich dem gebotenen Spektakel kein Eckchen meiner Gehirnwindungen gegönnt, muss ich zugeben.

„Das nennt man eine Spitzkehre", schloss Pankraz seine Ausführungen ab und wir bestiegen den mittleren Wagen. Pünktlich um 17:02 Uhr entstiegen wir ihm in Göhren wieder und das Abenteuer ‚rasender Roland' war beendet. Gerade die passende Zeit, uns ein nettes Restaurant für das Abendessen zu suchen.

„Nach Putbus", teilte uns Pankraz zwischen Hauptspeise und Nachtisch seinen Beschluss mit, „fahre ich noch einmal mit dem Auto." „Deine Staffelei im ÖV mitzuschleppen hattest du keine Lust?" fragte ich leicht provozierend. „Hm, nein, Wulf. Ich weiß, dass Caspar David Friedrich diese Option nicht hatte, aber warum soll man nicht nutzen, was die eigene Zeit an Bequemlichkeit bietet?" „Wenn du das allein durchziehst", bestärkte Helga ihn, „werde ich noch einmal die Victoriasicht aufsuchen, und zwar sehr früh am Morgen." „Während ich noch schlafe?" lotete ich hoffnungsvoll aus. „Wenn du willst; ich brauche nicht lange: Parkplatz, hin, fotografieren, zurück zum Auto und frühstücken.

Was ich brauche, ist ein prachtvoller Sonnenaufgang. Davon bist du, Pankraz, ja nicht abhängig." „Naja, im strömenden Regen male ich auch nicht. Ich kann allerdings, da hast du Recht, Helga, die Sonne platzieren wohin ich will." „Morgen soll's nicht besonders schön werden", warf ich ein, „da werden wir sehen, was sich machen lässt."

Bevor der gemütliche Teil des Tages seinen Tribut fordern würde, beschloss ich, zum Tanken zu fahren. Mittlerweile besteht auch die Rügen'sche Busflotte aus Wasserstofffahrzeugen, sodass in allen Gemeinden genügend Zapfsäulen zur Verfügung stehen. Während ich feststellte, dass diese immer mehr und die klassichen für Benzin immer weniger Raum einnahmen, schlenderte der Pächter aus seinem Kabuff und sagte: „Schöner Oldtimer. Ich sah gerade, wie Sie die Reihe der Wasserstoffpistolen kritisch beäugten. Hegen Sie die Befürchtung, dass Sie für Ihren bald keinen Sprit mehr kriegen?"

„Ein bisschen. Mindestens werde ich meinen XM bald nur noch für Sonntagsausflüge nutzen. Zu meinem Butter- und Brotauto werde ich einen Brennstoffzeller machen."

Der Mann grinste mich an. „Keine Angst, dass der explodiert?"

Ich dachte an mein gestriges Fachgespräch mit Pankraz und grinste zurück. „Nein, denn ich weiß, dass Wasserstoff schlimmstenfalls eine Oberflächenverpuffung ähnlich wie bei Benzindämpfen auslösen kann. Ein Brennstoffzellenfahrzeug ist folglich keinesfalls gefährlicher als ein klassischer Benziner. Allerdings hätte ich vermutlich Mühe, die Familie und Freunde davon zu überzeugen."

„Sie wissen, dass ein Benziner wie Ihrer nie explodieren, sondern höchstens in einer explosionsähnlichen schnellen Verbrennung enden kann?"

„Naja, das wohl schon …"

„Wissen Sie, unter welchen Bedingungen?"

„Bei Unfällen?"

Jetzt lachte der Pächter dröhnend. „Wie in diversen Krimis. Eine leichte Kollision und – wumm! – verwandeln sich beide Autos in Feuerbälle. Tatsache ist, dass das praktisch unmöglich ist."

„Bei einer leichten Kollision wohl nicht."

„Wissen Sie, wie schwer der Zusammenstoß sein muss?"

„Frontal mit 150 Sachen?"

„Das ist nur eine der Bedingungen. Das Benzin-/Luftgemisch muss nämlich stimmen. Es wird in einem Verhältnis zwischen 1:13,8 und 1:15,2 in die Brennkammer gespritzt. Lambda 1, das heißt die rückstandsfreie Verbrennung findet bei 1:14,7 statt. In genau diesem Verhältnis muss sich das Gemisch im Tank befinden, um eine schnelle, eben explosionsähnliche Verbrennung zu provozieren. So leer fährt ihn kein Mensch. Dazu muss er schlagartig auf mindestens ein Siebtel seines Volumens zusammengedrückt werden, denn die Mindestverdichtung eines Benzinmotors beträgt 1:7. Schlagartig bedeutet, dass der Aufprall auf ein Fahrzeug geschehen muss, das an einer Wand steht, denn ein Stoß auf ein frei stehendes wäre ein elastischer und kein schlagartiger. Dazu muss der Angreifer mindestens 150 km/h drauf haben, um eine solche Stauchung zu erzeugen, und der Tank aus Metall bestehen, denn nur dieses Material ist deformierbar. Sowohl Kunststoff als auch Glasfiber oder Kohlefaser zerplatzt einfach und nimmt sofort den Druck weg. Zusätzlich bräuchte es einen Zündfunken. Erst bei einer schlagartigen Komprimierung auf ein Vierzehntel entfiele das, denn unter einem Druck von 14 bar entflammt Benzin von selbst. Dazu bräuchte es eine Aufprallgeschwindigkeit von 400 Sachen. Ich habe noch nie gelesen, dass so etwas passiert wäre. Sie sehen, seit es Action-Thriller gibt, gibt es hochdramatischen Blödsinn.

Etwas anderes sind die Lithium-Ionen-Akkus. Die explodieren tatsächlich, und zwar im Fall eines Zellschlusses, das bedeutet eines Kurzschlusses innerhalb einer Zelle, innerhalb von weniger als einer Sekunde. Der Übergriff auf die

Nachbarzellen ist eine klassische Kettenreaktion. Für den oder die Insassen gibt es keine Überlebenschance."

Ich sah mein Gegenüber fassungslos an. „Ist das auch so eine theoretische Überlegung?"

„Keineswegs. Ich kann Ihnen jede Menge Videos zeigen, in denen Überwachungskameras einen solchen Vorgang gefilmt haben. Ursachen sind entweder Gerüttel – über einen starken Ast fahren genügt – oder Konstruktionsfehler."

„Aber …, aber so ein Ding ist ja brandgefährlich?!"

„Ist es."

„Dann müsste es doch verboten werden."

„Aus unerfindlichen Gründen gelten die sogenannten E-Autos immer noch als umweltfreundlich und werden von der Politik gefördert. Deshalb werden Meldungen über derartige Vorfälle in den öffentlich-rechtlichen Medien unterdrückt. Komischerweise finden abgefackelte Smartphones ihren Weg in die Öffentlichkeit. Es wird aber kein Schluss auf die baugleichen Akkus in Fahrzeugen gezogen. Jeder weiß mittlerweile, dass diese Dinger nicht nur Sondermüll, sondern sogar Gefahrgut sind. Eigentlich müsste einem E-Auto die Passage durch Wasserschutzgebiete genauso verboten werden wie einem Transporter – für den Fall eines Unfalls. Aber, wie erwähnt, geschieht das aus politischem Kalkül nicht. Ich kann mir allerdings vorstellen, dass ein allgemeines generelles Fahrverbot eines Tages greifen wird. Ich schätze, Kalifornien wird da wieder Vorreiter sein."

Ich hatte meinen Tankvorgang beendet und bedankte mich für die überraschende Information. „Und was ist mit Wasserstoffantrieb?" Ich wagte kaum, diese Frage zu stellen.

Der Mann grinste zum nochmals zum Abschied. „So gefährlich wie ein Benziner, also überhaupt nicht. Sie würden eine gute Wahl treffen."

Nachdenklich fuhr ich zu unserer Ferienwohnung zurück. „Da warnen mich alle ständig vor der Explosionsgefahr von Wasserstoff, und dabei lauert die Gefahr ganz woanders.

Wie immer, wenn die Politik Prämissen setzt", murmelte ich vor mich hin.

Den Abend verbrachten wir turnusmäßig in unserer Hälfte. „Helga bat gestern darum, es ein wenig sanfter angehen zu lassen", leitete Miranda ein, „dazu zunächst eine Frage: Wie hat euch meine gestrige Lutscheinlage gefallen, meine Lieben?" „Wie kannst du so 'was fragen?" schallte es bei Pankraz und mir wie aus einem Mund. Miranda grinste. „Das dachte ich mir.

Mein Plan sieht vor, dass diesmal ihr die aktiven Spanker seid und eure Belohnung bekommt, wenn ein zufriedenstellendes Rosa erreicht ist. Damit ihr weit genug von Helga entfernt steht, sodass ich 'ran kann, braucht ihr eine Verlängerung. Ich dachte ..." Mit diesen Worten ergriff Miranda eine Plastik-Fliegenklatsche, die auf der Fensterbank ihr Dasein fristete, wedelte damit herum, dass ein pfeifendes Geräusch entstand, wandte sich an Helga und fragte diese: „Meinst du, die wäre gut?" „Ich denke. Ein bisschen ziehen muss es ja."

Das Arrangement gestaltete sich denkbar einfach. Helga bückte sich über die Sitzfläche eines der beiden Sessel und streckte ihren entblößten Po dem Zuchtinstrument herausfordernd entgegen. „Das einzige Problem ist: Was macht der zweite Mann, während der erste bedient?" „Entweder dasselbe wie gestern, Miranda", schlug Pankraz vor, „oder er grabbelt Helga an den Brüsten herum, damit sie während ihrer Verarztung auch oben 'was hat." Helga zeigte Freude. „Bestens. Ich glaube, wir können loslegen." „Wulf, willst du als erster?" „Gern, Miranda."

Das Auftreffen der dünnen Netzfläche klang genau so – dünn. Helga pfiff durch die Zähne. „Zieht tatsächlich ganz gut." „Du sprichst ja ganz normal." „Es handelt sich um eine reine Oberflächenmassage." Nach und nach röteten sich die beiden Rundungen und ich fragte mich, wann Miranda beginnen wollte. Offenbar war ihr meine Behandlung bisher nicht weit genug gediehen. Ich schlug fester zu, was Helga zu einem Keuchen veranlasste. Plötzlich drückte sich ein

Körper an meine Lenden und machte sich an meinem besten Stück zu schaffen. Wie gestern arbeitete Miranda perfekt. Ihr Mund sog fordernder als eine Vagina und melkte meine Hoden hemmungslos. Ich verlor die Kontrolle über meine Motorik und schlug stärker zu als ich beabsichtigt hatte, aber Helga tolerierte es. Als ich kam, wedelte ich die Fliegenklatsche ziellos in der Gegend herum, denn ich vermochte mich auf nichts weiter als mich selbst zu konzentrieren.

Dann stand ich schweratmend da, während Miranda sich diesmal ins Bad verzog, um ihren Rachen auszuspülen. „Entschuldige, Helga", sagte ich, „am Schluss wurde ich ein wenig fahrig." „Macht nichts, Wulf." Meine Frau erhob sich und rieb sanft ihr Gesäß, während Pankraz von ihrem Busen abließ. „Kleine Pause?" fragte er scheinheilig. „Du bist doch heiß wie ein läufiger Hund, Pankraz. Nichts da, sobald Miranda zurück ist, geht's … Ah, da ist sie ja."

„Pause?" fragte unsere Fellatio-Spezialistin ahnungslos. „Dieselbe Antwort wie an deinen Angetrauten: Durchziehen und danach Bier."

„Damit haben wir's noch nie gemacht", gestand Helga, als die Krüge mit besagtem Getränk vor uns standen, „eine merkwürdige Art von Schmerz. Einerseits brennt es ganz schön, andererseits geht nichts in die Tiefe." „Auch keine Wärme vorn?" „Wenig, Miranda. Ich fürchte, unsere Kerle werden sich nachher anstrengen müssen." Ich seufzte, weniger aus Resignation als vielmehr aus Vorfreude. Soweit ich nach unserem gemeinsamen dritten Tag in Pankraz' Gesicht zu lesen verstand, ging es ihm genauso.

Mae: Waldspaziergang

Einer meiner bisherigen Berichte setzt in überschwänglichem Maß meine kräftigen Beine dem Rampenlicht aus. Dass deren Wirkung nicht nur auf weiblicher Einbildung beruht, zeigt der folgende, in dem mir deswegen sogar die vorgesehene Spankingprozedur erspart blieb.

Denn natürlich war ich einbestellt worden, um mir wieder einmal ausgiebig den Arsch vollhauen zu lassen. Knut, wie mein Klient hieß, öffnete mir die Haustür und erstarrte, denn er starrte wie hypnotisiert auf meine untere Etage.

„Gefallen sie dir so gut?" fragte ich, um die peinliche Stille zu unterbrechen und vielleicht auch irgendwann einmal eingelassen zu werden.

„Unbeschreiblich!" brachte er endlich heraus. Ich hatte mich angesichts des heißen Sommertages in Jeansshorts gezwängt, die mein Becken betonten und in südliche Richtung zwei Zentimeter unterhalb des Schritts endeten. Meine knusprig braune Haut trug sicher dazu bei, dem männlichen Adrenalinpegel zu einem ungeahnten Höhenflug zu verhelfen.

Wie dem auch sei, der Bann war gebrochen und Knut komplimentierte mich in die gute Stube und auf einen der Sessel, die um einen niedrigen Tisch gruppiert waren. „Du bist Mae, wurde mir gesagt."

„Richtig."

„Isst du mit mir ein Stück Kuchen zum Kaffee? Wie ich sehe, musst du deine Kilokalorien nicht einzeln zählen." Einen Mustercharmeur hatte ich in Knut nicht aufgerissen und wäre ich seine girl-friend, hätte mich sein unverblümter Anmacher bezüglich meines Rundum-Polsters geärgert. Was soll's, für ein professionelles Spankingobjekt ist es sinnvoll, eins – ein Polster, meine ich – als schützenden Panzer um sich zu haben, damit sich während des Vollzugs die Gefühle nicht ins Unerträglich steigern. Ich überlegte, ob ich ihm das mitteilen sollte, unterließ es aber. Wer sich entschuldigt, klagt sich an.

„Gern.“

Genauso hätte mich geärgert, dass Knut während des Kaffeeklatschs unablässig meine Oberschenkel fixierte, wäre ich besagte girl-friend. Da ich aber eine bestellte Nutte war, hatte er zu bestimmen, worauf er sich zu konzentrieren beliebte. Küssen durfte er mich sowieso nicht, sodass mein Gesicht als optische Zielscheibe flachfiel. Also bitte, hier sind meine unteren Extremitäten zur Begutachtung. Lange würde es nicht dauern und die Begutachtung geriete in ein handgreifliches Stadium, dessen war ich mir sicher.

Unsere Unterhaltung verlief zäh und mir wurde sie immer unangenehmer. Lass' dir 'was einfallen, ermahnte ich mich, du wirst hier unter anderem fürs Entertainment bezahlt. Mir fiel etwas ein. Jeder Mann interessiert sich für Autos.

„Was hast du für einen Wagen?“

Treffer! Knuts Augen leuchteten förmlich, als er mir antwortete: „Ein Sportcabrio. Willst du einmal mitfahren?“

Wir standen bewundernd vor dem Boliden. Die Bewunderung war meinerseits zwar gespielt, aber ich war schließlich im Dienst. „Hast du Lust zu einem Ausflug in die Wälder?“ fragte Knut unvermittelt.

„Warum nicht? Schwebt dir ein bestimmtes Ziel vor?“

„Ich möchte dir meinen Lieblingsspazierweg zeigen. Er verläuft vom Gasthaus unterhalb der Burgruine bis zum Sendeturm im Osten und wieder zurück.“

Ich wunderte mich. Wann wollte er eigentlich anfangen …? Vielleicht im Wald? Von mir aus, bücke ich mich eben über einen Stoß gefällter Baumstämme. „Gern.“

Während der Fahrt hatte Knuts rechte Hand meinen linken Oberschenkel gefunden und strich unablässig über dessen flaumige Oberfläche, weil das Automatikgetriebe des Sportcabrios sie bezüglich Bedienung zur Langeweile verdammte. Ich bog mein linkes Knie ein wenig nach außen, um auch die Innenfläche meiner Extremität für Knuts Hand erreich- und streichelbar anzubieten.

Als es die Serpentinen zum Burgberg hochging, ermahnte ich ihn, beide Hände zu benutzen. „Nicht bei den Kurven, meine Liebe." „Beide Hände ans Steuer, meine ich. Den Abhang möchte ich nicht 'runterkullern." Die Worte hatte ich heftiger ausgesprochen als es meiner Rolle zustand, aber Knut nahm mir das nicht übel. „Schon klar. So ernst hatte ich's nicht gemeint."

Ich kenne die Gegend sehr gut, denn hin und wieder habe auch ich frei und erfahre meine idyllische Heimat in langen Spaziergängen. Zunächst geht es auf einem baumlosen Grat entlang. Diese Phase nutzte Knut zum Schimpfen. „Hörst du das?"

„Was?"

„Hubschrauber. Sie fliegen den ganzen Tag sowohl das Wutach- als auch das Rheintal 'rauf und 'runter. Was ist ihre Aufgabe als die totale Überwachung des Untertanengebiets?" Aha, Knut zählt zu den staatsskeptischen Zeitgenossen. Ich auch, enthalte mich allerdings während beruflicher Einsätze jeglicher politischer Meinungsäußerung. So nickte ich nur und sagte: „Hm-m."

Knut steigerte sich in seinen Zorn. „Überall ist von Krise die Rede, Gesundheitskrise, Energiekrise und so weiter. Was die Energiekrise betrifft: Um zehn Mal am Tag die Flüsse entlang zu fliegen, gibt es anscheinend genug Helikopter, genug Personal und auch genug Sprit. Und uns erzählen sie, wir sollten Energie sparen, so viel uns möglich ist. Ich gehe davon aus, dass die Überwachungsflüge im ganzen Land in ähnlicher Intensität stattfinden. Denk' dran, wir sind hier sein dünnbesiedeltes Ende."

Als wir in den Wald eintauchten, beruhigte sich Knut glücklicherweise. Der Weg geht mit leicht wechselndem Gefälle kontinuierlich Richtung Osten. Er bleibt bequem, während sich links und rechts das Gehölz immer weiter verdichtet. Hier wäre der ideale Abschnitt, mich hineinzulocken, zu spanken und im Anschluss zu ficken. Wo ein Wille ist, ist auch ein Gebüsch, fiel mir als Bonmot in diesem Augenblick ein. Danach würde es wahrscheinlich unverzüglich zurückgehen.

Jedoch geschah nichts dergleichen. Nach etwa der halben Strecke zweigt nach rechts ein Weg zu einem prachtvollen Hof ab, während wir geradeaus weiterspazierten. Eine Weile bleibt der Schwierigkeitsgrad wie gehabt; dann geht es halbrechts über ein Stück Wiese und zur ultimativen Etappe tief in den Wald hinein. Bis zum höchsten Punkt, dem Vieletschen auf knapp über 600 Höhenmetern, wird der Pfad schmal und bleibt es. Wer hier seitlich abdriftet, muss sich in Acht nehmen, denn es ist nach allen Seiten abschüssig.

Immerhin hatte sich unsere Unterhaltung verflüssigt. Kurt sprach zwanglos über Themen, die ihn bewegten, und dazu gehörten sexuelle Anspielungen nicht. Er outete sich als Eisenbahn- und Wanderfan, Spezialist für Kartografie und fantastischen Erzählungen und nicht zuletzt als Bewunderer der Bauhausarchitektur. Besonders freute mich, dass er, solange er nicht auf den Weg zu achten gezwungen war, immer wieder mein Gesicht intensiv und wohlwollend betrachtete.

Nirgendwo begegnete uns eine Menschenseele. An einem Werktag ist das auch nicht zu erwarten. Das ist einer der Gründe, warum ich gern hier lebe. Wer will, kann sich gut von der zuweilen nervtötenden Spezies homo sapiens absondern. Nach 4½ Kilometern und gut einer Stunde Marsch hatten wir den Sendemast erreicht. Dort ist ein Tisch-/Bankarrangement eingerichtet, an dem sich gut picknicken ließe, hätten wir Ess- und Trinkbares dabei.

„Leider müssen wir denselben Weg zurückgehen", bedeutete Knut mir. „Es gibt zwar Alternativen, aber die führen tief in ein Tal hinab, egal in welches, sodass wir die doppelte Zeit bräuchten."

Langsam wurde es spannend. Würde Knut auf dem Rückweg aktiv werden? Ich war mit mir selbst zu wetten bereit, dass das nicht der Fall sein würde, und so geschah es auch oder vielmehr nicht. Als wir am Gasthaus eintrafen, hatte dieses mittlerweile geöffnet und Knut fragte mich zu meiner Überraschung: „Wollen wir hier zu Abend essen? Die Küche ist recht gut."

Als ich verzweifelt auf der Speisekarte nach einem einigermaßen preiswerten Gericht suchte, nickte Kurt mir aufmunternd zu. „Keine Hemmungen. Du bist selbstverständlich eingeladen."

Wie er zur Begrüßung wenig pietätvoll hatte verlauten lassen, brauche ich nicht jede Kalorie zu zählen. Veganerin oder sonstwie Asketin bin ich auch nicht, sodass ich mir ein Kalbsschnitzel gönnte. Erschrocken fragte ich mich, ob mich Knut angesichts meiner Speckröllchenansätze etwa unattraktiv fand. Als wir beim Nachtisch saßen, platzte ich entgegen meiner ursprünglichen Absicht unverblümt mit dieser Frage heraus. Er sah mich beinahe entsetzt an. „Wie um alles in der Welt kommst du darauf?"

„Naja, du hast mich außer einem bisschen Oberschenkelgrabschen in deinem Cabrio bisher nicht berührt. Das verunsichert mich."

Knut lächelte sanft. „Weißt du, im Grunde war mir viel wichtiger, auf meinem Lieblingsspazierweg eine angenehme und attraktive Begleitung zu haben als den ganzen Tag zu rammeln."

„Dann hättest du keine Spankingdame anfordern brauchen, sondern eine ganz normale, äh … Naja, du weißt schon. Und wenn dir eine Begleitung ohne Sex genügt, wird's noch billiger."

„Dann wärst aber nicht du gekommen."

„Nein. Ich bin für rückwärtige Verlockungen eingeteilt."

„Siehst du? Dann hätte ich nie die schönste Frau der Welt kennengelernt."

„Bring' mich bitte nicht in Verlegenheit. Wer auf weibliche Rundungen steht, dem kann ich sie bieten, aber schönste

Frau der Welt ...?" Knut hatte mich nichtsdestotrotz in Verlegenheit gebracht. Ich versuchte meine geröteten Wangen zu verbergen, indem ich mich tief über den kürzlich servierten Eisbecher beugte.

Als die abwärtsführenden Serpentinen überwunden waren, parkte Knuts rechte Hand wieder auf meinem Schenkel, aber sonst passierte rein nichts. Ich fragte mich, ob es überhaupt zu einem Angriff auf meine nicht vorhandene Unschuld kommen würde und wenn nicht, woran das liegen könnte. Wer bumst nicht mit Vergnügen die angeblich schönste Frau der Welt, wenn sie sich ihm hinzugeben bereit ist?

Als der Schlitten in der Garage stand und wir wieder am Wohnzimmertisch saßen, fragte ich Knut rundheraus. Ich begründete meinen Vorstoß dahingehend, dass ich verpflichtet wäre, meinem Freier zu einem Orgasmus zu verhelfen und bisher nichts unternommen hätte, um diesem Anspruch gerecht zu werden – im Gegenteil, bisher hätte ich ausschließlich von seiner Gastfreundschaft profitiert.

Knuts Reaktion war bemerkenswert. Sein Gesicht wurde dunkelrot, dunkler als er je meinen Po beim Spanken zu zaubern vermocht hätte. „Ich ...; ich muss dir 'was sagen."

Ich sah ihn nachdenklich an. „Knut, ich habe das Gefühl, gleich folgt etwas sehr Intimes und etwas, das dich gehörig belastet. Ich bitte dich, dich mir rückhaltlos anzuvertrauen, und ich verspreche dir Verschwiegenheit und dir zu helfen, soweit es mir möglich ist."

Knut schluckte, suchte nach Worten und stieß schließlich hervor: „Ich bin impotent."

„Was heißt das? Verspürst du gar nichts, kommt kein Saft oder kriegst du ihn nicht steif?"

„Das letzte."

„Dann leidest du unter Erektionsstörungen. Ich versichere dir, dass sich da mit den heutigen medizinischen Hilfsmitteln 'was machen lässt. Das ist aber die Aufgabe vom Doc. Meine Aufgabe besteht darin, dir eine kurzfristige Lösung zu bieten. Ist es so, dass ein Erguss folgt, wenn du daran reibst?"

„Äh …; ja!"

„Dann kann ich dir sicher helfen. Eine Frau hat eine zweite Scheide. Errätst du, welche ich meine?"

„Hm, nein."

„Na, ihren Mund. Ich kann ihn mit den Lippen umfassen und mit diesen den sensitiven Bereich zwischen Eichel und vorgeschobenem Häutchen stimulieren. Ich kann deinen Penis aber auch Stück für Stück tiefer in meinen Schlund ziehen und intensiv lutschen. Wir werden sehen, was besser läuft."

Knut, immer noch rot wie eine Tomate, stotterte: „Ich schäme mich."

Ich lächelte ihn an. „Knut, das will ich nicht gehört haben. Zieh' bitte deine Hosen aus und bleib' stehen. Ich gehe ins Tiefparterre hin und fange an, dich hochzubringen. Du wirst sehen, ich bin gut und zur Scham besteht kein Anlass. Fiele diese Barriere nicht irgendwann, wäre die Menschheit seit Langem ausgestorben. Ich sehe sogar die Chance, deine Blockade auf Dauer zu lösen."

Da Knut keine Anstalten machte, zur Tat zu schreiten, tat ich das. Ich kniete mich vor ihm hin und zog ihm die Beinkleider herunter. Seine Bewaffnung war tatsächlich ein erbärmlicher Anblick, aber als ich begann, sie zu umfassen und sie sachte zwischen meinen Fingern zu bearbeiten, spürte ich eine allmähliche Erweckung.

Na also, dachte ich. Nach einer Weile war der Penis immerhin zu einer messbaren Größe angewachsen, wenn auch weit von einer richtigen Erektion entfernt. Die Zeit für den Mundbetrieb sah ich indes gekommen. Ich schob die Vorhaut zurück, nahm den sensitiven Bereich zwischen meine Lippen und unterzog ihn sachte mahlenden Bewegungen. Und siehe da, plötzlich registrierte ich eine beachtliche Erstarrung und Verlängerung meines Gastes. Ich umschloss ihn nun mit meinem Rachenraum und leckte, was das Zeug hielt.

Knut, der bisher völlig ruhig geblieben war, begann zu stöhnen und zu keuchen. Mein Mund war plötzlich so gefüllt, dass meiner Zunge kaum Platz für weitere Aktivitäten blieb, aber das war auch überflüssig. Eine klebrige Substanz ergoss sich in meine Kehle, die ich schleunigst hinunterschluckte, da ich andernfalls erstickt wäre.

Eine Weile flossen einzelne Tropfen nach, dann schlaffte der Spermaspender ab. Ich lutschte ihn sorgfältig sauber und entließ ihn in die Freiheit. Meine Zunge besorgte finale Reinigungsarbeiten in meiner Ersatzvagina, bevor ich mich erhob und Knut anlächelte. „Und?"

Knut lächelte zurück, sodass mir richtig warm ums Herz wurde. „Du bist die Größte. Empfindest du keinen Ekel …?"

Ich bedeckte Knuts Mund mit der Hand. „Kein schlechtes Gewissen, bitte! Was ich tue, tue ich gern. Das nächste Mal, da bin ich überzeugt, kriege ich dich soweit, dass du ihn in dafür vorgesehene Öffnung steckst, denn du hast meines Erachtens deine Blockade überwunden."

„Er wurde wirklich steif genug?"

„Wirklich. Im letzten Stadium hättest du eine Penetration bereits geschafft, aber ich durfte deine Erregung keinesfalls mehr ausbremsen. So habe ich die Fellatio bis zur Erfüllung durchgezogen."

Knut sah mich an. Wäre er eine Frau, hätte ich den Blick als ‚anhimmeln' eingestuft. „Wenn ich bei deinem Etablissement die Nächste bestelle, bestehe ich darauf, dass du und nur du kommst."

Ich lächelte geschmeichelt. „Dann gibt's hoffentlich endlich Haue. Du darfst übrigens immer noch."

„Ach was. Weißt du, ich hatte eigentlich nur ein Spankinggirl geordert, weil ich hoffte, dass das mich oder besser gesagt meinen Kleinen wecken würde. Im Wald erkannte ich aber, dass das vermutlich nichts bringen würde, und wie ich dich erlebte, wollte ich dir auf keinen Fall wehtun."

Ich lächelte immer noch und hoffte, dass nicht das nach Anhimmeln meinerseits aussah. „Sehr lobenswert, Knut. Dabei lagst du völlig richtig. Jeden Mann turnt es an, eine gut gepolsterte weibliche Kehrseite wie meine mit ein paar Klapsen einzudecken. Das ist überhaupt nicht schlimm. Und es darf auch ruhig ein bisschen kribbeln."

Beim Abschied war es soweit. Knut hatte Mut gefasst, holte aus und knallte mir einen Herzhaften hinten drauf. Ich warf ihm eine Kusshand zu und beeilte mich, seinem Sichtbereich zu entfliehen, bevor mein Job in eine Romanze ausarten würde.

Emilie: Einundzwanzig oder sechsunddreißig

Zusammen mit Helga Jäger, Berwulf Klugwart und ihrer fünfjährigen Tochter Anna Lena hatten wir uns auf Rügen ein Ferienhaus gemietet. Wir sind Elmar und meine Wenigkeit Emilie Wawel mit unseren Kindern, der zwölfjährigen Maja und dem zehnjährigen Thilo. Zum Glück verstanden sich die Kinder gut genug, dass unsere Älteren Anna Lena überall in ihr Spiel miteinbezogen. Jetzt hatten wir sie endlich in ihre Betten komplimentiert, wobei ich überzeugt war, dass Maja den beiden anderen noch eine Geschichte vorlas – das tut sie mit dem größten Vergnügen. Ich befürchtete allerdings, dass Otfried Preußlers Kinderbuchklassiker ‚Die kleine Hexe' so spannend ist, dass Maja bequengelt würde, bis sie ihn zu Ende gebracht hatte. Naja, es waren ja Ferien.

Helga und Wulf hatten eine der Gebäudehälften in Göhren bereits während ihrer Hochzeitsreise vor sechs Jahren gebucht gehabt und sie uns für diesen Sommer schmackhaft gemacht. Das Haus besteht aus zwei gleich geschnittenen, aber spiegelbildlich angeordneten Wohnungen mit genügend Platz für bewegungsfreudige Heranwachsende.

Jeden zweiten Abend verbrachten wir wechselweise gemeinsam. Wenn es ans Verabschieden ging, trug Helga ihre Anna Lena in deren Refugium, ohne dass diese es merkte, beziehungsweise wir weckten unsere ‚Großen' für kurze Zeit, damit sie verschlafen auf eigenen Füßen zu ihren Betten tapsten. Das lag für heute noch in einiger zeitlicher Ferne.

„Wenn das Wetter weiterhin so schön bleibt, haben wir unseren Backgammonkoffer umsonst mitgenommen", erklärte Elmar unvermittelt, nachdem das Geschirr des Abendessens seinen Weg in die Spülmaschine gefunden hatte. „Ihr spielt Backgammon?" fragte Wulf überrascht. „Ja. Findest du das so daneben?" „Nein, überhaupt nicht. Weil wir das nämlich auch spielen."

Jetzt war es Elmar, der verdutzt schaute. „Habt ihr auch ein Brett mit?" „Sicher." „Dann können wir ja ein kleines Turnier veranstalten." „Jeder gegen jeden, also drei Spiele für jeden und sechs insgesamt und das beliebig oft bis zur Schlafenszeit." „Bist du ein Blitzrechner, Wulf?" „Na, das ist doch Allgemeingut. Eigentlich müssten 3², also neun Spiele gespielt werden, aber gegen sich selbst braucht niemand anzutreten und wenn A gegen B gespielt hat, braucht nicht mehr B gegen A zu würfeln." „In der Bundesliga ist das aber anders." „Weil Heim- und Auswärtsspiele unterschiedlich gewichtet werden, Elmar. Das brauchen wir hier nicht zu berücksichtigen."

In der ersten Runde saßen sich Elmar und Helga sowie Wulf und ich gegenüber. „Ich bin gespannt, wie du dich schlägst", raunte mir Helga zu, „Wulf ist nämlich ein fanatischer Statistiker, der bereits im Vorfeld weiß, wie er setzen wird." „Wie kann er das? Er weiß doch nicht, wie die Würfel fallen werden." „Er kann's ausrechnen." „Das geht doch gar nicht!" „Du wirst's sehen."

Ich wollte es nicht wahrhaben: Wulf gewann so souverän, dass ich meinte, seine Würfel würden von himmlischen – oder höllischen? – Mächten gelenkt. Darauf angesprochen bemerkte er lediglich trocken: „Nein, das ist kein Zufall. Du musst einfach zusehen, dass möglichst viele Kombinationen einen sinnvollen Zug ermöglichen." „Das mag dir das eine oder andere Mal gelingen, aber nicht immer – je nach Glück", warf Elmar ein. „Wie ich sagte, ist dabei kein Glück oder Pech im Spiel, sondern reine Wahrscheinlichkeitsrechnung." „Dann müsstest du jeden Zug im Voraus berechnen können." „Kann ich auch." „Bei 36 Möglichkeiten?" „Wie kommst du auf 36?"

Elmar holte Luft. „Girolamo Cardano, ein genialer Mathematiker des 16. Jahrhunderts aus Mailand, hatte ein Laster: Das Würfelspiel. Um sich ein wenig zu rechtfertigen, schrieb er ein vierteiliges Buch, das er als Schachbuch tarnt, weil es mit diesem Spiel beginnt. Bald dringt er jedoch zu den Würfeln vor und erstellt ein Quadrat der möglichen Kombinationen bei zweien von ihnen. Passt auf." Elmar holte ein Blatt und einen Bleistift und kritzelte Folgendes darauf:

1+1	1+2	1+3	1+4	1+5	1+6
2+1	2+2	2+3	2+4	2+5	2+6
3+1	3+2	3+3	3+4	3+5	3+6
4+1	4+2	4+3	4+4	4+5	4+6
5+1	5+2	5+3	5+4	5+5	5+6
6+1	6+2	6+3	6+4	6+5	6+6

Elmar blickte stolz hoch. „Seht ihr, 6^2 Felder und denkbare Würfe." Wulf schüttelte den Kopf. „Alle Kombinationen des Dreiecks unter der obersten Reihe und vor der hintersten Kolonne sind Dubletten. Die kannst du streichen." Er drehte den Bleistift um und radierte die Dubletten aus.

1+1	1+2	1+3	1+4	1+5	1+6
	2+2	2+3	2+4	2+5	2+6
		3+3	3+4	3+5	3+6
			4+4	4+5	4+6
				5+5	5+6
					6+6

„Wie ihr seht, bleiben entgegen Cardanos Meinung lediglich 21 Kombinationen übrig." „Damit hältst du den Wurf 3+5 und 5+3 für identisch, Wulf?" „Beim Backgammon ist das so, da die Würfel gleichberechtigt sind. Übrigens seht ihr an dieser bereinigten Tabelle noch etwas." „Was?" „Alle links-unten-rechts-oben-Diagonalen zeigen die Anzahl von Kombinationen, um einen bestimmten Wert zu erzielen. In der vollständigen Tabelle gibt es deren sieben für die sieben, in der unteren lediglich drei. Die vielerorts – auch in Fachbüchern – behauptete Meinung, die Sieben wäre die am häufigsten gewürfelte Zahl, stimmt folglich nicht. Die Sechs und die Acht halten mit, während es die Vier, die Fünf, die Neun und die Zehn auf zwei bringen und die Zwei, Drei, Elf und Zwölf sich mit einer Kombination zufriedengeben müssen."

Elmar kraulte sich am Kinn. „Was meintest du eben mit gleichberechtigt, Wulf?" „Ich komme auf die Bundesliga zurück, wo Heim- und Auswärtsspiele unterschiedlich gewichtet werden.

Die Backgammon-Spielregel überlässt mir völlig, in welcher Reihenfolge ich setze. Angenommen, ich kann mit einer Zehn aus einem ungeschützten Stein einen besetzten Point machen und würfele auch 4+6; nun blockiert der Gegner aber den Point im Abstand vier. Was mache ich? Ich setze erst die Sechs und dann die Vier, denn der sechste Point ist unbesetzt.

Angenommen nun, die Spielregel wird eingeengt und es müssen zwei unterschiedliche Würfel eingesetzt werden, sagen wir ein weißer und ein schwarzer. Dazu verlangt sie, dass erst die Augenzahl des weißen und dann erst die des schwarzen gesetzt werden muss. Dann wäre es entscheidend, welcher der Würfel die Sechs zeigt. Wäre es der weiße, könnte ich ziehen wie oben dargelegt. Wäre es jedoch der schwarze, ginge das nicht, weil die Vier vom Gegner blockiert ist. In diesem Fall gälte auch das mit der Sieben als häufigste Kombination – deren sechs gegen je eine weniger bei je einer drüber oder drunter."

Wulf fixierte Elmar. „Dann, mein Lieber, hättest du und hätte Girolamo Cardano Recht. Allerdings ist mir kein Spiel bekannt, das auf einer derartigen Basis aufbaut."

Ich vermeinte Stolz in Helgas Augen aufblitzen zu sehen, nachdem Wulf seine Ausführungen beendet hatte. Kein Wunder, denn auf einer derartig professionellen Ebene hatten wir uns bisher nicht mit dem Brettspiel beschäftigt, obwohl Elmar gern in Büchern alter Mathematiker schmökert.

Unser Turnier brachten wir, durch die jüngste solide Theorie unterfüttert, in bester Stimmung zu Ende. In mir keimte allerdings der Verdacht, dass Wulf hin und wieder etwas nachlässig zog und so manche Chance vergab, einen feindlichen Stein auf die Bar zu befördern. Man soll ja ab und zu auch dem Gegner eine Chance geben.

Zweiter Teil: Lebenslast

Inhaltsverzeichnis

Wulf: Panamakanal

Wir wollten es uns beide nicht eingestehen, aber die Reise, die wir gerade unternahmen, diente dem Retten unserer Ehe. Das wird viele erstaunen, die uns kennen, denn sie gilt als harmonisch, aber das ist sie nur äußerlich.

Sie war es so lange, solange unsere Tochter Anna Lena unserer täglichen Liebe und Zuneigung bedurft hatte. Nun stand sie vor dem Abitur und würde in den fünf Wochen, die für unsere Abwesenheit geplant waren, prachtvoll ohne uns auskommen. Wir – Helga und ich – brauchten keine Befürchtung zu hegen, dass sie in der Zeit der ‚sturmfreien Bude' Unsinn anstellen würde, denn dazu ist sie viel zu vernünftig. Nach Helgas Geschmack zu vernünftig für eine 19jährige, eine Meinung, die ich nicht teile. Ich war froh, von keinen Sorgen geplagt zu werden, was zu Hause alles passieren mochte, während wir Erziehungsberechtigten uns auf hoher See vergnügten.

Vergnügten? Wer jetzt an eine Remmidemmikreuzfahrt mit pausenloser Animation und ununterbrochenem Mahlzeitenfluss denkt, liegt verkehrt. Helga und ich befanden uns auf einer auf vier Wochen angesetzten Frachtschifffahrt von Bilbao nach Valparaiso mit drei Mahlzeiten täglich zu festgesetzten Tageszeiten und erholsamer, weil nicht vorhandener Unterhaltung außer den wogenden Wellen, die die ‚Valparaiso' gleichmäßig durchschnitt.

„Was denkst du, Wulf?" fragte Helga. Sie war an mich herangetreten, ohne dass ich es bemerkt hatte, denn trotz ruhiger See bildet das ewige Rauschen einen Klangteppich, der an Deck leisere Geräusche verschluckt.

„Über dies und das." Das war eine wenig aussagekräftige Antwort, aber sie entsprach der Wahrheit. Für mich war der Zweck der Reise beinahe erfüllt, denn ihr Ablauf erlaubte mir, zuweilen bis zum Zustand des Nicht-Denkens abzuschalten.

„Über uns?"

„Sicher. Das ist ja kaum zu vermeiden."

„Das klingt nach dem Verscheuchen einer lästigen Fliege."

Ich stemmte mich aus meiner halb gebückten Pose, die das Lehnen an der Reling nach sich zieht, zu einer aufrechten hoch und sah meiner Frau ins Gesicht. Dabei fiel mit zum unendlichsten Mal auf, dass sie und ich uns in der Senkrechten auf Augenhöhe miteinander befinden, obwohl ich wahrlich kein Zwerg bin. Traurig dachte ich an die Zeit zurück, als mir ihre unglaublich langen Beine Anlass zu höchster Erregung gegeben hatten. Diese Traurigkeit übertrug sich offenbar auf meine Stimme, als ich ihre Behauptung abstritt, denn sie antwortete in leicht giftigem Ton: „Tut mir leid, aber deine Worte und deine Körpersprache widersprechen sich."

„Dann tut mir das leid."

„Braucht es nicht. Du müsstest dich lediglich ein bisschen mehr auf mich einstellen." Damit wandte sie sich ab und stolzierte den Deckumlauf entlang zur Ankerwinde am Bug der ‚Valparaiso', von dem ich wusste, dass sie ihn zu ihrem Lieblingsplatz auserkoren hatte. Immer noch bot sie eine atemberaubende Rückansicht mit sich verschmälernder Taille über einem genau richtig proportionierten Hintern, dem einen Klaps zu versetzen ich früher nicht zu widerstehen vermocht hatte, wenn sie sich in beckenbetonende Jeans gezwängt hatte.

Heute Abend, am fünften Tag und ‚Bergfest' der Atlantiküberquerung, war Barbecue angesagt, an dem auch alle abkömmlichen Mitglieder der Mannschaft teilnehmen sollten. Ich freute mich darauf, denn die burmesischen Matrosen verrichteten ihre Arbeit weitgehend in der Stille, sodass mir bisher nicht einmal gelungen war, die Namen aller 29 zu merken beziehungsweise überhaupt in Erfahrung zu bringen. Auch der dritte Offizier und der Smutje stammten aus Myanmar, während sich der Kapitän und der erste Offizier aus der Ukraine und der zweite Offizier und der Elektriker aus Polen rekrutierten. Im Aufenthaltsraum war mir aufgefallen, dass sich die Ukrainer und die Polen in ihrer Muttersprache unterhielten, während sie sich untereinander in Englisch verständigten. Es ist folglich keineswegs so, dass sich alle Vertreter des slawischen Sprachraums verstehen – wer deutsch kann, kann noch lange kein norwegisch. In einer weiteren Herzensangelegenheit hatte mir Kapitän Wasil zu Aufklärung verholfen: Sein Land heißt Ukraine – zusammengezogen wie ich es mir gedacht hatte. Mir ist ein Rätsel, warum deutsche Nachrichtensprecher immer von der Ukra-Ine reden.

Berge von Grillfleisch waren aufgefahren und das Bier floss in Strömen. Ich saß wie immer neben Zwawy, dem Elektriker und Kommunikativsten der Crew. Wir hatten uns viel über unser Leben unterhalten und waren beinahe Freunde geworden. Auch unsere Mailadressen und Zugänge zu Whatsapp-Gruppen waren längst ausgetauscht. Da stupste mich Zwawy, der Flinke, wie er auf Deutsch heißt, plötzlich an: „Bist du eigentlich mit Helga verheiratet?"

„Ja sicher, seit 20 Jahren." Ich konnte mir den Hintergrund der Frage denken. Helga hatte sich mitten unter die Asiaten gemischt und tat, als hätte sie mit mir ganz und gar nichts zu tun. Sie betrieb seit Längerem Milieustudien und Angehörige eines überseeischen Kulturraums waren für sie sozusagen ein Leckerbissen – ein größerer jedenfalls als die Steaks. Immerhin ist sie keine Vegetarierin, denn das hätte sie innerhalb der meisten außereuropäischen Völkerschaften isoliert, und auch keine Abstinenzlerin. Aufgrund ihrer Körpergröße verträgt sie zudem ganz schöne Mengen an Alkohol.

Ich überlegte, ob ich ihr Verhalten als normale Abnutzung einer langjährigen Beziehung abtun sollte, entschloss mich jedoch, mich von der Wahrheit nicht allzu weit zu entfernen. „Weißt du, Zwawy, wir haben unterschiedliche Interessen. Als unsere Tochter noch klein war, überdeckte diese das, weil sie unser beider volle Aufmerksamkeit forderte. Nun ist sie erwachsen und wir stellen mehr und mehr fest, dass wir uns selbst an sich nichts zu sagen haben."

„Wollt ihr denn weitermachen?"

„Ich bin nicht ganz sicher. Wie immer schreit die eine Hälfte in mir ‚nein, nein, du kannst ohne sie nicht leben', während mir die andere ein Leben ohne sie schmackhaft zu machen versucht. Welche Hälfte die größere ist, ist bisher unentschieden."

„Dabei gibt es keine größere und kleinere Hälfte; zwei Hälften sind immer gleich groß."

„… sagte Professor Galetti und setzte resignierend hinzu: ‚Aber die größere Hälfte hört mir ja nie zu, wenn ich 'was sage'."

Zwawy lachte, obwohl er von Professor Galetti wahrscheinlich noch nie etwas gehört hatte. Wahrscheinlich ist allerdings auch, dass in allen Gesellschaften, sofern sie sich überhaupt nennenswerter Bildungseinrichtungen erfreuen dürfen, ähnliche Katlederblüten sagenumwobener Lehrer über Generationen weitergegeben wurden und werden – sagenumwobener oder realer Lehrer.

Ich war froh, dass das Gespräch durch diese humorige Unterbrechung von dem ernsten Thema ablenkte, das dieses zuvor bestimmt hatte. Wir wurden immer fröhlicher und ich gehörte zu den Nachzüglern, die das Deck verließen. Als ich in die uns überlassene Eignerkabine wankte, lag Helga bereits in tiefem Schlaf. Ob wirklich oder vorgetäuscht, interessierte mich in meinem Zustand nicht.

Wer mitten auf dem Ozean herumschippert, und sei es auch nur auf dem ‚kleinen' Atlantik, wird bestürzt feststellen, wie leer die Erde ist. Während der neuntägigen Überfahrt von Vigo in Spanien nach Rio Haina in der Dominikanischen Republik tauchte ein einziger Kondensstreifen am Himmel auf, der auf menschliche Zivilisation schließen ließ. Zwawy zeigte mir auf dem Echolot die Nähe anderer Schiffe und wusste sie auch zu benennen, aber mit bloßem Auge war nichts als die leere Wasserfläche sichtbar. Ich besuchte ihn zweimal täglich und hielt mich auch sonst häufig auf dem offenen Teil der Brücke auf, was uns Passagieren ohne weiteres erlaubt war. Das war ein großes Glück und würde es vor allem bei der Fahrt durch den Panamakanal sein, denn ich weiß von italienischen und vor allem von US-amerikanischen Frachtern, dass deren Betreten nur auf Antrag oder ausdrückliche Einladung erlaubt ist. Kapitän Wasil entpuppte sich diesbezüglich als schmerzfrei. Einzig wenn bei Hafenein- oder -ausfahrt der Lotse an Bord kam, hielt ich mich auf der Seite auf, die dieser nicht beanspruchte. Genauso gedachte ich mich auch auf dem Panamakanal zu verhalten.

Die Stotterfahrt von Hamburg über Antwerpen und Southampton nach Bilbao hatten wir uns gespart, da wir beide noch im Arbeitsprozess eingespannt waren und mit unserem Urlaub zu haushalten hatten. So waren wir in der baskischen Hauptstadt Bilbao zugestiegen, die wir per Nachtzug von Berlin nach Irun und einem Bustransfer über San Sebastian erreicht hatten. Die Stadt ist sehr schön; einzig das vielgelobte Guggenheim-Museum empfand ich eher als bronzierten Wurmfortsatz, während Helga von dem Gebäude hell begeistert war.

In Europa legte die ‚Valparaiso' nur ein weiteres Mal an, in der bereits erwähnten galizischen Hafenstadt Vigo. Der nächste Hafen war Rio Haina in der Karibik, in Sichtweite der dominikanischen Hauptstadt Santa Domingo, den wir mit einem halben Tag Verzögerung anliefen. Wasil hatte wegen der allgegenwärtigen Piraten während der Nacht die Inselnähe gemieden und mit abgestelltem Motor auf dem offenen Meer geankert. Plötzlich sahen wir, was uns bisher verborgen geblieben war, nämlich Fische und vor allem Delfine, die in ganzen Schulen um uns herumschwärmten. Die perfekten Halbbögen, die sie dank ihrer muskulösen Schwanzflossen zu Dutzenden synchron durch die Luft schlugen, hätten ihnen keine Olympiamannschaft nachzumachen vermocht. „Klar", kommentierte Zwawy, „der Lärm und die Vibrationen der Motoren vertreiben alles Getier. Das wird sicher besser werden, wenn wir wie moderne U-Boote mit Brennstoffzellenantrieb unterwegs sind."

Auch Helga war fasziniert und wir beide versuchten, die Vorführung fotografisch einzufangen. Nach einer Weile gelang uns das auch und wir widmeten uns beinahe andächtig dem visuellen Genuss der eleganten Tiere.

„Tiere?" Helga klang leicht spöttisch. „Vielleicht sind sie intelligenter als wir."

„Das wäre kein großes Kunststück."

„Weil der homo sapiens so kriegerisch ist?"

„Delfine sind auch Raubtiere. Soweit ich weiß, kennen sie allerdings keine Aggressivität gegenüber Artgenossen."

„Das meinte ich, mein Lieber."

„Dann sind wir uns einig, meine Liebe." Zum ersten Mal seit langer Zeit, war ich hinzuzufügen geneigt, unterließ das aber in einem Anfall von Weisheit.

Rio Haina ist ein Dreckshafen und sonst nichts, sozusagen der Hinterhof des Urlaubsparadieses, als das die Dominikanische Republik bekannt ist. Die venezolanische Hafenstadt Puerto Cabello, 75 Kilometer westlich der Hauptstadt Caracas gelegen, bietet ebenso wenig Reizvolles. Die alte Festung San Felipe direkt an der Mole und einige koloniale Häuserzeilen in der Altstadt und das war es.

Eine Überraschung hingegen bot das kolumbianische Cartageña. Es begann damit, dass der Bodenbelag des Hafens pieksauber und mit zebrastreifenähnlichen Markierungen versehen war. Als Helga und ich quer über das leere Gelände abkürzen wollten, näherte sich sofort eine behelmte Aufsichtsperson auf einem Motorroller und bat uns, bitte auf den gekennzeichneten Fußwegen zu bleiben.

Die Altstadt war ein Traum, den als Puppenstube zu bezeichnen beinahe untertrieben ist. Die Charakterisierung ‚wie geleckt' traf voll und ganz zu. So etwas hatte ich in Europa noch nie gesehen. Wir schwelgten im Barock, bis der unerbittliche Zeitplan uns zwang, wieder ein Taxi zurück zum Anlegeplatz zu besteigen.

An dieser Stelle ein Wort, wie sich ein Landausflug gestaltet. Nach Andocken, dem Herablassen der Gangway und der Registrierung durch den Hafenmeister liegt ein Buch aus, in dem der Kapitän die Abfahrtszeit notiert hat. Darin haben sich die Passagiere einzutragen, die das Schiff verlassen. Dann dürfen sie zum Hafenausgang, wo sie den Pass hinterlegen und ein Tagesvisum erhalten. Nach Rückkehr geben sie dieses Visum wieder ab und erhalten ihren Pass zurück. Helga und ich waren meist früh genug, sodass wir in der Hafenkantine einen Imbiss und einen Kaffee oder ein Bier zu nehmen schafften, um einmal unter Einheimischen zu sein. Helga spricht genug spanisch, dass sie sich verständlich machen kann. Meine Kenntnisse erschöpfen sich in der Frage „Donde està la salida, señor, por favor?" Einen ausgestreckten Arm gelingt mir meistens korrekt zu interpretieren, sodass ich zumindest aus den Containertürmen hinausfände, wäre ich auf mich gestellt.

Cartageña war der letzte Atlantikhafen, bevor es in den Panamakanal einzutauchen und in den Pazifik zu wechseln galt. Bisher hatten wir immer Glück gehabt und die ‚Valparaiso' hatte ihre Be- und Entladeaktionen stets bei Tageslicht durchgeführt bekommen. Das kann auch ganz anders aussehen, denn auf die Passagiere nimmt ein Frachtschiff keine Rücksicht. Das zweite Glücksmoment bestand darin, dass das Oberdeck zwar wie üblich mit Containern vollgestapelt war, die Handelsware unter Deck indes aus Stückgut bestand, das zu ent- und beladen recht aufwändig ist und verhältnismäßig lange dauert. Reine Containerschiffe bleiben zudem im Atlantik und löschen ihre Ladung im argentinischen Hafen Rosario. Für Chile bestimmte Waren werden dort auf Lastwagen verladen und über die Anden transportiert, was im Winter durchaus eine Herausforderung, aber anscheinend allemal billiger als die hohe Kanalgebühr ist.

Das war uns allerdings vorher bekannt gewesen, denn das Reisebüro hatte uns einen Stückgutfrachter empfohlen und diese Empfehlung mit den genannten Argumenten unterfüttert. Einerseits hätte ich gern einmal die Logistik des Ladens und Löschens mit eigenen Augen verfolgt, denn es ist sinnvoll, die Container für eine Zwischenstation nicht gerade ganz unten gelagert zu haben. Um das zu gewährleisten, bedurfte es eines vorherigen ausgeklügelten Plans. Letztlich lockten aber die Landausflüge mehr.

Auch für den Panamakanal winkte uns das Glück. Die ‚Valparaiso' erreichte am 23. Februar frühmorgens die Bucht, die vor der Einfahrt gelegen ist, und um acht Uhr morgens fuhr sie bei strahlendem Sonnenschein in die unterste der Gatun-Schleusen ein.

Helga und ich hatten uns auf der linken Seite des offenen Brückenteils postiert, weil der Lotse für seine Navigation die rechte beanspruchte. Deshalb hatten wir die Schiffe im unverstellten Blick, die kanalabwärts unterwegs waren und ihn in Kürze verlassen würden. Es mag merkwürdig klingen, aber die Schiffe fahren buchstäblich über den Berg – in südliche Richtung betrachtet, die wir gebucht hatten –, auf der atlantischen Seite durch die drei Gatun-Schleusen in den gleichnamigen See und auf der pazifischen in zwei Abschnitten, zunächst durch die Schleuse von Pedro-Miguel und nach einer Art Flussfahrt durch die Engstelle Corte Culebra endlich durch die beiden Mirafiores-Schleusen in den größten Ozean der Erde. Mir ist lediglich eine weitere ‚Passfahrt' über Wasser bekannt, und zwar der heute polnische Oberländische Kanal von Elbing am Frischen Haff nach Osterode an der Eylauer Seenplatte. Zum Binnenland hin geschieht der Transfer skurril, nämlich mittels einer Art Eisenbahnwagen in fünf Stufen über die Gebirgsschwelle, die die Ausmaße der Boote empfindlich einschränken. Der ‚Abstieg' nach Osterode geschieht hingegen durch zwei konventionelle Schleusen.

Wie im Oberländischen Kanal ist auch der Panamakanal voller Süßwasser, denn die umliegenden Berge versorgen den Gatunsee mit dem nötigen Nass. Länger anhaltende Trockenheit führt gelegentlich zu Sperrungen mangels ausreichenden Tiefgangs für die Schiffe.

Im Grunde sind Schleusendurchfahrten nichts Spektakulä-res, denn überall auf der Erde finden solche statt. Die des Panamakanals bieten allerdings zusätzliche Unterstützung durch vier bis acht elektrische Lokomotiven, die am Schiff vertäut werden und dieses in Position halten. Unsere ‚Val-paraiso' war voluminös genug, dass ihr die Ehre von acht Zugmaschinen zuteil wurde.

Die Querung des Gatunsees ist der am wenigsten span-nende Abschnitt der Passage, sodass wir uns Zeit für das Mittagessen nahmen. Er schien auch der unkritischste zu sein, denn der Lotse saß bei uns am Tisch und ließ es sich schmecken. Helga wechselte einige Worte mit ihm und be-zog mich bald in das Gespräch ein, denn der Mann konnte natürlich englisch. Ihr weibliches Gefühl für ausgleichende Gerechtigkeit hatte sie anscheinend dazu bewogen, mich nicht wie einen Hanswurst dastehen zu lassen.

Parallel zum Kanal führt eine Eisenbahnstrecke, auf der uns auch einmal ein Zug überholte. Kurz vor der Schleuse von Pedo Miguel fuhr ein Ausflugsboot dicht an uns vorbei und strebte danach dem östlichen Ufer zu, wo an dieser Stelle der Übergang zu einer Bahnstation eingerichtet war. Es war gesteckt voll Menschen, die hilflos brüllender Popu-lärmusik ausgesetzt waren. Selbst wir hier oben auf der Brücke waren geneigt, uns die Ohren zuzuhalten.

Der Corte Culebra verlangte dem Lotsen volle Konzentra-tion ab, denn in der 12,6 Kilometer langen Rinne passen zwei sich begegnende Schiffe gerade aneinander vorbei. In die Miraflores-Schleusen fuhr die ‚Valparaiso' wieder ex-klusiv und um 18:00 Uhr sahen wir Panama City mit ihrer modernen Hochhausarchitektur linker Hand aus dem Ur-walddickicht emporwachsen. Kreuzfahrtpassagiere dürfen den Vorteil verbuchen, dort für einige Stunden abgeladen zu werden, während ein Frachtschiffkapitän die für diese Branche wenig bedeutende Stadt buchstäblich links liegen lässt. Dafür hatten Helga und ich uns den ganzen Tag un-eingeschränkter Aussicht auf die sonnenbeleuchtete Natur jenseits von Wasser und Schienen erfreut. Um halb Sieben, unmittelbar vor dem Eindunkeln, tauchte unsere schwimmende Heimstadt ihren Bug in die Wasser des pazifischen Ozeans, den ich in diesem Augenblick zum ersten Mal in meinem Leben sah.

Während sich der Atlantik während der ganzen Zeit, die wir ihm anvertraut waren, wie der Wannsee verhalten hatte, ging es auf seinem größeren Bruder rauer zu. Die sich maximal auf drei Meter auftürmenden Wogen waren durch solche doppelter Höhe ersetzt. Als Helga und ich abends im Bett lagen, spürten wir den Wellenschlag deutlich.

Die Eignerkabine bietet das Privileg, zwei Betten nebeneinander statt auf zwei Etagen stehen zu haben, ein Privileg, das sich für mich mehr und mehr als Nachteil entpuppte. Helga lag kalt wie ein Fisch neben mir und ein Versuch, sie zärtlich zu berühren, quittierte sie mit gekonntem seitlichen Abrollen und einem abweisenden Laut.

„Was ist bloß mit dir, Helga?"

Zunächst dachte ich, ich würde gar keiner Antwort gewürdigt, aber nach einer endlosen Weile erhielt ich doch eine, wenn auch eine unsinnige. „Nichts."

„Das ist ausweichender als ausweichend. Schließlich sind wir ein Ehepaar, das recht lange zusammen glücklich und zufrieden war."

„Du verstehst mich nicht. Mit ‚nichts' meine ich, dass ich für dich nichts mehr empfinde."

„Das dumme Gefühl habe ich seit einiger Zeit. Ich frage mich allerdings, warum. Unterschiedliche politische Meinungen brauchen doch nicht dazu zu führen, dass man sich völlig auseinanderlebt."

„Es sind nicht nur politisch unterschiedliche Meinungen." Helga erhob sich in Liegestützposition, um ihren Worten mehr Nachdruck zu verleihen. „Es ist egal, ob der eine zu einer religiösen, konservativen, liberalen, grünen oder linken Partei tendiert und der andere zu einer anderen. Bei uns ist es jedoch so, dass unser ganzes gesellschaftliches Verständnis diametral auseinanderdriftet. Du bist angepasst, denkst an deine Karriere und ob deine Rente zu einem menschenwürdigen Leben reicht. Ich verhielt mich auch so, solange unsere Tochter von uns abhängig war."

Wäre mir diese Aussage neu gewesen, wäre ich wohl empört aufgefahren. Ich wusste aber seit langem, dass sich Helga geistig mehr und mehr aus den üblichen Konventionen verabschiedete und dementsprechend alle verachtete, die sich ihnen zugehörig fühlten. Mir fiel dennoch nur eine schwache Antwort ein. „Anna Lena möchte studieren und braucht uns weiterhin, Helga."

„Ach was! Sie ist eine erwachsene Frau und meines Erachtens eine gescheite. Sie wird sich mühelos allein durchschlagen, da bin ich mir sicher."

„Außerdem verbleibe ja ich als Ernährer."

In unsere Kajüte schien von draußen das Licht des beinahe vollen Mondes. Deshalb sah ich, dass Helgas Augen zu blitzen begannen. „Das verlangt niemand von dir; du verpflichtest dich selbst dazu."

„Soll ich mich auf die Seite der Revoluzzer stellen, obwohl ich kein bisschen so empfinde?"

„Du empfindest kein bisschen so, eben. Das Leben ist komfortabel und warm und trocken, warum sollte man da nach Höherem streben …" „Du meinst, der Weg in die Gosse sei der nach Höherem?" „Unsinn! Rauer Wind hat mit Leben auf der Gosse nichts zu tun. Eben ein bisschen weniger komfortabel, weniger warm und trocken."

„Wie stellst du dir das konkret vor?"

Wir hatten uns unterdessen erhoben und saßen uns am Wohnzimmertisch gegenüber, denn wir hatten uns emotional derart hochgeschaukelt, dass an ein Weiterschlafen nicht zu denken war.

„Genau das will und brauche ich nicht, Wulf. Nicht jeden Schritt im Leben planen und versuchen, jegliches Risiko auszuschließen. Improvisieren und nicht unbedingt wissen, was der nächste Tag bringt, das stelle ich mir vor."

„Und nicht zu wissen, womit du deinen Kühlschrank füllst."

Helga lachte höhnisch. „Genau die Antwort hatte ich erwartet, Wulf. Woher weißt du, dass ich weiterhin Wert auf einen Kühlschrank lege? Auf einen Kühlschrank, der der Krankenkasse meldet, wenn ich etwas Ungesundes hineinlege, auf einen Fernseher, der das Innenministerium darauf aufmerksam macht, dass ich häufig regierungskritisches Kabarett schaue, auf ein Auto, das der Polizei permanent meinen Standort mitteilt, und natürlich eine zwangsinstallierte App, die Alarm auslöst, wenn ich einen vorgeschriebenen Arzttermin verpasst habe?"

„Aber das ist doch nur zu unserem eigenen Schutz."

Helgas Lachen gemahnte an das des tentakelbewehrten Glibbermonsters in einem Gruselfilm. „Das hast du dir erfolgreich einreden lassen wie alle anderen acht Milliarden Menschen auf der Erde – naja, einige wenige ausgenommen. Totale Überwachung verspricht totale Sicherheit und totale Sicherheit bedeutet totale Unfreiheit; das ist dir doch wohl klar?"

„Und wenn schon – wir können dem doch nicht entrinnen. Und so lange ich nichts Böses tue …" „… sagte einst der Propagandaminister eines totalitären Regimes."

„Komm' mir doch nicht mit so ollen Kamellen, Helga."

„Was heißt olle Kamellen? Die Forderung nach Freiheit ist so aktuell wie eh' und je, nur dass sie leider kaum mehr jemand unterstützt. Gib den Menschen Sicherheit und Gesundheit oder besser gesagt das Versprechen darauf und sie fressen dir aus der Hand, auch wenn die Obrigkeit überhaupt nicht in der Lage ist, diese Versprechen zu erfüllen."

„Übertreibst du da nicht?"

Ich kürze den Rest der Diskussion mit dem Resümee ab, dass wir keinen gemeinsamen Nenner fanden. Als wir am nächsten Morgen am Frühstückstisch saßen, war uns wohl anzusehen, dass wir eine Nacht mit wenig Schlaf hinter uns hatten.

Als wir zu unseren Tagesausflügen ins ecuadorianische Guayaquil und ins peruanische Callao aufbrachen, gingen wir zumindest äußerlich wieder als Paar durch. Guayaquil ist anzusehen, dass die Stadt ihr touristisches Potenzial erst seit einigen Jahren zu nutzen begonnen hat. Die Uferpromenade Malecón 2000 war bis vor dem genannten Jahr ein schnöder Hafendamm und das dem Cerro Santa Ana vorgelagerte Viertel Barrio Las Peñas punktet mit wunderschön restaurierten Holzhäusern. Die Bausubstanz Guayaquils setzt abseits ihrer Bedeutung als Hafen eigene Akzente als Sehenswürdigkeit, auch wenn sie mit der Pracht ihrer kolumbianischen Konkurrentin Cartageña nicht ganz mitzuhalten vermag.

Callao ist hingegen eine reine Hafenstadt, die außer dem Fort nicht viel zu bieten hat. Um dieses effizient besichtigen zu können, heuerten wir eine Fremdenführerin an, die sich uns vor dessen Eingangstor anbot. Sie erwies sich als kompetent und sprach sehr gut Englisch, hatte aber offenbar eine panische Angst vor Sonne, denn sie hielt im Freien einen zierlichen Schirm so, dass sie selbst stets im Schatten wandelte. Callao ist der Hafen von Lima, der peruanischen Hauptstadt. Über diese schreibt Thor Heyerdahl in seinem berühmten Buch Kon-Tiki: *Lima ist eine moderne Stadt mit einer halben Million Einwohnern und liegt auf einer grünen Ebene am Fuß der Bergwüsten. Sie ist in ihrer Architektur und vor allem in ihren öffentlichen Gärten und Anlagen eine der schönsten Hauptstädte der Welt, ein Stück moderner Riviera oder Kalifornien, mit einem Schuss altspanischer Architektur versetzt.* Der Buch wurde im Jahr 1948 veröffentlicht, wie an der genannten Einwohnerzahl ersichtlich ist, denn heute lebt mit mehr als 8½ Millionen Menschen die 17fache Anzahl dort. Ob damit die beschriebene Idylle Bestand behielt, sei dahingestellt. Grünanlagen haben sich nichtsdestoweniger in reichlichem Umfang erhalten.

Von Callao war der mutige Norweger auf seinem Balsafloß ‚Kon-Tiki' aufgebrochen, um zu beweisen, dass Polynesien von Südamerika aus besiedelt wurde. Direkt gelang ihm dieser Beweis nicht, aber immerhin der indirekte, dass es möglich gewesen wäre. Auch wenn die aktuelle Wissenschaft sich längst wieder von seiner Theorie abgewandt hat, bleibt die Expedition für mich ein großartiges Exempel für menschlichen Mut, Einsatz- und Durchhaltewillen. Wer weiß, vielleicht startete sie einst vom selben Kai, an dem heute die ‚Valparaiso' vertäut lag?

Der letzte Hafen vor unserem Ziel, Iquique, befindet sich bereits in Chile. Dennoch, obwohl wir dort einzureisen gedachten, durften wir die Stadt nur mit einem Tagesvisum betreten. Der Ausflug wurde zu unserem einfachsten, denn von dem kleinen Hafen sind es nur wenige hundert Meter, bis von dort die restaurierte Altstadt erreicht ist. Deren Gebäude sind im georgianischen Stil errichtet, der eher aus Neuengland in den USA bekannt ist. Höhepunkt der Besichtigung war das Theater, das uns wie unmittelbar aus dem 19. Jahrhundert in die Neuzeit gesprungen dünkte. Auf dem Rückweg gingen Helga und ich beinahe Hand in Hand. Ich hätte mir an diesem Tag nicht träumen lassen, dass die Hauptstadt der Region Tarapacá Zeugin meines finalen gemeinsamen Ausflug mit Helga sein würde.

Der Schlag in die Magengrube erfolgte, nachdem die ‚Valparaiso' ihre namensgebende Bestimmung erreicht hatte. Wir hatten uns von der Crew verabschiedet, offiziell den Boden Chiles, mit den entsprechenden Stempeln ausgestattet, betreten und das Tor des Hafens hinter uns gelassen. So standen wir mit unseren Habseligkeiten auf der Avenida Errázuriz, als ich arglos bemerkte: „Suchen wir uns also eine Unterkunft."

„Uns?" Helga wirkte verkrampft und nervös, aber umso entschlossener. „Ich bitte dich, dir eine zu suchen und auch für deinen Rückflug zu sorgen. Ich möchte das meinerseits auf eigene Faust tun. Nimm's mir nicht übel, Wulf, aber ab hier und heute trennen sich unsere Wege."

Ich starrte sie fassungslos an und begriff ihre Rede nicht auf Anhieb. „Was ... Was sagst du da?"

„Ich sagte, nimm's mir nicht übel. Ich halte es nicht mehr aus. Für meinen Teil bin ich mit mir uneins, wie es weitergehen wird. Vielleicht bleibe ich für immer hier; aber auch das ist nicht ausgegoren. Kümmer' dich bitte nicht um mich. Du musst nach Urlaubsende pünktlich wieder in deiner Behörde auftauchen."

„Und ... Und du?"

„Ich hab's dir bisher nicht gesagt, aber ich hatte fristgemäß gekündigt. Ich bin frei wie ein Vogel, wie ich es mir schon lange wünsche."

„Aber wovon willst du leben?"

„Bitte, Wulf, frag' nicht so banale Dinge. Ich mache mich jetzt in die Oberstadt auf. Bitte folge mir nicht und versuche auch nicht, mich irgendwo und irgendwann abzupassen. Je schneller ich für dich für immer außer Sicht bin, desto leichter ist es für uns beide." Sprach's, warf ihren Rucksack über die Schulter und entfernte sich zur nächstgelegenen Standseilbahn. Ich stand dermaßen verdattert da, dass ich gar nicht in der Lage gewesen wäre, hinter Helga her zu laufen, selbst wenn ich das beabsichtigt hätte.

Ich weiß nicht, wie lange ich dort bewegungslos wie eine Skulptur stand, während der Autoverkehr um mich herumtoste und unter meiner Schädeldecke ein Monumentalfilm ablief. Nach langer, langer Zeit hatte ich das ungeheuerliche Geschehen verinnerlicht: Helga hatte diese Trennung seit langem vorbereitet und die Schiffsreise, unter deren Flagge ich unsere Ehe hatte retten wollen, genau zum komplementären Zweck angetreten.

Scham, Zorn, Verzweiflung, alle Emotionen, die in meinem Inneren tobten, nützten mir nichts. Als unumstößliche Tatsache hatte ich hinzunehmen, dass ich meine Frau verloren hatte.

Mae: Befreiung

Aus meinen bisherigen ‚Erinnerungen einer Prostituierten‘ ging nicht hervor, dass dieser Beruf neben vergnüglichen Erlebnissen auch gefährliche bieten kann. Meistens verdrängt man diesen Gedanken und den, dass es sich insgesamt um eine Branche handelt, die am Rand der Legalität operiert und die Grenze zuweilen überschreitet.

Hinterher ist man immer schlauer und ich bin mir nicht bewusst, ob das ungute Gefühl, mit dem ich mich auf den Weg zu meinem neuen Freier begab, tatsächlich bestanden hatte oder ob ich es im Rückblick in meine Gehirnwindungen hineininterpretiert habe.

Er wohnte – die Vergangenheitsform wähle ich mit Absicht – in einem einsam gelegenen Haus, das mehr an eine Burg als ein trautes Einfamilienhäuschen erinnerte. Der Eindruck verstärkte sich dadurch, dass die hintere Außenwand in eine Senke abfiel, und zwar senkrecht, sodass der dramatische Anblick deren geringe Tiefe überkompensierte. Das weiß ich, weil durch die Senke ein Sträßchen verläuft, über das ich auf meinem elektrischen Fahrrad den Weg gefunden hatte. Da kein Verkehr herrschte, hatte ich Muße gehabt, umher- und auch hochzuschauen. Als ich vor der Haustür stand, wurde mir klar, dass diese zu dem Bauwerk gehörte, das ich von unten als Trutzburg klassifiziert hatte.

Ein Mann öffnete mir, der ganz und gar nicht das Bild eines gestandenen Mannes wiedergab. Er war in einen schwarzen Samtanzug gekleidet, unter dem er ein orangefarbenes Rüschenhemd trug. Dergleichen findet sich heute selbst im Showbusiness nicht mehr. Er war schlank, seine wallenden Haare glänzten pechschwarz und seine faltenfreien Gesichtszüge erinnerten an einen Habicht, sofern ein Raubvogel mit weicher Physiognomie vorstellbar ist. Mir ist klar, dass das schwierig ist, aber das war mein erster Eindruck. Dass er sich geschminkt hatte, verstärkte mein Urteil, dass es sich um einen Schwulen handelte, und zwar um eine Tunte.

„Sie sind Mae?" fragte er mit einer Altstimme, die mir wohlige Schauer über den Rücken gejagt hätte, hätten nicht alle andere Komponenten dieser Erscheinung eher für Schauer des Unbehagens gesorgt.

„Ja. Ich bin richtig bei Herrn Eusebius Pendergast?"

„Sind Sie. Betreten Sie bitte meine bescheidene Wohnstatt."

Wie sich der Mann ausdrückte! Schwule sind häufig hochgebildet und feingeistig, das ist bekannt. Wenn er das aber war, warum bestellte er eine weibliche Nutte und keinen Gigolo? Sollte ich etwa vor einer versammelten Mannschaft Gleichgesinnter zu deren Ergötzen gequält werden? In diesem Augenblick dämmerte mir erstmals die konkrete Gefahr, in der ich schwebte. In so einem Fall ist es das Beste und auch von der Puffmutti abgesegnet, einen Rückzieher zu machen, auf die Einnahme zu verzichten und notfalls eine Konventionalstrafe zu zahlen. Leider oder – in Anbetracht des Ergebnisses dieser Exkursion – vielleicht auch glücklicherweise siegte über diesen Impuls der Vernunft die Neugierde.

Ich betrat das als bescheidene Wohnstatt angekündigte Innere, dessen erlesene Stuckarbeiten der kokettierenden Ankündigung Hohn sprachen. Die Wände waren mit Gemälden bestückt, bei denen es sich meiner geringen Urteilskraft nach um Originale handelte und die Herr Pendergast als Geschenke bekannter Künstler abtat.

Die ganze Stimmung war mehr als merkwürdig und ein Versuch, sie zu beschreiben, würde zu kaum nachvollziehbaren Worthülsen führen. Schon dass mein Kunde beim ‚Sie' blieb, entsprach nicht dem üblichen Verhalten eines sexhungrigen Freiers, wie er überhaupt nicht den Anschein erweckte, im landläufigen Sinne ‚geil' zu sein. Was um alles in der Welt wollte er von mir? Falls sich weitere Personen im Haus befinden sollten, versteckten diese sich, was mir eine weitere Welle des Unbehagens bescherte.

Die Kaffeerunde, zu der mich Herr Pendergast zunächst einlud, erweckte den Anschein des Normalen. Nach dem letzten Schluck hielt ich es nicht mehr aus. Beinahe hätte ich ihn direkt nach seinem Begehr gefragt, aber es gelang mir, diese verfängliche Formulierung in die unverfängliche „was ist meine Aufgabe?" abzuändern.

„Das werden Sie in Kürze erfahren", beschied mir der geheimnisvolle Typ, als gedenke er mich mit Absicht länger zappeln zu lassen.

„Wann ist dieses ‚in Kürze'?" fragte ich.

Er stieß ein meckerndes, unangenehmes Lachen hervor. „In Ihrem Geschäft ist Zeit Geld, ich weiß. Keine Bange: Sie werden sich über die Bezahlung nicht zu beklagen haben." Dann schob er, als hätte ihm diese originelle Antwort selber nicht genügt, nach: „Weiß Gott nicht." Mit einem Ruck erhob er sich, als hätte er es sich unmittelbar darauf überlegt. „Kommen Sie, ich zeige Ihnen Ihren Arbeitsplatz."

Mein Orientierungssinn sagte mir, dass wir uns in einen fensterlosen Raum begaben, der am hinteren Ende des Hauses lag. Das bedeutete, dass hinter seiner Rückwand die Senke lauerte, die ich auf meiner Herfahrt durchquert hatte. Darin erfasste ich aus den Augenwinkeln einige Einrichtungsgegenstände, die mir überhaupt nicht gefielen. Ein gepolsterter, hüfthoher Bock mit einem ebenso gepolsterten niedrigen Hocker quer davor gehörte nicht dazu. Bei diesem handelte es sich um ein Spanking-Arrangement, wie ich es seit Jahren gewohnt war. Die Delinquentin kniet auf den Hocker, drapiert ihren Oberkörper auf den Bock und lässt ihre Arme seitlich herunterhängen, während ihr der bedeckte oder nackte – je nach Wunsch des Ausführenden – Hintern vollgehauen wird. Wenn es das wäre …

Andere Dinge beunruhigten mich mehr. Eine Hanfrolle auf dem Boden erinnerte frappant an eine Peitsche und in der Wand, zu der mich Herr Pendergast nun komplimentierte, waren drei Paar Handschellen eingelassen. Noch etwas fiel mir auf. Der Boden war längsseits zur Mitte leicht geneigt und die Rinne, die den Knick zwischen den beiden leichten Schrägen bildete, endete in einer Öffnung zwischen den Metallfesseln, als diene sie dem Abfluss unerwünschter flüssiger Ingredienzien. Unwillkürlich kam mir der Hinrichtungssaal des venezianischen Dogenpalasts in den Sinn, den eine ähnliche Einrichtung ziert. Dessen Rinne diente der schnellen Blutbeseitigung der Enthaupteten. Als ich die Hanfrolle näher betrachtete, klopfte mir das Herz bis zum Hals: Sie war mit Metallhaken ähnlich denen bestückt, mit denen gemeinhin Stacheldraht bewehrt ist.

„Würden Sie sich bitte mit dem Gesicht zur Wand stellen, und zwar mittig zwischen die beiden Schellen?"

Ich tat, als hätte ich nicht verstanden, drehte mich um und fragte: „Wie bitte?" Dabei glitt aus einem Impuls heraus mein Blick zur Decke und ich gewahrte Camcorders, die von drei Seiten das Geschehen aufnehmen würden. Schlagartig war mir klar, was der Kerl vorhatte.

„Ich drücke mich doch artikuliert genug aus", herrschte er mich an, plötzlich ungehalten. Jetzt wollte er anscheinend möglichst schnell anfangen.

Ich würde wehrlos sein, sobald mich die Metallfesseln umschlössen. Deshalb galt es sofort zu handeln. „Nein, mein Lieber, so haben wir nicht gewettet. Ich denke nicht daran, mich festbinden zu lassen."

„Das wirst du sehr wohl tun", zischte er und sein ganzes affiges Gehabe war plötzlich wie weggeblasen, „dafür wirst du bezahlt!" Soso, ab der Sklavenhalterphase heißt es auch bei dir ‚Du'?! Ich sprang zur Seite und sagte: „Keineswegs, du Drecksack. Foltern steht nicht auf dem Programm!"

Mit einem Wutschrei versuchte er mich zu ergreifen, aber das gelang ihm nicht. Ich rannte zur Tür, aber die war von dieser Seite mit einem starren Knauf versehen und nur mit Schlüssel zu öffnen. Während ich ebenso heftig wie vergeblich an ihr rüttelte, hatte der Sadist die Hanfrolle gepackt und näherte sich mir. Ich stellte fest, dass sie mit einem Ende am Boden befestigt war und in bequemer Höhe ein

Griff zupackende Hände vor den ekligen Dornen schützte. Mit erschreckender Routine schwang er das freie Ende und versuchte mich damit zu treffen und zu verletzen.

Ich mag zwar nicht besonders sportlich aussehen, aber ich verfüge über kräftige Muskeln und mein Training in diversen Kampfsportarten, die sich anzueignen für eine Prostituierten mehr als ratsam ist, zahlte sich nun aus. Ich entwischte geschickt der heransausenden Peitsche und schlug Haken, um mich ihrer Treffer zu entziehen. Die Szene musste auf Außenstehende gespenstisch wirken, denn seit dem letzten Fluch des Kerls war zwischen uns kein Wort mehr gefallen.

Dabei wurde mir bewusst, dass ich dieses Katz-und-Maus-Spiel auf Dauer nicht durchhalten würde. Der Perverse stand ja nur da und zielte bedachtsam, während ich ständig zu rennen gezwungen war. Mir musste eine Angriffsstrategie einfallen.

Da sah ich eine Tür, die ich bisher nicht wahrgenommen hatte, und huschte auf sie zu. Zum Glück war sie mit einer Klinke bestückt, die sich hinunterdrücken ließ. Sie schwang auf, aber – oh Schreck! – ich schwebte über einem Abgrund. Die Senke! Die Öffnung führte sozusagen ins Nichts, warum auch immer sie so konstruiert worden war. Instinktiv hielt ich beiderseits der Türfüllung die Klinken fest, sodass ich wie ein Äffchen über der Tiefe hin- und herpendelte. Mit siegesgewissem Grinsen trat Pendergast in den Rahmen und sagte: „So, du Miststück, jetzt hab' ich dich."

Er schleuderte seine Stachelpeitsche auf die innere Klinke zu und schaffte es, mit ihr das Griffinnere zu umwickeln, wie es ein lassoschwingender John Wayne nicht besser hingekriegt hätte. Ich hatte kurzzeitig meine Hand gelöst, um dem Lasso Raum zum Fixieren zu geben, und packte nun wieder zu. Pendergasts meckerndes Lachen erscholl, während er mich mit genussvoller Gemächlichkeit zu sich zog.

Das sollte sich als tödlicher Fehler erweisen.

Genau im richtigen Augenblick trat ich zu. Eines Mannes empfindlichste Stelle ist sein Gemächze und eine Attacke darauf quittiert er mit einem reflexartigen Bedecken der sensitiven Stelle durch seine Hände. Folglich ließ Pendergast seine Waffe los und krümmte sich stöhnend. Schnell schwang ich mich zurück in die Folterkammer und brachte die gespickte Hanfrolle mit spitzen Fingern an mich. Pendergast sah das und wollte sich erheben, um mich wieder zu entwaffnen, aber jetzt war er in meiner Hand. Ein zweiter gezielter Tritt und er sackte erneut stöhnend in sich zusammen.

„Keine Bange, du Drecksack", prophezeite ich ihm, „du wirst deine Spritzpistole nicht mehr brauchen, denn jetzt erlebst du 'was!" Ich beugte mich über ihn und begann, ihm sein Spielzeug um den Hals zu wickeln, indem ich ihn jedes Mal an seinen üppigen Haarschopf in die Höhe zerrte, um eine weitere Schlinge zu bilden. Hin und wieder drang ein Stachel in seinen Hals, aber das tat ihm und nicht mir weh. „Du glaubst wohl, es mit einer kampferprobten Domina aufnehmen zu können, du Weichei", zischte ich ihm zu, während ich meine Aktion mit aller Sorgfalt durchzog, „aber so mancher Fehler ist der letzte im Leben, das wirst du gleich sehen." Sein Gewimmer, aus dem ein jämmerliches Um-Gnade-Flehen herauszuhören war, ignorierte ich.

Als ich fertig war, zerrte ich das überraschend leichtgewichtige Weichei vor den Abgrund und stieß es hinab. Ein letzter, markerschütternder Schrei und Stille herrschte.

Unmittelbar darauf wich mein rasender Zorn und klares Denken gewann wieder Oberhand. Was hatte ich getan?! Nichts weniger als einen Menschen umgebracht! Ich hatte keinerlei Gelegenheit für Vorkehrungen gefunden, ob die Ereignisse Zeugen von der unten verlaufenden Straße angelockt hatten. Wieso hatte ich diese Tür ins Nirwana übersehen, als ich an ihr vorbeigeradelt war? Ich schaute hinaus. Ah, der Wipfel einer Pappel ragte gerade so hoch herauf, dass er diese Stelle des Gebäudes verdeckte. Möglicherweise war die Tür von einer seitlich-schrägen Position aus sichtbar, aber dazu musste man gezielt nach ihr suchen.

Ich beugte mich vor, soweit es gefahrlos zu bewerkstelligen war, um die sterblichen Überreste meines ehemaligen Freiers zu begutachten, und stellte fest, dass sich das Hanfseil als erstaunlich haltbar erwiesen hatte. Es war nämlich nicht gerissen und der Kadaver baumelte wie in einem schlechten Westernfilm am unteren Ende der Wand, wo sie in den Hang überging. Das Blut, das zwangsläufig vom Hals hinunterlief, war von oben kaum sichtbar und ich verspürte keine Sehnsucht, es mir genussvoll zu Gemüte zu führen.

Ich wandte mich ins Innere und erinnerte mich des mit einem Knauf verschlossen Wegs in die Rettung. Scheiße! Pendergast hatte sicher den Schlüssel in der Tasche, aber der Anzug hing in unerreichbarer Tiefe über der Senke. Ich schaute wieder hinab. Um an den zu kommen, müsste ich erst den Leichnam losschneiden und dann springen. Sollte ich das überleben, bräuchte ich ihn wiederum nicht mehr. Andererseits sollte ich diverse Utensilien, vor allem meine Handtasche, entfernen, bevor die Fahndung hier einmarschierte, denn so einsam dieser Pendergast gelebt haben mochte: Kunden der dritten Art hatte er gehabt, denn die Camcorderaufnahmen, wie Frauen bis aufs Blut oder sogar zu Tode gequält wurden, nachdem er ihnen die Kleidung vom Leib geschnitten hatte, fanden garantiert reißenden Absatz. Und irgendwann würde einer dieser Kunden, der vielleicht sogar in Vorkasse gegangen war, ihn suchen und hier auftauchen. Immerhin gab mir dieses Geschäftsmodell die zwiespältige Gewissheit, mich nunmehr allein im Haus zu befinden. Zwiespältig einerseits, weil ich mich keines zweiten Sadisten würde erwehren müssen, andererseits, weil es jetzt auf Teufel komm' 'raus diese Tür zu den Wohnräumen zu überwinden galt.

Ich sah mich um. In der Folterkammer befanden sich zahlreiche andere Nettigkeiten, die ich an dieser Stelle nicht beschreiben möchte und zu späterer Zeit auch nicht. Eine Axt, um meinen Abgang mit Bracchialgewalt zu erzwingen, fand ich nicht, aber einen Bord mit einem schweren Ring voller Schlüssel.

Wohlgemut probierte ich einen nach dem anderen aus und siehe, einer passte und ich war frei. Bevor ich in die Zivilisation zurückkehrte, überprüfte ich, ob die Camcorder ausgeschaltet gewesen waren, überlegte kurz und nahm den Schlüsselbund an mich. Von der anderen Seite schloss die Tür bündig mit der Tapete und außer dem Loch für das Schloss war plötzlich nichts mehr von ihr wahrzunehmen. Ich überlegte, warum mir das nicht aufgefallen war, als Pendergast mich hergeführt hatte. Richtig, sie hatte bereits sperrangelweit offen gestanden, sonst hätte ich möglicherweise vorzeitig Verdacht geschöpft. Auch die warmweißen Industrielampen waren bereits eingeschaltet gewesen, weshalb ich zunächst dem Umstand keine weitergehende Beachtung geschenkt hatte, dass der Raum über keine Fenster verfügte, obwohl ich es im Unterbewusstsein registriert hatte. Alles war fein säuberlich vorbereitet gewesen. Dreckskerl! Schweinehund! Ach nein, das ist eine Beleidigung friedfertiger und treuer Säugetiere.

Am vernünftigsten wäre gewesen, mein Gelumpe an mich zu nehmen und schleunigst zu verschwinden, aber wiederum – zum zweiten Mal an diesem Tag – schlug die Neugierde die Vernunft. Mir war klar, dass sich nirgendwo im zugänglichen Teil dieses Haushalts Hinweise auf abartige Tätigkeiten finden würden, aber vielleicht …

Im Schlafzimmer hinter einem Vorhang wurde ich fündig. In die Wand dahinter war ein Tresor eingelassen und dieser Tresor – stand offen. Offenbar hatte der Hausherr schnellen Zugang zu seinem Baren gewährleisten wollen oder müssen.

Mann, mehrere Bündel an Scheinen, darunter zahlreiche 500er, die zwar nicht mehr ausgegeben wurden, aber weiterhin gültig waren. Fieberhaft suchte ich nach einem Beutel, fand einen in der Küche, stopfte meine Beute hinein und draußen mit ihr meine Satteltaschen voll. Dann suchte ich endgültig das Weite.

Was gibt es Unverdächtigeres als an einem heißen Nachmittag eine Radfahrerin in kurzen Hosen, die einen Ausflug unternimmt? Ich tat so, als pfiffe ich, obwohl ich dazu nicht in der Lage war, und strebte auf demselben Weg, den ich gekommen war, meiner bescheidenen Wohnstatt zu, wie der ehrenwerte Herr Pendergast sich auszudrücken beliebt hatte – nur, dass meine Wohnstatt wahrlich den Anspruch der Bescheidenheit erfüllte.

Meine Augenwinkel streiften die Pappel und ich stellte fest, dass es genauen Hinschauens bedurfte, um die Stelle der Hauswand zu sehen, die nun die Leiche eines Höllenanwärters zierte. Merkwürdigerweise hatte ich mir bisher keine Gedanken und auch kein Gewissen gemacht, dass ich ein schweres Verbrechen begangen hatte, denn ich fühlte mich alttestamentarisch im Recht, auch wenn dieses Strafrecht mit dem modernen nicht kompatibel ist.

Obwohl der Asphaltstreifen in der Senke ein Schleichweg ist, lässt er Platz für eine Autobreite. Prompt kam mir eins entgegen, sodass ich vorsichthalber auf das Bankett auswich. Zwei Männer saßen darin, die anerkennende Blicke auf meine braunen Beine warfen. Offenbar standen sie auf stramme Schenkel. Dieses Erlebnis ließ mich das der vergangenen Stunden vergessen und ich pfiff nun falsch, aber vergnügt ohne Heuchelei vor mich hin.

Wie schrieb ich zu Beginn meiner Geschichte? Hinterher ist man immer schlauer. Dass der Tresor offen gestanden hatte, hätte ein Hinweis für mich sein müssen, dass der Hausherr in Kürze Besuch erwartete, und zwar solcherart, dass er schleunigst Scheine abzudrücken gezwungen sein würde. Möglicherweise hätte er die beiden Herren, die mir begegnet waren, sogar eingeladen, an meiner Folterung live teilzunehmen, während für die Fernkundschaft die Camcorder liefen. Ich schaudere bei dem Gedanken heute noch zusammen, wenn er mich überkommt. Den Hergang erfuhr ich natürlich erst später, zum geringeren Teil durch die offiziellen Medien, zum größeren durch Einträge im Netz, die sich mit morbiden Geschehnissen befassen. Ich hatte natürlich wissen wollen, was über den ehrenwerten Herrn Pendergast so alles bekannt würde, nachdem ich seinen Namen vorher noch nie gehört hatte. Im Folgenden ein Beispiel.

Grausiger Fund unterhalb des Pendergasthauses

Gestern sah ein Passant von der Straße in der Metzgerschlucht, die allerdings lediglich die Bezeichnung Hohlweg verdient, unterhalb des Pendergasthauses, das mit der Schlucht bündig abschließt, eine unbestimmbare Bewegung. Vorsichtshalber alarmierte er die Polizei, die einen grausigen Fund machte. Der einzige Bewohner besagten Hauses baumelte an einem Dornenstrick erhängt unterhalb einer Tür, die in lichter Höhe ins Freie führt. Die Umstände seines Todes sind völlig ungeklärt. Möglicherweise können zwei Individuen, die in verdächtiger Nähe zum Tatort aufgegriffen wurden, Auskunft darüber geben. Derzeit werden sie verhört.

Tiefer ging ein Beitrag, der aus Insiderkreisen stammte, vermutlich aus dem Umfeld der ermittelnden Polizisten.

Das große Schweigen

Als die Polizei vor dem Pendergasthaus vorfuhr, um eine gemeldete Beobachtung zu untersuchen, versuchten zwei verdächtige Individuen zu fliehen. Nach einer filmreifen Verfolgungsjagd wurden diese Individuen gestellt und dem Haftrichter überführt. Gefunden wurde nämlich der Leichnam des Hausherrn, der sich mit einem Dornenstrick selbst stranguliert hatte oder stranguliert wurde. Nun fragt sich die Nachbarschaft schon seit Längerem, wovon der als Geheimniskrämer geltende Eusebius Pendergast eigentlich lebte, und sein Tod scheint einige Antworten nahezulegen. Er wird schon lange verdächtigt, mit gewaltverherrlichenden Filmen ein Vermögen gemacht zu haben. Mehrere Frauen, meistens Prostituierte, verschwanden bereits in der Umgebung, aber es gelang nie, Pendergast zu überführen, damit etwas zu tun zu haben. Nach seinem Ableben wurde ein versteckter Raum gefunden, der als nichts anderes denn eine Folterkammer bezeichnet werden kann. Die Spuren verdichten sich. Von den beiden zu Beginn erwähnten Individuen erhofft sich die Ermittlung Aufklärung über einen Sadisten-/Pädophilenring, den sie seit Langem zu observieren versucht. Bisher schweigen die beiden Inhaftierten allerdings hartnäckig.

Nein, nicht ich war es gewesen, die der Polizei die Meldung über eine ‚unbestimmte Bewegung‘ steckte, denn dann wäre ich durchleuchtet worden und meine dortige Anwesenheit hätten die Kommissare hundertprozentig herausgefunden. Der Zeuge hingegen, wer immer es gewesen sein mochte, war garantiert unverdächtig. Über weitere unerklärliche Momente wie den offenen Tresor, der mit persönlichen Papieren des Eusebius Pendergast gefüllt war, oder einen vermissten Schlüsselbund erfuhr ich nichts. Da ich aber nie eine gerichtliche Vorladung bezüglich dieses Falls erhielt, darf ich mich heute in der Gewissheit sonnen, der Spurensicherung durch die Lappen gegangen zu sein.

Zum Abschluss dieses Kapitels ein Posting im Darknet, das – für mich plausibel – das ultimative Rätsel des Pendergasthauses löste. Die Überschrift gleicht der meines ersten Beispiels, aber der Inhalt unterscheidet sich deutlich.

Grässlicher Fund unterhalb des Pendergasthauses

Der Sinn der Tür im Pendergasthaus, die ins Nichts führt, fand eine Erklärung. Offenbar ließ der Hausherr sie einbauen, um die Überreste seiner üblen Machenschaften unauffindbar verschwinden zu lassen. Unterhalb dieser Tür befindet sich nämlich eine durch Geäst und Geröll getarnte Gruft, in der zahlreiche Leichen bestialisch zugerichteter Frauen gefunden wurden. Die beschlagnahmten Filme der mittlerweile dingfest gemachten Sadistengruppe zeigen die unbeschreiblichen Qualen, denen Pendergast seine Opfer unterwarf, in allen grausigen Einzelheiten. Forensische Untersuchungen der Leichen und die Auswertung der Filme erlaubten eine Identifizierung der bedauernswerten Frauen, die in Kürze christlich bestattet werden sollen. Der Verbleib aller während der vergangenen Jahre verschwundenen Frauen ist nunmehr lückenlos ermittelt. Gleichgültig, ob der schreckliche Eusebius Pendergast durch ein Missgeschick oder durch eine gezielte Tat eines seiner ‚Kunden' – was bisher nicht aufgeklärt wurde – zu Tode kam: An einem Dornengalgen aufgehängt zu werden ist nichts als seine gerechte Strafe. Es ist nicht damit zu rechnen, dass er zehn Tage nach seinem Hinschied gen Himmel auffahren wird.

Nachdem ich das gelesen hatte, sattelte ich dem Text noch einen drauf, indem ich dachte: Ich hoffe doch, mein lieber Eusebius, dass nach dem Sturz dein Genick nur angeknackst war und du noch eine Weile unter unsäglichen Schmerzen leben durftest, um über deinen einträglichen Zeitvertreib nachzudenken, bevor du endgültig verreckt bist. Hätte ich das alles vorher gewusst, hätte ich einige kräftige Kolleginnen zusammengetrommelt und wir hätten dich nackt in einem feuchten Keller festgekettet, um dich dort bei lebendigem Leib von hungrigen Ratten auffressen zu lassen. Ich gebe zu, dass mich dieser Traum einige Male heimsuchte – und es war kein Albtraum!

Nun zu meinem weiteren Vorgehen, nachdem ich unbehelligt zu Hause angekommen war. Da hatte ich bestenfalls eine Ahnung, was in der Pendergastvilla abgegangen war, wusste es aber noch nicht in den wiedergegeben Einzelheiten, und meine Gedanken kreisten einzig um den Inhalt der Satteltaschen. In freudiger Erregung schüttete ich sie im Hinterzimmer aus, um meinen Reichtum zu zählen. Nachdem ich mich durch den Papierberg durchgearbeitet und ihn sorgfältig nach Scheingröße sortiert hatte, traf mich beinahe der Schlag: Beinahe 100.000 Euro strahlten mich an. Das war für mich wirklicher Reichtum! Mir war klar, dass die Summe nicht bis zum Lebensende reichen würde, aber meine Prostitution durfte ich getrost an den Nagel hängen. Ein bisschen Bedauern schwang in dem Entschluss mit, denn von diesem Pendergast und wenigen anderen softsadistisch veranlagten Kerlen abgesehen hatte mir der Job durchaus Spaß bereitet. Vor allem schüchterne Freier, die sich kaum trauten, mir einen Kräftigen hinten drauf zu knallen, hatten mich köstlich amüsiert. Mal sehen, wie ich in Zukunft an mein Vergnügen kommen würde, sowohl was das Spanken als auch die Muschifütterung betraf. Allzu große Sorgen bereitete mir der Gedanke indes nicht, denn kräftige Schenkel und üppige Brüste sollten wohl ihre Liebhaber finden.

Ein Problem war, wie ich die Barsumme, die größtenteils aus 500er-Noten bestand, unverdächtig ‚waschen' sollte. Einfach zu Bank gehen und den Plunder in kleinere Scheine umzutauschen würde zu einem Maximum an Nachdenken hinter dem Schalter führen – wenn, dann höchstens Stück für Stück und jeden in einer anderen Filiale. Geschäfte und Tankstellen nehmen vielfach keine ‚big bucks' an und auch der Erwerb eines teuren Gegenstands wie ein Auto ließ sich nur schwer auf diese Weise bewerkstelligen. Später stellte sich heraus, dass sich gewisse obskure Gebrauchtwagenhändler gern auf diese Weise bezahlen ließen, zu welchem Zweck auch immer. Ich betrachtete es nicht als meine Aufgabe, das herauszufinden – bin ich Steuerfahnderin?

Als Lösung für das Grobe fiel mir ein, in einem umsatzstarken Supermarkt eine Stelle als Kassiererin anzunehmen, der die fraglichen Noten annahm. Es gelang mir, alle paar Tage einen 500er unauffällig gegen fünf Hunnis einzutauschen. Ich war mir bewusst, dass ich ein Risiko einging, denn Kassiererinnen dürfen kein Geld in der Kitteltasche mit sich führen. Werden sie damit erwischt, gelten sie als Diebinnen und werden fristlos gefeuert. Als Nutte, darf ich dazu bemerken, lernt man allerlei nützliches Handwerk. Dazu gehört, geschickt wie ein Taschendieb zu operieren. Die Häufung von Kunden, die auf diese ungewöhnliche Weise zahlten, fiel zwar auf, aber nicht dermaßen, dass die Geschäftsleitung Konsequenzen gezogen hätte. Solange die Hausbank die Einnahme widerspruchslos einlöste, sah auch sie keinen Handlungsbedarf.

Noch etwas Luxuriöses und bisher Unbezahlbares leistete ich mir, nämlich Bergtouren in die benachbarte Schweiz. Die Wechselstube am Zürcher Hauptbahnhof akzeptierte ohne Weiteres meine halben Riesen und Franken, die ich überzählig hatte, tauschte jede Sparkassenangestellte wieder zurück, ohne mit der Wimper zu zucken. Kurz und gut: Nach und nach gelang mir, alle kompromittierenden Beweise für mein entschlossenes Einsacken vollständig unter die Leute zu bringen.

Mit einer der Bergtouren begann ein Abschnitt in meinem Leben, der all' meine bisherigen Erfahrungen auf den Kopf stellen sollte.

Helga: Lunghinpass

Trennungen sind immer mit Tränen und Aufwand verbunden, so sehr die Betroffenen bemüht sein mögen, sie unter Vortäuschen von Floskeln wie ‚im gegenseitigen Einvernehmen‘, ‚wir bleiben weiterhin Freunde‘ und ähnlichen durchzuziehen. Der Fall von Wulf und mir war insofern entschärft, als unsere Tochter Anna Lena dem Abitur zustrebte und zwar weiterhin finanzieller Unterstützung, aber keiner lückenlosen Betreuung mehr bedurfte. Interessanterweise war sie es, die als Erste die Entfremdung ihrer Eltern wahrgenommen hatte.

Als ich nach unserer Frachtschiffreise allein nach Hause kam und ihr erzählte, dass ich meinen Koffer packen würde, fragte sie beinahe emotionslos: „Warum du, Mama? Ich meine, warum nicht Papa?"

„Weil dieses Haus Wulfs Lebensleistung und nicht meine ist."

„Aber du hast mich doch im Gegenzug großgezogen?!"

„Aber es ist sein Herzblut, nicht meins."

„Willst du denn auf alles verzichten?"

„Das klären wir, wenn er eintrifft. Wenn du hier wohnen bleiben möchtest und Wulf weiterhin für dich sorgt, brauche ich beinahe nichts mehr zum täglichen Leben."

„Wann trifft er denn ein?"

„In Kürze, nehme ich an. Er muss ja am Montag wieder zur Arbeit."

„Wieso weißt du das nicht?"

„Ich habe ihn verlassen, nachdem wir dem Hafen von Valparaiso den Rücken gekehrt hatten. Ich weiß nicht, wo er sich seitdem aufgehalten und welchen Flug er gebucht hat."

Es blieb bei dem Arrangement, das ich angedacht hatte – das heißt, Wulf blieb mit Anna Lena in unserem Haus und ich mietete mich in einer Art Studentenbude ein. Fürs Erste widerstand ich der Versuchung, alles hinzuwerfen und voll alternativ zu leben. Um mich in einer Wohngemeinschaft wohlzufühlen oder gar meine Zeit mit Gleichgesinnten in ungeheizten besetzten Häusern zuzubringen bin ich nicht kollektivistisch genug veranlagt.

Ich hatte mich nach Anna Lenas Geburt zunächst für einige Jahre in die verpönte ‚Nur-Hausfrau' verwandelt und, nachdem sie die Schule zu besuchen begonnen hatte, in den polizeilichen Innendienst gewechselt. Der befriedigte mich allerdings nach meinem spannenden Leben als Fahnderin nicht und ich suchte mir eine Stelle als Designerin in einem Modestudio. Dafür besaß ich zwar überhaupt keine Qualifikation, aber dank meiner Berliner Schnauze schaffte ich es, meinen künftigen Arbeitgeber von mir zu überzeugen.

Einerseits waren die Aufgaben reizvoll, andererseits hatte ich mit der Zielgruppe meiner Bemühungen nicht viel Gemeinsames. Das zeigte sich nicht zuletzt darin, dass ich selbst keineswegs in Designerklamotten herumlief und in zweiter Linie darin, dass ich im Grunde Frauen verachte, die für sich nur vom Besten und nur vom Feinsten beanspruchen. Ich will nicht von den hungernden Kindern in der Dritten Welt anfangen oder gar den Näherinnen in Bangla Desh, deren Verdienstanteil an den teuren Kreationen, zu deren Schöpfung sie den größten Anteil beitragen, im Promillebereich liegt, aber insgesamt betrachte ich die Verhältnismäßigkeit als gestört. Auch der gefeiertste Modezar ist sich nicht zu schade, möglichst billig produzieren zu lassen – das heißt, auf keinen Fall in der europäischen Heimat –, damit sein Löwenanteil noch löwiger wird als er es ohnehin schon ist.

Nach meiner Trennung von Wulf zog ich auch unter dieses Kapitel einen Schlussstrich. Ich gedachte mich hinfort meiner politischen Weiterentwicklung zu widmen und beantragte Bürgergeld, um mich nicht mehr von der Jagd nach schnödem Mammon ablenken zu lassen. Wer mein Verhalten als unsozial empfindet, dem erlaube ich mir zu meiner

Rechtfertigung entgegenzuhalten, dass ich jegliche Unterhaltszahlung von meinem ex-Ehemann ablehnte.

Bevor ich mich endgültig in mein stilles Kämmerlein zurückzog, setzte ich das ansehnliche Sümmchen, das ich mir im Lauf der Jahre unauffällig zusammengespart hatte, für die eine oder andere Reise ein, die mich in erster Linie an die frische Luft führen sollten, damit mein Kopf frei würde.

Eine davon führte mich in die Schweiz. Ich quartierte mich in Chur ein, der Hauptstadt Graubündens, um auf Tagesausflügen die dortige Bergwelt kennenzulernen.

Ich bin keine Bergsteigerin, aber ein halbwegs trainierter Wandervogel. Meine erste Aktivität führte mich nach Juf, mit 2.126 Metern über dem Meeresspiegel und damit über der Baumgrenze der höchstgelegene ganzjährig bewohnte Ort Europas. Längst ist das Dorf nicht mehr eigenständig, sondern gehört zu der Verbandsgemeinde Avers, die sich vom gleichnamigen Hauptort durch das zehn Kilometer lange Val Ferrera, das vom Avers-Rhein entwässert wird, und weiter am Forcellinabach entlang hinzieht.

Von Chur aus besteigt man entweder die direkte Linie nach Bellinzona, die von oberhalb der Gleisanlagen im Bahnhof gelegenen Busplattform die schnellstmögliche Route durch den San Bernardinotunnel nimmt, oder zunächst die meterspurige Rhätische Bahn, die ,kleine Rote' bis Thusis, und dort das regionale Postauto, wie die Schweizer ihren gelben Kultbus nennen. Die Fahrt mit diesem ist ungleich abwechslungsreicher als über die Schnellstraße, berührt sie doch neben der St. Martinskirche von Zillis aus dem 12. Jahrhundert mit ihren atemberaubenden Deckenvotiven auch die berühmte Via Mala, im Mittelalter ein überaus gefährlicher Alpenübergang, von John Knittel in einem monumentalen Roman gewürdigt, und der nördlichste Punkt, bis zu dem die muslimischen Sarazenen einst vordrangen.

In Avers gilt es in ein deutlich kleineres Postauto umzusteigen, das die Straße bis Juf bewältigt, ohne ständig in engen Kurven zurücksetzen zu müssen. Der Fahrer erläutert mit

Herzblut Geschichte und Landschaft, aber leider im Bündner Dialekt, der für eine Hochdeutsche ohne lokale Klang-
erfahrung unverständlich ist. Auf meinem Smartphone fand
ich zum Glück eine adäquate Beschreibung. Zudem die Information, dass ein Kollabierter schneller von Juf ins Spital
als von einem Zürcher Außenbezirk ins Stadtzentrum zu
transportieren möglich ist, und vermeinte sie auch den Live-
Ausführungen zu entnehmen, denn an der Stelle schwang
eine gehörige Portion berglerischen Stolzes mit.

Am Loretschhus im Ortsteil Juppa hätte ich bereits aus-
steigen und dem Murmeltierpfad durch das Bergalgatal bis
zur gleichnamigen Alp folgen können, aber der Weg ist eine
Sackgasse. Ich zog deshalb vor, meinem Gefährt bis zur
Endstation treu zu bleiben.

Juf zählt gerade einmal 30 Einwohner, bietet aber alles,
was ein Gemeinwesen braucht. Neben einem Gemischtwarengeschäft – ich brauchte lange, um mir diesen Begriff
in Erinnerung zu rufen, denn ich Deutschland gibt es so
etwas seit Ewigkeiten nicht mehr – lädt eine Beiz – wie die
Schweizer eine Kneipe nennen – zur Einkehr ein. Das mit
dem Gemischtwarengeschäft funktioniert in der Eidgenossenschaft, denn die Dorfbewohner kaufen konsequent in
ihrem Laden ein und nehmen aus Lokalpatriotismus höhere
Preise als im 20 Kilometer entfernten Supermarkt in Kauf.

Ich beschloss, im Lauf der nächsten Tage später loszufah-
ren und in Juf zu Mittag zu essen, denn der Weg über den
Stallerpass nach Bivio oder anders herum ist locker in zwei
Stunden zu bewältigen. Heute hatte ich hingegen viel vor.
Wir schrieben halb Zehn und ich frequentierte die öffentli-
che Toilette, die rechts vom Wendeplatz ein paar Stufen
tiefer zu finden ist. Um den Jufern wenigstens ein bisschen
Anerkennung zuteil werden zu lassen, warf ich einen Foif-
liber – wie die Fünffrankenmünze im Volksmund heißt – in
den Spendenkasten, bevor ich endgültig losmarschierte.

Die einfachste Wandervariante ist die erwähnte über den
Stallerpass nach Bivio am Fuß des Julierpasses. Von dort
wäre ich per Postauto im Handumdrehen wieder im Hotel,

was mir denn doch zu billig war. So stapfte ich geradewegs in der Verlängerung der Straße auf die Forcellina zu. Im Zickzack geht es bis zur Fuorcla de la Valetta in 2.586 Metern über Normal Null. Ich drehte mich einige Male um, um den Blick ins Tal zu genießen, und war froh, auf eine schwere Kamera verzichtet zu haben, denn für mein künftiges Leben sah ich keine Notwendigkeit mehr zu ewigkeitsbewusstem Andenkensammeln, auch in Form von Fotos nicht. Ich war, um der Wahrheit die Ehre zu geben, abgesehen von einer Flasche und Stöcken ohne Gepäck. Die Flasche war darüber hinaus leer, denn in den Alpen fließt genug Wasser, um nicht auf solches aus der Leitung einer Stadt angewiesen zu sein. Ich trinke mir zu Beginn einer Bergwanderung keinen gluckernden ‚Ranzen' an, denn als Folge wäre für mich bereits das Besteigen eines Podests eine unzumutbare Anstrengung. Die Behauptung, bei Aufkommen von Durstgefühl wäre es bereits ‚zu spät', halte ich für baren Unsinn. Wofür zu spät? Folgt dem anklingenden Durst unmittelbar der Tod? Quatsch! Wenn ich Durst empfinde und mein Vorrat aufgefüllt ist, trinke ich ein paar Schlucke und gut ist es. Wenn ich mir, wie ich häufig bei jungen Leuten beobachte, alle Viertelstunde die Flasche an den Hals setzte, bedrängte mich zudem ständig meine Blase. Konträr zu gängigen Expertenmeinungen ist der körpereigene Flüssigkeitshaushalt in Ordnung, wenn der Urin gelb und nicht, wenn er weiß ist. Ist er das, muss ich so lange im Viertelstundentakt Wasser lassen, bis er wieder gelb wird.

Ähnlich ist es mit den Ratschlägen, unterwegs ununterbrochen Energieriegel zu verspeisen. Dann legt der Magen-/Darmtrakt meine gesamte Leistungsfähigkeit mit Beschlag, für meinen Vortrieb bleibt keine Kraft übrig und ich bekomme Seitenstechen. Nach einem ausgewogenen Frühstück ist Nahrungsaufnahme für den Rest des Tages völlig überflüssig, gut genährt, wie ein Mitteleuropäer nun mal ist. Zum Abendessen – oder Nachtessen, wie der Schweizer sagt – habe ich dann einen richtigen Bärenhunger.

Die 460 Höhenmeter hatten mich mehr aus der Puste gebracht als angemessen gewesen wäre. So fit, wie zu sein
ich mir eingebildet hatte, war ich wohl doch nicht. Und ich
hatte meinem Plan nach einen zweiten Pass vor mir! Erst
mal nur so weit denken wie die Sicht reicht, dachte ich mir,
alles Weitere wird sich finden.

Als ich schnaufend oben ankam, erwartete mich eine Gruppe von vier Männern, von denen jeder eine Bierflasche in
der Hand hielt. „Willst du auch eine?" fragte mich einer.

Durst hatte ich nun schon, aber Bier …? Ich gab meinen
Bedenken Ausdruck. „Meine Kondition …"

„Ab jetzt geht's abwärts und der Weg am Leg Columban
vorbei zum Septimerpass ist total leicht", beruhigte mich
mein Versucher. Beherzt griff ich zu, aber sofort bremste
mich ein weiteres Hindernis aus. „Danke! Äh …; hat einer
von euch einen Flaschenöffner?"

Dröhnendes Gelächter quittierte meine teutonische Naivität. „Kennst du nicht das Geheimnis der eidgenössischen
Drittelliterflaschen?"

„Nein."

„Drehverschluss. Probier's!"

Tatsächlich! Nach einem kurzen Ruck bot sich mir das ge-
gorene Nass zur vorgesehenen Verwendung an.

„Man kann natürlich auch einen zünftigen Öffner zur Hand
nehmen."

„Oder seine Gürtelschnalle."

„Oder sein Feuerzeug."

Lachend stieß ich an. „Ich bin halt Neuling – aber ein lern-
fähiger Neuling."

Eine Weile unterhielten wir uns über unsere Ziele. Ich hatte
mich gewundert, dass die Vier mich Schnecke nicht über-
holt hatten, aber das Rätsel löste sich leicht: Sie waren
Richtung Juf unterwegs. „Den letzten Bus talabwärts errei-
chen wir auf jeden Fall", beschieden sie mir, „und wenn wir

uns beeilen, bleibt ein Stündchen Zeit, der dortigen Beiz zu ein wenig Umsatz zu verhelfen."

Fröhlich verabschiedeten wir uns voneinander. Wer sich wundert, dass sich wildfremde Menschen in den Alpen mit ‚Du' anreden, dem sei an dieser Stelle verraten, dass ab der Zweitausendergrenze das ‚Sie' abgeschafft ist.

Bis zum Septimerpass artete das Fortkommen in einen Spaziergang aus. Wer vom Fuorcla de la Valetta kommt und zum Lunghinpass weiterwill, für die oder den handelt es sich um gar keinen Pass, sondern um einen Sattel. Wer hingegen den Aufstieg vom Bergell geschafft und Bivio zum Ziel hat, steht hier auf dem höchsten Punkt ihrer oder seiner Wanderung und empfindet ihn folglich als Pass.

Ich gebe zu, dass mich im Augenblick der Ankunft auf dem Septimerpass mein innerer Schweinehund anbaggerte und mir ins Ohr flüsterte, den bequemen, Pkw-tauglichen Kiesweg nach Norden einzuschlagen, der in sanftem Gefälle Bivio ansteuert. Die dritte Route führt ebenfalls abwärts, aber bis ins Bergell geht es 900 Meter 'runter. Das belastet die Knie und mit Stöcken zusätzlich die Arme. Außerdem liegt Vicosoprano, zu Deutsch Vespran, zwar nicht am Ende der Welt, aber beinahe am Ende der Schweiz, und es wäre fraglich, ob ich von dort den letzten Bus nach Sankt Moritz schaffen würde.

Ich straffte mich jedoch, atmete mehrmals tief durch und horchte in mich hinein. Ich hatte mich auf dem hinter mir liegenden flachen Abschnitt so gut erholt, als wäre ich gerade aus dem Bett aufgestanden. Das bedeutete: Auf zum Lunghinpass! Ich ahnte nicht, dass dieser Entschluss meinem Leben eine entscheidende Wende geben sollte.

Der Septimerpass liegt auf 2.310 Metern und der Lunghinpass auf 2.644 Metern Höhe, also war ein weiterer Aufstieg von 334 Metern zu bewältigen. Weniger als von Juf zum Fuorcla de la Valetta, aber deutlich ruppiger. Als ich die Passhöhe erreicht hatte, glaubte ich mit meinen Kräften am Ende zu sein. Eine Bank lädt zum Verweil ein und ich ließ mich wie ein nasser Sack darauf fallen. Kaum war ich in der Lage, mich konzentriert der einzigartigen dreifachen Wasserscheide hinzugeben. Nach Osten fließt ein Rinnsal über den Inn und die Donau ins Schwarze Meer, nach Nordosten eins über die Julia und den Rhein in die Nordsee und nach Südwesten eins über den Comer See und den Po ins Mittelmeer. Es bedarf natürlich einiger Fantasie, die Rinnsale, in große Ströme verwandelt, über Budapest, Köln und Mailand ihrer Bestimmung entgegendrängen zu sehen. 150 Meter muss man nach Norden gehen, um an der Quelle Europas zu stehen, denn soweit befindet sie sich von der Passhöhe entfernt.

Vom Lunghinpass ist ein Abstecher zum 2.780 Meter hohen Piz Lunghin möglich, aber es war mit meinem inneren Schweinehund abgemacht, dass ich auf die verbleibenden 136 senkrechten Meter verzichten würde. Das Smartphone zeigte drei Uhr nachmittags und die Sonne stand im Juni, den die Erde gerade schrieb, hoch am Himmel. Ich schloss die Lider und wäre in der milden Sonnenbestrahlung beinahe eingeschlafen, als ich meinte, ein leises Stöhnen zu vernehmen.

Hatte ich geträumt? Nein, auch jetzt, mit geöffneten Augen, blieb das Geräusch. Ein wildes Tier? Es kam aus der Richtung zum Piz Lunghin. Sofern es nicht wirklich laut war, durfte seine Quelle nicht allzu entfernt sein. Gefährliche wilde Tiere gibt es hier nicht, korrigierte ich meine eigene Eingebung, äußerstenfalls einen Marder. Entschlossen erhob ich mich und betrat den Weg zum Gipfel. Ich brauchte nicht weit zu marschieren. Knapp neben dem Weg lag eine Frau und keuchte und stöhnte. Erschrocken kniete ich neben ihr nieder und zog meine unbenutzte Wasserflasche hervor, um ihre Lippen zu benetzen, denn ich sah, dass sie bei Bewusstsein war. Da in diesem vielzüngigen Teil der Welt italienisch-, französisch,- romanisch-, englisch- und natürlich auch deutschsprachige Zeitgenossen kreuz und quer durcheinanderlaufen, versuchte ich es erst in meiner Muttersprache.

„Was ist mit dir?"

„Ich …, ich weiß nicht. Vielleicht eine Ohnmacht." Treffer! Ich hatte offenbar keine Einheimische, sondern eine Teutonin wie mich vor mir, wenn auch aus südlicheren Gefilden. Dankbar und gierig sog die Unbekannte an der Tülle, bis sie beinahe einen halben Liter intus hatte. „Wie spät ist es?" fragte sie plötzlich.

Ich sah auf mein Smartphone. „Zehn nach Drei."

„Dann ist das noch gar nicht lange her."

„Was?"

„Mein Kollaps. Ich erinnere mich, dass ich Viertel vor Drei auf der Passhöhe ankam und beschloss, den Abstecher zum Piz in Angriff zu nehmen."

„Da merktest du noch nichts?"

„Nein. Plötzlich wurde mir schwarz vor Augen. Instinktiv ging ich in die Hocke, um nicht zu tief zu stürzen, und war weg."

„Wohl tatsächlich eine Ohnmacht. Sofern es sich um einen Kreislaufaussetzer handelt, dauert die höchstens wenige Sekunden. Das scheint bei dir der Fall zu sein. Kannst du aufstehen? Ich stütze dich."

Nach einer Weile hatte ich der Frau wieder die Senkrechte einzunehmen geholfen. Sie tastete achtsam an sich herum, ob sie außer geringfügigen Abschürfungen am Ellenbogen auch andere lädierte Stellen fände, während ich sie musterte. Sie war einen Kopf kleiner als ich – das heißt, von normaler Konfektionsgröße – und wies beachtliche Proportionen auf, ohne korpulent zu sein. „Soll ich die Rega alarmieren?" Rega ist die schweizerische Rettungswacht.

„Nein, das ist nicht nötig. Der Anfall ist vorbei und die Mitarbeiter dort schätzen es nicht, durch einen blinden Alarm gebunden zu sein."

„Na, so blind scheint er mir nicht zu sein."

„Als ich dalag, nicht. Ich fühle aber, dass ich mich spürbar erhole."

„Man soll nicht allein in den Bergen herumkraxeln."

„Erstens erfordern die Wanderwege hier keine Kraxelei und zweitens: Welche Begleitung hast du?"

Ich lachte. „Okay, du hast gewonnen. Wohin willst du?"

„Nach Maloja. Ich komme von Bivio."

„Dann sind wir ab jetzt zu Zweit. Das heißt, ich hätte dich auf keinen Fall mehr allein gelassen, egal, wo du hin gewollt hättest. Wie heißt du?"

„Mae."

„Ich bin Helga. Also, auf nach Maloja." Wir boxten zum Besiegeln unserer Verbundenheit unsere Fäuste gegeneinander und brachen auf.

Besagter Ort liegt auf 1.815 Metern Höhe. Folglich hatten wir von hier aus 829 Meter abzusteigen, eine nicht zu unterschätzende Anstrengung. Als sich der Saumpfad ins Oberengadin hinabneigte, sahen wir zu unserem Schrecken das Tal in dunkler Bewölkung. Unsere erste Befürchtung bewahrheitete sich: Die Wolken wuchsen uns immer mehr entgegen und bald wandelten wir mittendrin. Obwohl früher Nachmittag, verdunkelte sich innerhalb weniger Minuten der Himmel und wir steckten im dicksten Gewitter. Der Pfad artete immer mehr zu einer Art Halfpipe aus, einem Hohlweg, in dem kaum mehr zwei Füße nebeneinander Platz fanden. Binnen einer halben Stunde gingen wir auf keinem Weg mehr entlang, sondern in einem reißenden Bachlauf. Wir hätten nicht mehr die Hand vor dem Gesicht gesehen, hätte uns nicht die ununterbrochene Blitzfolge den Bachverlauf gewiesen, dem wir zu folgen hatten. Wir hatten natürlich beide keinen Schirm dabei, denn der wäre nicht nur nutzlos, sondern auch ein vorzüglicher Blitzmagnet gewesen, sodass wir unter keinen Umständen einen aufgespannt hätten. Auch ohne Schirm bestand natürlich das Risiko, getroffen zu werden, aber das schätzte ich zu Recht als gering ein.

Unser Vorteil war, dass unsere Funktionskleidung funktionierte. Wanderschuhe und Kapuzenjacke erwiesen sich als wasserdicht; die Hose zwar nicht, aber die wäre innerhalb einer Viertelstunde wieder trocken, sobald wir unter einem Dach Unterschlupf fänden. Zudem hatte sich Mae offenbar vollständig erholt, denn sie zeigte keinerlei Zeichen von Schwäche mehr.

Wir glitten und schlitterten mehr als dass wir gingen. Um uns vor Stürzen zu bewahren, mussten wir so vorsichtig vordringen, dass uns die Zeit endlos dünkte, bis wir endlich die ersten Anzeichen des Dorfs sahen und eine Asphalt-straße betraten. Sie hatte sich auch endlos gedehnt, denn die Uhr zeigte halb Sieben, als wir uns der Bushaltestelle Maloja Posta näherten. Wie zum Hohn riss die Wolken-decke auf und die Strahlen der tiefstehenden Sonne blen-deten uns nicht nur direkt, sondern auch 'über Bande' durch die zahllosen Pfützen der perfekt naturgereinigten Straße.

Der Ort Maloja schließt den gleichnamigen halben Pass bergseitig ab. Halber Pass, weil es keine Ostrampe gibt – nach dem Aufstieg aus dem Bergell Richtung Sankt Moritz geht es beinahe eben weiter. Der bekannte Künstler Alberto Giacometti stammte aus Borgonovo im Bergell oder Val Bregaglia, wie das Tal auf Italienisch heißt.

Das Postauto Castasegna – St. Moritz Bahnhof bog gerade um die Ecke. „Himmel!" fluchte ich, „das ist der letzte Kurs. Los!" Winkend machten wir dem Chauffeur klar, dass wir mitzufahren gedächten. Er erkannte unsere Handzeichen und wartete, bis wir herangelaufen waren. Wir stiegen ein und jede zeigte ihr BüGa – das Bündner Generalabonne-ment – vor. „Euch hat's ja ganz schön erwischt", meinte der Mann mit Blick auf unser tropfendes Outfit. „Kann man wohl sagen", antwortete ich, „wir sind kurz hinter dem Lunghinpass in das Gewitter geraten." „Oje, ihr Ärmsten. Wo bleibt ihr denn über Nacht?" „In Chur. Den Albula-Schnellzug erwischen wir ja problemlos." „Klar. Ihr habt sogar eine halbe Stunde Zeit bis zur Abfahrt. Da könnt ihr 'was trinken."

Wir fassten es nicht. Nach all' den Prüfungen saßen wir plötzlich warm und trocken in einem öffentlichen Gefährt, das uns garantiert unfallfrei unseren Betten näher bringen würde. Jetzt erst fiel uns auf, dass wir angesichts der Anstrengungen und Gefahren während des Abstiegs kaum ein Wort miteinander gewechselt hatten. „Schön, dass es dir wieder gut geht", sagte ich lahm, „hattest du so etwas schon einmal?"

„Nein, noch nie."

„Wo wohnst du?"

Zu meiner Überraschung nannte Mae dasselbe Hotel, in dem auch ich gastierte. „Fein, dann können wir zusammen zu Abend essen."

Nach einem Kaffee im Bahnhofsbistro von St. Moritz tauten wir während der zweistündigen Fahrt über die traumhafte Albulastrecke endgültig auf. Wir konnten uns an der achterbahnartigen Streckenführung, vor allem zwischen Preda und Bergün, nicht sattsehen. Hinter Filisur sorgt der Landwasserviadukt mit seiner engen Linkskurve, der unmittelbar an einen Tunnel anschließt, für einen unerwarteten Schlusspunkt an Atemlosigkeit.

„Bist du hier schon einmal 'langgefahren, Mae?"

„Nein, denn heute ist mein erster Tag in Graubünden und ich wollte mit einer kräftigen Wanderung beginnen, bevor ich mich den bequemen Polstern der ‚kleinen Roten' hingebe."

Ich unterdrückte die Bemerkung, dass sie die Latte der ‚kräftigen Wanderung' wohl zu hoch gelegt hatte, sondern bestärkte sogar ihre Entschlusskraft. „Gute Idee. Ich bin übrigens in derselben Situation. Erster Tag und etwas Markiges unternehmen wollen, meine ich."

Mae senkte ihren Kopf. „Du hast dich aber nicht übernommen wie ich." Dann blickte sie hoch und musterte mich. „Du bist ja eine Riesin und vermutlich durchtrainiert wie eine Olympionikin."

Ich wand mich etwas, denn ich mag es nicht besonders, auf meine Überlänge angesprochen zu werden. „Übertreib' es nicht. Schlaksige Leute sind häufig eher ungelenk. Ich war allerdings einmal Polizistin. Aus der Zeit ist noch ein bisschen Power übrig. Was machst du denn beruflich?"

Zu meiner Überraschung senkte Mae erneut den Kopf. „Ich sag' dir auch, was ich mal war. Ich stand sozusagen am anderen Ufer des Rechts. Ich gehörte dem horizontalen Gewerbe an."

„Entschuldige, ich wollte dich nicht in Verlegenheit bringen. Man kann fast darüber nachdenken, was schlimmer ist."

Mae lachte. „So haben wir's natürlich auch gesehen."

„Du bist demnach ausgestiegen?"

„Normal ist das unmöglich, aber plötzlich schüttete ein mir bis dato unbekannter Erbonkel seine Schatztruhe über mich aus und ich war erlöst. Natürlich arbeite ich wieder, ganz bieder als Kassiererin in einem Supermarkt, denn bis zum Lebensende reicht das Geld nicht, aber ab und zu einen draufmachen wie diese Reise hier gönne ich mir. Dazu gehören auch die Hotelübernachtungen, denn ich packe praktisch jeden Ausflug innerhalb eines Tages von meinen vier Wänden aus. Ich wohne nämlich am Hochrhein, direkt an der Schweizer Grenze." Mae kicherte. „Das hat den Vorteil, dass ich für alles, was ich vergessen haben sollte, kurz nach Hause fahren und es holen kann."

Ich sah ihr prüfend ins Gesicht. „Was ist, Helga?" fragte sie verunsichert.

„Deine Ausdrucksweise …"

Jetzt lachte sie frei heraus. „Du denkst, eine Nutte ergeht sich exklusiv in Fäkalausdrücken, zwischen die sich ab und zu ein normales Wort schmuggelt?"

„Das nicht gerade …"

„Es gibt unterschiedliche Niveaus. Du hattest vermutlich eher mit solchen meiner Zunft zu tun, die der eben beschriebenen Kategorie angehören. Ich für meinen Teil hatte nie mit euch zu tun, denn meine Freier waren Menschen der gehobenen Klasse, die sich ein Vergnügen nur gönnten, wenn es gepflegt zuging. Ich habe Abitur und so manchen Benimm-, aber auch Deutschkurs belegt, damit ich den Ansprüchen genügte. Das mag für schnödes Spanken und Bumsen abgehoben klingen, aber auch diese Mischung findet ihre Kunden."

Viel zu schnell für unsere Plappermäuler lief der Zug im Bahnhof Chur ein. Wir trennten uns naheliegenderweise auch jetzt nicht, denn unser Weg zum nahen Hotel war ja derselbe. Wir verabredeten uns für eine Stunde später zum Abend-, nein zum Nachtessen.

Während Mahls sprachen wir als wohlerzogene Damen wenig; dafür umso mehr, als wir uns in eine stille Ecke der Hotelbar zurückgezogen hatten. „Prost erst einmal", sagte ich und stieß mit meinem Kübel gegen ihren. Eine Stange ist ein gezapftes kleines und ein Kübel ein gezapftes großes Bier, wobei für das Attribut groß in der Schweiz 0,4 Liter langen. „Bei dir passt's in die Länge und bei mir in die Dicke", gluckste Mae.

„Du bist doch nicht dick!"

„Ich versuche mich am Riemen zu reißen, aber ich neige zu Hefeteigverhalten, wenn ich nicht darauf achte, was ich in mich hineinstopfe."

„Hast du denn einen Mann, dem du gefallen musst?" Frisch befreundete Frauen nähern sich viel schneller intimen Themen als Männer das zu tun pflegen.

Maes Antwort begleitete ein vielsagender amüsierter Gesichtszug. „Noch nie eine feste Liaison. Ich hatte täglich neue, wie du dir wirst denken können, aber die interessierten sich nur für meinen Unterleib. Immerhin hatte ich einen guten Stamm treuer Kunden, die mit mir oder besser gesagt meinem Unterleib sehr zufrieden waren.

Wie sieht's bei dir aus?"

„Ich hatte einen, den ich inbrünstig liebte und mit dem ich zusammen eine Tochter habe."

„Ist sie noch klein? Die Tochter, meine ich."

„Nett, dass du mich als so jung einschätzt. Nein, Anna Lena hat ihr Studium von Jura und Psychologie begonnen. Sie braucht für eine weitere Weile unsere Unterstützung, aber nicht mehr unsere geballte Fürsorge."

„Und da habt ihr entdeckt, dass ihr euch auseinandergelebt habt? Diesmal meine ich deinen Mann und dich."

„Leider ist's nicht so. Ich muss alle Schuld auf mich nehmen …" „Schuld gibt's doch bei Trennungen nicht mehr?!" „In meinem Fall sehe ich das dennoch so. Wulf hätte sicher gern weiter mit mir zusammengelebt. Er hatte sogar eine ausgedehnte Frachtschiffreise zu unserer Versöhnung arrangiert, aber die hat meine wahren Gefühle eher auf- als zugedeckt."

„Dann war sie erfolgreich!"

„In gewisser Weise ja. Weißt du, Wulf ist ein großartiger Ehemann und Vater, treu, fleißig, abstinent, raucht nicht und verdient gut."

„Höre ich da das Wort ‚langweilig' heraus?"

„Nicht in dem Sinn, den du wahrscheinlich meinst. Ich vermisse keinen Partylöwen, keinen Frauenhelden, um den mich die Weiblichkeit ganz Berlins beneidet, und keinen starken Mann, der sich mit der ganzen Welt anlegt, um mich zu beschützen – das kann ich übrigens selbst –, sondern einen, der sich politisch engagiert, die Ungerechtigkeiten und Unstimmigkeiten der Welt, aber auch unseres Landes anprangert und für deren Beseitigung auf die Straße geht, einen Alternativen, Hausbesetzer und Umweltaktivisten – aber keinen der Möchtegern-Umweltschützer, die heute in unseren Parlamenten sitzen –, kurz, einen, der sein Herz an den Puls des soziologischen Fortschritts legt."

Mae sah mich mit schieren Kulleraugen an. „Ich fürchte, du jagst einem Phantom nach", brachte sie schließlich heraus. „Wenn Männer keine Mondraketen zusammenschrauben oder tiefschürfende Bücher über soziologische Veränderungen schreiben, an die sie selbst nicht glauben, jagen sie haarumflorten feuchten Öffnungen hinterher."

„Du bist bitter, Mae. Ich glaube, dein Beruf bringt das mit sich. Dein ehemaliger Beruf, meine ich."

„Ich bin nicht bitter, sondern realistisch. Soziologischer Fortschritt ruht auf den Schultern der Frauen, nicht der Männer."

„Ich glaube nicht an die Ausschließlichkeit und glaube, wo ich zumindest ein paar brauchbare Exemplare finde."

„Da bin ich gespannt."

„Ich werde mich an sie herantasten, sobald ich wieder in Berlin bin. Wenn du möchtest, lasse ich dich an meinen Tastversuchen teilhaben."

„Ich bin dabei, Helga. Ich hatte ja angedeutet, dass ich mir ab und zu einen Abstecher in die Hauptstadt leisten kann. Darf ich dir nichtsdestoweniger für die nähere Zukunft einen Vorschlag unterbreiten?"

„Welchen?"

„Wir haben hier fast zwei Wochen Urlaub übrig. Lass' sie uns gemeinsam genießen."

„Einverstanden." Unsere beiden geballten rechten Fäuste klackten wieder so geräuschvoll gegeneinander, dass die anderen Gäste ihre Köpfe hoben.

Mae: Klardenker

Nachdem meine Alpenreise beendet war, verabschiedete ich mich von Helga in der Annahme, sie nicht mehr wiederzusehen. Zwar hatten wir am letzten Tag eine gemeinsame Whatsapp-Gruppe gegründet, aber erfahrungsgemäß versickern Urlaubsbekanntschaften nach einigen Kontakten, sofern es überhaupt dazu kommt.

Der erste Chat fand indes statt, kaum dass wir beide zu Hause waren. Was Helgas Neugierde mir gegenüber antrieb, weiß ich nicht. Meinerseits war es die Neugierde auf die versprochenen Männer, die zu mehr als zum Bumsen zu gebrauchen wären, die mich dazu trieb, den Kontakt nicht nur aufrecht zu halten, sondern sogar zu intensivieren – das wurde mir recht bald bewusst. Zunächst rekapitulierten wir jedoch unsere gemeinsamen Erlebnisse.

„Was hat dir denn am besten gefallen, Mae?"

„Die Wanderungen mehr als die reinen Zugfahrten. Die von Bivio über den Lunghinpass nach Maloja am ersten Tag war sicher nicht ohne, aber mein Favorit ist die von Alp Grüm nach Pontresina. Und dir?"

„Eher von Punt Muragl zum Muottas Muragl und zurück nach Pontresina. Die Wanderung war zwar nicht so atemberaubend, aber der Blick vom Muottas ins Oberengadin hinunter ist unschlagbar."

„Das stimmt natürlich, Helga. Mit der Aussicht kann auch die von der Diavolezza nicht mithalten."

Irgendwann war das Thema erschöpft und wir wandten uns der Politik zu. Die Gelegenheit, mein Anliegen vorzutragen, ergab sich bald. „Wie sieht's mit den versprochenen männlichen Exemplaren aus, die zum soziologischen Fortschritt beizutragen gewillt sind?" fragte ich Helga.

„Ich bin dran. Sobald ich erste Ergebnisse habe, werde ich mich bei dir melden."

Eine solche Aussage fordert meine Skepsis heraus, aber eines Tages sagte Helga zu mir: „Ich habe den Ersten aufgerissen, mit dem ich mich zusammentun kann."

„Bist du mit ihm in eine WG gezogen?"

„Quatsch. Ich habe meinen Beitritt zur Klardenkerbewegung beantragt."

Diese Aussage veranlasste mein Herz zu verstärkter Klopfaktivität. „Hast du dir das gut überlegt?"

„Ich denke darüber seit Monaten nach. Willst du mich nicht besuchen und dir die Leute ansehen?"

Das mochte nichts schaden, auch wenn die Klardenker vom Verfassungsschutz observiert wurden. Ich hatte nicht viel zu verlieren. Berlin, Helgas Wohnort, liegt weit von meinem entfernt und vor allem in einem anderen Bundesland. Allgemein bekannt ist, dass die Länder Erkenntnisse polizeilicher oder steuertechnischer Art ängstlich und sorgfältig vor den Konkurrenten abschotten, damit sich nicht diese Fahndungserfolge an die Brust heften, die sie selbst gern einstreichen würden. „Na schön", erwiderte ich, „wenn du eine Matratze oder ein Feldbett und eine Decke für mich übrig hast. Auf jeden Fall danke für die Einladung."

So kam es, dass Helga mich eines Tages im Berliner Hauptbahnhof erwartete und zu ihrer nahe gelegenen möblierten Wohnung führte. „Ich habe die Luftmatratze für mich aufgepumpt", beschied sie mir. „Du pennst in meinem Bett."

„Quatsch!" erwiderte ich. „Ich kann genauso gut auf der Luma nächtigen. Es wäre nicht das erste Mal." Sie bestand jedoch auf dem vorgesehenen Arrangement und ich ergab mich in mein Schicksal. Das, was sie Bett nannte, ging bestenfalls als Pritsche durch. WC und Dusche, dazu eine Kochnische mit zwei Platten auf einer Küchenkommode vervollständigten die spärliche Einrichtung.

„Wie haust du denn so?" fragte Helga mich.

„Ich habe eine richtige Zweiraumwohnung mit eigenen Möbeln", antwortete ich, „in Jahren der Unabhängigkeit mit bescheidenen Mitteln zusammengekratzt. Wäre das nicht auch etwas für dich?"

„Hm." Helga wirkte nachdenklich. „Langfristig schwebt mir durchaus so etwas vor. Allerdings arbeite ich nicht, um mich meiner politischen Mission widmen zu können. Ich habe auch nicht vor, wieder damit anzufangen."

„Interessante Wandlung einer ehemaligen Polizistin, sozusagen von Paulus zu Saulus oder besser gesagt von Paula zu Saula oder wie auch immer die weibliche Form heißen mag."

„Ich will ja nicht kriminell werden, sondern unsere kriminelle Obrigkeit zwingen helfen, wieder legal zu werden. Das Volkswohl soll wieder deren oberste Priorität einnehmen und nicht ihr Eigenwohl."

„Ganz von der Hand zu weisen ist deine Einstellung nicht. Allerdings führt sie dazu, fürderhin dem komfortablen Leben adieu zu sagen."

„Dazu bin ich bereit."

„Wie wär's, wenn du nach einem Kompromiss suchtest?"

„Ich gehe keinen Kompromiss ein."

„Das dürfte undurchführbar sein. Das ganze Leben besteht aus Kompromissen. Für den Deutschen, allen voran den Preußen, ist das zwingende Zusatzattribut stets faul, sprich der faule Kompromiss. Die Schweizer nennen es Konsens und das klingt gleich viel weniger belastet. Zu einem Konsens zu finden ist absolut die beste Lösung."

„Bei euch Alemannen klingt sowieso alles viel weicher und glatter als bei uns."

Ich lachte. „Und, findest du das grundsätzlich schlecht?" Mein Erlebnis mit Eusebius Pendergast und wie es ausgegangen war würde ich ihr vielleicht irgendwann erzählen, aber nicht jetzt.

Eine Woche lang nahmen wir Berlin auf die Hörner, probierten alle möglichen Kneipen aus, vorzugsweise solche, in denen Schwule verkehrten, denn dort bestand so gut wie kein Risiko, von irgendwelchen Kerlen blöd angemacht zu werden. Am besten gefiel es mir an der Spree vom Hauptbahnhof aufwärts, denn der künstlich aufgeschüttete Sand sorgt für Strandgefühl. „Hier hat vor einem Vierteljahrhundert Wulf um meine Hand angehalten", sagte Helga plötzlich zu mir, als wir uns an einer Bar in Sichtweite des in die Jahre gekommenen Glaspalasts der Deutschen Bahn niedergelassen hatten. „Wenn mich nicht alles täuscht, war es sogar genau an diesem Platz."

Ich schwieg zunächst, als ich unter Helgas Lidern ein verräterisches Glitzern gewahrte. Nach einer gewissen Zeit meinte ich, der sentimentale Augenblick wäre vorüber, und fragte: „Hat er sich denn so verändert?"

„Er nicht, sondern ich. Er leider überhaupt nicht." Das hatte sie bereits während unserer gemeinsamen Bergausflüge angedeutet. Ich schwieg deshalb wieder und wartete auf weitere Bekenntnisse. Es kam jedoch nur der Vorschlag, dass wir morgen gemeinsam ihre neue Clique besuchen sollten.

Ein bisschen komisch war für mich schon, in einem konspirativen Treffpunkt mit Leuten zusammenzusitzen, die zwar nicht steckbrieflich gesucht waren, aber wenigstens unter geheimdienstlicher Beobachtung standen. Dann dachte ich daran, wie ich den ehrenwerten Herrn Pendergast mit einem Dornenstrick um den Hals über die Schwelle in die Tiefe gehievt und seinem sicheren Hinschied ins Jenseits überantwortet hatte. Die Jungs und Mädels hier dürften deutlich weniger auf dem Kerbholz haben.

Man saß im Halbdunkel auf marokkanischen Kissen und Matratzen, ließ Joints kreisen – an denen zu ziehen ich dankend ablehnte – und redete über dies und das. Erst nach Stunden kamen die Teilnehmer auf den Punkt. So lange hatten sie anscheinend gebraucht, um mich zu beschnuppern, ob ich vertrauenswürdig sei.

„Für die Demo am Samstag gegen die neuen Verschärfungen des Strafrechts kriegen wir sicher 200.000 Menschen zusammen", sagte Oliver, offenbar der Kopf der hiesigen Sektion.

„Wie schätzt ihr das?" fragte ich.

„Erfahrung. Es gibt eine Szene, die sich aus dem inneren Kern – das sind wir –, Mitläufern, die sich aus Leuten mit Unbehagen über das schleichende Aushebeln unseres Grundgesetzes und natürlich Hooligans zusammensetzt, die jede Chance zum Aufmischen nutzen."

„Die nehmt ihr in Kauf?"

„Die brauchen wir dringend. Wir selbst wollen nicht gegen Gesetze verstoßen, aber ohne aufmischen, was im Klartext draufschlagen bedeutet, geht's nicht, sonst wird alles, was wir unternehmen, mit einem Achselzucken abgetan."

„Und die Mitläufer, wie du sie genannt hast? Werden die nicht davon abgeschreckt, bei einer Veranstaltung dabei zu sein, die aus dem Ruder läuft?"

Oliver grinste. „Am Anfang hatten wir das befürchtet, denn diese Mitläufer sind biedere Mittelständler, Künstler, Rentner und andere Vertreter des ganz normalen Bürgertums. Es stellte sich aber heraus, dass auch diese alle deutlich mehr in sich herumtragen als leichtes Unbehagen, sondern echten Grimm. Dass Staatsvertreter ab und zu eine in die Fresse kriegen, dem zollen sie durchaus Beifall. Sie wollen nur nicht die Ausführenden sein."

„Du sagtest, die Demo wende sich gegen die Verschärfung des Strafrechts. Findest du – findet ihr es nicht richtig, Kinderschänder, Vergewaltiger oder gar Frauenschlächter härter an die Kandare zu nehmen?"

„Ginge es darum, käme von uns kein Mucks. Es ist aber so, dass die Verschärfung genau die nicht betrifft, sondern um die Verbreitung von dem, das die Obrigkeit Fakes nennt. Zu Fakes werden Meinungen umetikettiert, die in unserem Land der Meinungsfreiheit unerwünscht sind, und als Delikt geahndet. Immer häufiger werden die maximal drei Jahre Haft, die darauf stehen, als Strafmaß auch ausgeschöpft."

„Und", schaltete sich eine Frau namens Heidi ein, „der Witz dabei ist, dass der drohenden Überfüllung der Gefängnisse dadurch entgegengewirkt wird, dass die Richter eben jene Kinderschänder, Vergewaltiger und Frauenschlächter in Freiheit entlassen, um Platz für Staatsfeinde zu schaffen, zu denen wir Klardenker gestempelt wurden."

„Die Frauenschlächter, Triebtäter und so weiter dürfen dann getrost die nächsten Frauen abmurksen", nahm Oliver den Ball auf, „das interessiert die Exekutive und auch die Judikative überhaupt nicht."

„Liegen denn Haftbefehle gegen euch vor?"

„Wir stehen unter Beobachtung, wie es so schön heißt. Da die Staatsgewalt uns kein direktes Delikt außer Fakeverbreitung nachweisen kann – und auch das nicht juristisch wasserdicht –, werden immer wieder Leute von uns unter dem fadenscheinigen Vorwand der Verdunklungsgefahr in U-Haft gesetzt. Ich könnte dir da ein paar Namen nennen. Was die Fakeverbreitung betrifft, gibt es zum Glück immer noch Richter, die den Grundgesetzartikel 5, der Meinungsfreiheit garantiert, ernst nehmen. Wir beobachten aber, dass der politische Druck auf diese Personen wächst und die Richter und leider auch Richterinnen in immer größerem Maß einknicken. Sie sind nämlich keineswegs unabhängig, wie es Artikel 97 des Grundgesetzes vorschreibt, sondern unterliegen der Weisungsbefugnis der Innenminister der Länder." Ich sah offenbar schockiert aus, wie Olivers nachhakende Frage bewies. „Hast du das nicht gewusst, Mae?"

„Nein, Oliver. Ich fürchte, ich habe mich bisher zu wenig um Politik gekümmert."

„Dann rate ich dir, das in Zukunft zu tun. Bist du am Samstag dabei?"

„So wahr ich Mae heiße."

Ich hatte noch nie zuvor an einer ‚Demo' teilgenommen. Mein Urteil über diese Art politischer Meinungsäußerung gründete sich zum Zeitpunkt meiner Premiere weitgehend auf Jan Fleischhauers Buch ‚Unter Linken', das die sonntäglichen Aktivitäten einer sozialdemokratischen Familie mit dem Kirchgang frommer Christen vergleicht, nur unter anderem Vorzeichen. Genauso wenig wie der Gläubige immer weiß, worum es in der Predigt von der Kanzel geht, weiß der in sein Umfeld eingebundene gläubige Linke, wofür er aktuell auf die Straße geht. Aus den letzten beiden Sätzen lässt sich schließen, dass ich für Demonstrationen bestenfalls milde Toleranz, aber keinerlei Engagement entgegengebracht hatte.

Als ich mit Helga, Heidi, Oliver und den anderen zum Aufmarschplatz unterwegs war, wunderte mich, dass Oliver via Smartphone ständig mit irgendwelchen Unsichtbaren in Kontakt stand. „Ist nicht alles vorbereitet?" fragte ich ihn deshalb, als er zu einer Pause Zeit fand.

„Der Generalstabsplan schon", erwiderte er, „aber wir müssen uns so postieren, dass wir auf alle Bewegungen der Feinde flexibel reagieren können."

Ich wusste, dass mit ‚Feinde' das Einsatzkommando der Polizei gemeint war. „Ist's so schlimm?" bohrte ich nach.

„Früher war das nicht so", sagte er bedauernd, „unsere Demo ist genehmigt und frühere genehmigte Demos liefen weitgehend friedlich und nach Plan ab. Heute ist's so, dass wir Klardenker als Verfassungsgegner dastehen und jede Kleinigkeit zur Zwangsauflösung unserer Versammlung führt. Setzten wir uns dagegen nicht zur Wehr, wäre jede nach wenigen Minuten beendet und völlig wirkungslos."

„Was für Kleinigkeiten?"

„Na, wenn einer in der Menge vermummt auftritt, einer mit ausgebeulter Jackentasche herumläuft, einer mit einem unerwünschten Plakattext …"

„Ausgebeulte Jackentasche? Unerwünschter Plakattext?"

„Die Jackentasche weckt den Verdacht auf Waffenbesitz und ein unerwünschter Plakattext könnte lauten: ‚Nieder mit dem Fakebegriff'."

„Das ist doch das heutige Thema?!"

„Er – der genannte Text – verstößt gegen einen Leitsatz der Meinungsfreiheit, dass das Verhindern von Fakes das Volk schützt."

„Wovor? Ich meine, wie herum muss ich die Logik drehen?"

Oliver lachte ein grimmiges Lachen. „Ich greife zu einem Beispiel. In Weißrussland heißen Fakes Lügen, vor denen das Volk beschützt werden muss. Meinungs- und Pressefreiheit seien dagegen vollumfänglich gewährleistet."

„In Weißrussland?"

„Und hier."

Oliver widmete sich wieder seinen strategischen Anweisungen und wir verteilten uns auf dem Alexanderplatz. Das Podest, das mit dem Rücken zum Backsteinviadukt der Stadtbahn aufgebaut war, bestiegen nach und nach die Honoratioren der Klardenker. Oliver trat an ein Mikrofon und begann eine flammende Rede zugunsten der Meinungsfreiheit vom Stapel zu lassen.

Von den Rändern der Menschenmenge klang es tumultös. Helga, die anscheinend noch nicht zu den Honoratioren der Klardenker gehörte und bei mir geblieben war, rief mir etwas zu, was ich im Lärm der skandierenden Münder nicht verstand. „Gleich geht's los", schrie sie mir ins Ohr.

Was sollte losgehen? Ich hatte wie sie und alle anderen die rechte Faust gen Himmel gehoben und versuchte meinen Blick schweifen zu lassen. Da! Wasserwerfer waren aufgefahren und auch ein Lautsprecherwagen versuchte sich Gehör zu verschaffen. „Sie fordern uns auf, uns zu verpissen", schrie Helga wieder.

Der Kampf begann. Ich stand erstmals Polizisten mit Visieren aus Panzerglas und Gummiknüppeln gegenüber und versuchte mein Gesicht zu schützen, indem ich meinen rechten Unterarm davor platzierte. Plötzlich bemerkte ich, dass der Druck nachließ. Offenbar wurden die ‚Ordnungshüter' von hinten angegriffen und wandten sich nolens volens der neuen, schwer mit Pflastersteinen, Eisenstangen, Fahrradketten und vermutlich auch Molotowcocktails bewaffneten Menschenwelle zu. Die Hooligans, dämmerte es mir. Ich hatte bislang geglaubt, damit würden Fußballrowdies bezeichnet, aber das Etikett hatte sich offensichtlich erweitert.

Ich gestehe zu, dass dieser schüchterne Beginn meiner Widerstandskarriere eher kläglich endete. Ich wand mich durch die Leiberphalanx bis zur Kongresshalle durch, erreichte die dahinterliegende Jacobystraße und zog mich in in weniger belebte Zonen zurück. Von dort aus bugsierte ich mich irgendwie zurück zu Helgas Bude. Zum Glück hatte sie mir ihren Zweitschlüssel überlassen, sodass ich nicht draußen herumzulungern gezwungen, sondern meine vergleichsweise geringfügigen Lackschäden rasch zu beseitigen in der Lage war.

Als Helga mehrere Stunden später auftauchte, hatte sie als Trophäen eine blutige Stirn und etliche Kratzer im Gesicht und an den Armen vorzuweisen. „Sie haben es nicht geschafft", erzählte sie stolz, ohne auf meine verdächtig frühe Heimkehr einzugehen, „sie haben unseren Zug durch Berlin Mitte nicht verhindern können. Zum ersten Mal haben wir uns vollumfänglich durchgesetzt!"

Warum schilderst du mir das, liebe Helga? Als wüsstest du genau, dass ich mich vorzeitig abgeseilt habe?!

Nachdem wir die öffentlich-rechtliche Hofberichterstattung am Abend vor dem Fernseher zur Kenntnis genommen hatten, diskutierten wir über die Eskalation der Ereignisse.

„Wo soll das hinführen?" lautete meine einleitende Frage.

„Schlimmstenfalls zur Anarchie. Oder bestenfalls, je nach Perspektive. Der Obrigkeit muss auf jeden Fall ein Riegel vorgeschoben werden. Du hast ja eben gesehen, in welche Schublade wir gesteckt werden."

„Rechtsradikale, Verschwörungstheoretiker oder besser gesagt -spinner und Rassisten."

„Eben. Ich hoffe, du hast uns gut genug kennengelernt, um zu wissen, dass wir genau das nicht sind. Sagt dir die 68er Bewegung 'was?"

„Hab' ich mal gehört."

„Sie begann 1968, deshalb heißt sie so. In Deutschland war der Anlass der Staatsbesuch des verhassten Schah von Persien, in den USA der Vietnamkrieg. Sie wuchs sich bald zu einem generellen Protest gegen das sogenannte Establishment aus, vor allem an den Universitäten. ,Unter den Talaren der Muff von tausend Jahren' war einer der Slogans. Die Aktivisten waren durchweg Linke, die sich gegen eine erzkonservative Regierung und ein ebenso erzkonservatives Bürgertum wehrten. Rudi Dutschke propagierte damals den ,Marsch durch die Institutionen', das heißt, die Medien, Gerichte und Schulen sollten von links durchseucht werden, also die Institutionen, die meinungsbildend wirken. Folglich fandest und findest du so gut wie keine Linken in Produktionsbetrieben.

Heute ist festzustellen, dass ihnen der Marsch durch die Institutionen gelungen ist und in den erwähnten Schlüsselpositionen, aber auch beinahe alle Kabinetten die Enkel der 68er das Sagen haben. Und jetzt – oh Wunder! – kehren sich die Vorzeichen um. Denn weil nach deren Verständnis dank ihrer brillanten Führung das Paradies auf Erden nunmehr Wirklichkeit geworden ist, gibt es nichts mehr zu bemängeln. Die, die diesbezüglich Vorbehalte zu äußern sich erfrechen, müssen folglich Ewiggestrige, Geistesgestörte oder Rechtsradikale sein."

Ich sah Helga bewundernd an. „Du hast dich eingehend mit sozialen Vorgängen beschäftigt."

„Du musst die Vergangenheit, die Geschichte kennen, um die Gegenwart zu verstehen."

„Geschichte habe ich in der Schule immer als langweilig empfunden."

„Ich auch. Der Mensch braucht eine gewisse Reife, um ihre Wichtigkeit zu verstehen."

Mein aufkeimendes Vorhaben, nach Berlin überzusiedeln und mit Helga eine Wohngemeinschaft zu bilden, erlitt dadurch eine Verzögerung, dass die nicht nur deutschlandweit, sondern auch international agierenden Klardenker in einiger Heimatnähe – Nähe meiner Heimat, meine ich – zu einer Großdemo bliesen, nämlich in Zürich. Das blieb jedoch einmalig, sodass wir bald gemeinsam auf die Suche nach einer passenden Bleibe gingen. Die Eckdaten standen von vornherein fest: 80 m², zwei Zimmer, Küche und Bad. Die Quadratmeterzahl sollte deshalb nicht überschritten werden, weil die Bürgergeldverwaltung lediglich 40 m² pro Person unterstützt. Beschränkten wir uns auf sie, bräuchten wir nicht auf die Maloche zu gehen, sondern erhielten die Wohngeld-Maximalsumme abzugsfrei.

„Eigentlich widersinnig und inkonsequent", sinnierte ich. „Einerseits bekämpfen wir den Staat mit ganzem Einsatz, auch körperlichem; andererseits schöpfen wir alles aus, was er an Wohltätigkeiten ausschüttet."

„Das gehört zur Strategie." Helga war nie um Argumente verlegen. „Das Bürgergeld ist ein Anachronismus, denn es untergräbt jegliche Arbeitslust bei den Minderqualifizierten. Vielleicht verdient so einer mit einem regelmäßigen Einkommen ein oder zwei Hunnis mehr, muss aber dafür über 170 Stunden im Monat in die Tretmühle. Tut er das nicht, hat er alle Zeit der Welt …"

„… und was ihm fehlt, erwirtschaftet er schwarz", ergänzte ich.

„Oder hat Muße für staatszersetzende Wühlarbeit." Helga lachte lauthals heraus.

Die Klardenker schienen erstaunlich gut vernetzt zu sein, denn kaum hatten wir unsere Absicht an Oliver herangetragen, wurden uns von verschiedenen Seiten passende Wohnungen angeboten, obwohl solche zu ergattern in der Stadt Berlin als unmöglich gilt. Auf die während Wahlkampagnen vielbeschworene Bezahlbarkeit brauchten wir zum Glück keine Rücksicht zu nehmen, denn das Unbezahlbare beglich freundlicherweise das Sozialamt. Wie bereits erwähnt durften wir lediglich die vorgeschriebene Maximalfläche nicht überschreiten.

Für die Tage des Umzugs wartete ein kleines Problem auf mich. Die 500er-Noten aus Eusebius Pendergasts unfreiwilligem Nachlass hatte ich mittlerweile mit dem Ergebnis unter die Leute gebracht, dass ich ein ziemliches Volumen an Geld mein Eigen nannte, das ich in einem Tresor untergebracht hatte. Der Besitz eines solchen Teils ist für einen Mittelständler unverdächtig, aber bei einer Sozialhilfeempfängerin mochte der eine oder andere Spediteur nachdenklich werden und – natürlich auch Helga. Ihr gegenüber hatte ich zwar von Reserven gesprochen, aber die Spielchen, die ich mit meinem ultimativen Freier gespielt hatte und die zu meinem Vorteil ausgegangen waren, hatte ich vorsichtshalber bisher verschwiegen.

Die Erklärung, dass wichtige Papiere – Zeugnisse, Urkunden und Abschlüsse jeglicher Art – darin lagerten, klang plausibel. Allerdings würde ich darauf achten müssen, dass ich das Ding nur öffnete, wenn ich allein war, denn die beiden vorhandenen Räume waren von uns gemeinsam zu nutzen. Eine Intimsphäre, die diesen Namen verdient hätte, gab es in unserem kleinen Reich nicht.

Wir gewöhnten uns rasch an die neue Normalität und merkten nicht, wie die Monate ins Land gingen. Vorbereitungen, die Durchführung und die Nachbereitung der Demos kosteten einen Gutteil unserer Zeit, vor allem, wenn sie für einen entfernten Schauplatz vorgesehen war, aber unsere Vernetzung verdichtete sich immer mehr und damit auch der Aufwand, für gewisse Aktionen die richtigen Aktivisten zu finden.

Solange die Lage nicht endgültig eskaliert war, blieb Helga und mir genügend Zeit für Privates. Von meiner Seite geschah nichts, denn ich hatte keine nahen Angehörigen und zu den weit entfernten Verwandten, die ich hätte aufbieten können, war jeder Kontakt abgerissen. Helga hingegen besuchte in regelmäßigem Rhythmus ihre Tochter Anna Lena, die zuweilen auch bei uns aufkreuzte, aber deutlich seltener. Sie schien mir eine zielstrebige junge Frau zu sein, die den Werdegang ihrer Mutter in die Halblegalität keineswegs billigte. Das sagte sie zwar nicht direkt, aber ihre Wertung lag als eine Art Karma in der Luft. Niemals war die Rede von Berwulf oder Wulf, wie Helga einst ihren Ehemann genannt hatte, und auch Anna Lena schien mit ihm eine geringe oder gar keine Bindung aufrecht zu erhalten, obwohl er nichts erkennbar Böses getan hatte. Niemals die Rede bedeutet immerhin, dass auch nicht über ihn in Abwesenheit geschimpft wurde. Das wenige, das ich über ihn erfuhr, erfuhr ich durch direktes Nachfragen und die Antworten erhielt ich unwillig.

Ein angenehmeres Feld waren die Diskussionen zwischen Helga und mir. „Ist dir aufgefallen, dass es gar kein Kabarett mehr gibt?" fragte sie mich eines Tages.

Ich hatte mich nie besonders um diese Kunstform gekümmert und griff zur Notbremse einer Gegenfrage, um mir das nicht anmerken zu lassen. „Was verstehst du darunter?"

„Siehst du, selbst die Vokabel ist aus dem Sprachgebrauch verschwunden", konterte Helga. „Heute heißen die, die das betreiben, Comedians und verbreiten weichgespülte Kritik über die gepanzerten Dienstfahrzeuge der abgehobenen Vorstandsvorsitzenden von Großkonzernen oder darüber, dass der Führer der konservativen Opposition begeistert Zigeunerschnitzel isst. Du siehst, es werden nur linientreue Witze und Sketche verbreitet."

„Linientreu?"

„Das ist ein Begriff aus der DDR, jenem Teil Deutschlands, der sich nach dem Krieg 41 Jahre lang als erster kommunistischer Staat auf deutschem Boden verstand, ehe er aus ökonomischen Gründen, nämlich wegen seines eisernen Festhaltens an der wirklichkeitsfremden Planwirtschaft, unterging. Dort herrschte natürlich Zensur und dennoch gab es Kabarett, und zwar so, wie ich es dir gerade geschildert habe. Die Kunstbeflissenen durften sich über die hilflosen

Dichterkünste des Staatsratsvorsitzenden lustig machen und darüber, dass die Bonzen Volvo fuhren, während sich der sozialistische Durchschnittsbürger in einen Trabi – ein lächerlicher Kleinwagen aus der unzulänglichen eigenen Produktion – zu zwängen hatte. Niemals durften sie jedoch das Leitmotiv des Systems anzweifeln, nämlich den angeblich vorprogrammierten weltweiten Endsieg des Systems. Das galt als nicht linientreu und hatte harte Sanktionen, sprich Knast, zur Konsequenz. Du siehst, das Gebaren unterschied sich nicht von dem, das wir heute vorfinden. Niemals darf ein Comedian es wagen, ein Wort des Verständnisses für die Klardenker einzulegen. Wer das tut, wird als Rechtsradikaler und Volksverhetzer abgestempelt und, wenn auch nicht unbedingt in Gewahrsam genommen, medial kaputtgemacht. Kein Veranstalter oder Intendant des öffentlich-rechtlichen Rundfunks und Fernsehens darf es wagen, so jemandem eine Plattform für seine Ansichten anzubieten.

Wie anders die eisenharten, bitterbösen Kabarettisten der Nachkriegszeit in Westdeutschland. Die waren allerdings nur eisenhart und bitterböse, solange die Feinde, das heißt die sogenannten Schwarzen oder Liberalen an der Macht waren. Sagt dir der Name Dieter Hildebrandt etwas?"

„Ganz entfernt."

„Neben Wolfgang Gruner von den Berliner Stachelschweinen war er der bekannteste Kabarettist der westdeutschen Nachkriegszeit. Er hatte die Münchner Lach- und Schießgesellschaft mit dem Ziel gegründet, politische Missstände auf humorige Weise anzuprangern. Angeblich. In Wahrheit verfolgte er das Ziel, die Sozialdemokraten an die Macht zu bringen, was 1969 auch gelang. Wieviel Hildebrandt dazu beizutragen vergönnt war, wird sich wohl nicht mehr zweifelsfrei feststellen lassen. Wie dem auch sei: 1974 löste er seine Truppe mit besagter Begründung auf, nachdem sie – die Truppe – während ihrer fünf Jahre in der Diaspora einer gleichgesinnten Regierung nur noch müde Kalauer über die Verfehlungen der nunmehr zahnlosen

Christdemokraten und vor allem Christsozialen in Bayern unter Franz-Josef Strauß gebracht hatte. Missstände sieht man halt nur durch eine bestimmte Brille."

Wieder bewunderte ich Helgas intime Kenntnisse über die Gründungsjahre der Bundesrepublik Deutschland. „Aus den Jahreszahlen, die du von dir gibst, schließe ich, dass du ungefähr 120 Lenze alt bist."

Helga lachte. „Ganz so betagt denn doch nicht. Nach dem Abitur hatte ich drei Wissensgebiete, die mich faszinierten: Kriminalistik, Geografie und Geschichte und in diesem Segment die gesamtdeutsch-deutsche Nachkriegszeit und Osteuropa. Da ich aber nicht in verstaubten Bibliotheken vor Büchern oder Notebooks versauern wollte, ging ich zur Polizei."

„Warum hast du nicht Jura studiert?"

„Da hätte derselbe Umstand gegriffen: Ununterbrochenes Sitzen vor dem Lappy. Ich hatte jedoch Bewegungsdrang, eine sehr sportliche Seite und bereits einige asiatische Kampfsportarten angeschnuppert, sodass ich, ohne ein Studium in Angriff zu nehmen, in den Polizeidienst ging. Ich habe das bis zur Ankunft unserer Tochter auch nicht bereut. Das weniger wilde Leben, während sie aufwuchs, stellte mich zunächst zufrieden, aber als sie meine tägliche Liebe und Zuwendung nicht mehr brauchte, brach meine alte Lust auf Randale wieder hervor."

„Du hast dich regelrecht radikalisiert. Wenn ich bedenke, von der Staatsdienerin zur Revoluzzerin …"

„Als Kommissarin solche Dreckskerle wie Frauenmörder und Kinderschänder zur Strecke gebracht zu haben ist nichts, was ich bereuen müsste. Aber du siehst ja, wozu meine ehemaligen Kolleginnen und Kollegen heute missbraucht werden: Um die freie Meinungsäußerung zu unterdrücken. Da stehe ich voll überzeugt auf der Gegenseite."

Wie stark Helga sich weiter radikalisieren würde, war während des geschilderten Gesprächs noch nicht abzusehen gewesen. Ich übersah, dass eine ehemalige Polizistin auf eine andere Verteidigungsausbildung zurückblickt als eine Nutte, die sich vorsichtshalber ein bisschen in Selbstverteidigung geübt hat. Und kalkulierte nicht ein, dass sie eine Ausrüstung ihr Eigen nennt, die über eine Schreckschusspistole weit hinausgeht.

Nicht alle Geheimnisse unserer Zweiraumwohnung hatte ich zu verantworten.

Helga: Diplomatenjagd

„Bewegt sich dort etwas am Waldesrand?"
(Der Ahnherr sieht nicht mehr recht)
„Das kriegt kurzerhand eins übergebrannt!"
(Denn schießen kann er nicht schlecht)
Ja, ganz ohne Zweifel
Er schießt wie der Teufel
Man trägt ihn ganz leise
Bis dicht vor die Schneise
Und reicht ihm die Büchse. Es prasselt das Schrot –
So findet der Außenminister den Tod
Dass der Ahnherr daraufhin noch „Waidmannsheil" schreit
Hat alle peinlich berührt
Ihm wird ein Protestschreiben überreicht
Besonders scharf formuliert
Doch muss man dem Alten
Zugute halten
Das war, bei Hubertus
Ein prächtiger Blattschuss
Nur dass er das Wort Diplomatenjagd
Etwas zu wörtlich genommen hat.

Reinhard Mey, Diplomatenjagd 1969

Zu Maes und meiner gemeinsamen Berliner Wohnung gehört ein Keller. Jede hat darin überflüssiges Gerümpel deponiert, von dem sie sich aus sentimentalen Gründen nicht trennen wollte. So lagert hier tatsächlich mein Ehering und auch meine Heiratsurkunde hat in einer Blechbüchse ihren Ruheplatz gefunden. Ich hatte einen Schlussstrich gezogen, aber dennoch nicht den Mut gefunden, mich auch von den physischen Überbleibseln meines früheren Lebens zu trennen. Eine harmlos aussehende Holzkiste enthält Dinge aus einer weiteren meiner früheren Welten, die ich bewusst behalten hatte, denn dass ich diese möglicherweise einmal wieder hervorholen würde, beherrschte als Ahnung mein Fühlen und Denken. Noch war es aber nicht soweit.

Mae hatte den Keller unbeachtet gelassen. Sie hatte ihre Wertsachen wahrscheinlich in dem Tresor gebündelt, den sie in ihrem Zimmer in einer dunklen Ecke festgeschraubt hat. So hüteten wir beide unsere Geheimnisse, ohne dass diese zunächst eine Rolle spielten.

Es war beileibe nicht so, dass wir beide unentwegt wie die Kletten aneinanderhingen. Zwar beschlossen wir, uns nach meiner offiziellen Scheidung als Lebenspartnerschaft einzuschreiben, aber beileibe nicht wegen lesbischer Veranlagung. Durch diesen Schritt würden unsere gegenseitigen Unterhaltspflichten gesetzlich geregelt, ohne dass wir das in komplizierte Einzelabkommen zu packen gezwungen wären. Was blieb, war die Frage nach unserer generellen Orientierung.

„Hast du eigentlich jemals geliebt?" fragte ich Mae eines Tages unverblümt.

„Einen Mann, meinst du?"

„Ja, sicher."

„Die Antwort ist nein. Auf dem Gymnasium war ich meinen Klassenkameraden zu klein und zu dick. Nach dem Abitur war ich zunächst orientierungslos, was ich beginnen solle, und schrieb mich an der Uni für Lehramt Grundschule ein. Recht bald verlor aber die Lust am Studium."

„Zu viele Frauen?"

„Fast nur. Und da die wenigen männlichen Kommilitonen alle Auswahl der Welt hatten, blieb ich als Pummelchen natürlich sitzen. Meine Muschi begehrte indes ab und zu nach Futter, und so begann ich vor der Kaserne in der Nähe meines damaligen Elternhauses herumzulungern und mich als Rekrutenmatratze anzubieten. Der Großteil meiner Verehrer war kaum der Pubertät entronnen und saß auf dem Trockenen. Sie waren deshalb nicht wählerisch und bedienten sich gern jeder haarumkränzten Öffnung, derer sie habhaft wurden."

„Zur Bundeswehr haben doch längst Frauen Zugang, dachte ich."

„Kommt auf die Waffengattung an. Bei den Sanis reicht ihr Anteil beinahe an die 50%, während bei den Panzergrenis weitgehend Fehlanzeige herrscht. Sich im Schlamm unter ein Kettenfahrzeug zu werfen gilt als wenig damenhaft."

Ich lachte. „Kann ich verstehen. Dazu hätte ich auch keine Lust. Und wie ging's weiter? Ich meine, du hattest anscheinend sehr wohl Sehnsucht nach dem Austausch klebriger Körperflüssigkeiten?!"

„Mein Weg in die Prostitution, meinst du? Naja, ich merkte schnell, dass die Jungs trotz schmalem Sold ohne weiteres bereit waren, mir einen Drink zu spendieren. Geriet ich an einen Offizier, lagen auch ein paar Mäuse drin. Meine üppigen Formen, über die ich mich während meiner Schul- und Studienzeit so maßlos geärgert hatte, brachten mich auf neue Ideen. Die fanden nämlich bei weniger hochgestochenen Kerlen durchaus Anklang. An meinen prallen Titten grabschten sie sowieso herum und bald vermarktete ich auch meine rückwärtigen Polster. Nachdem ich auf die ersten Klapse hinten drauf zunächst empört reagiert hatte, merkte ich, dass mir die überhaupt nichts ausmachten, und erlaubte den Jungs bald, mich übers Knie zu legen und zu spanken. Ihre Begeisterung, wie appetitlich meine Schinken dabei wackelten, begeisterte auch mich. Zwei Fliegen mit einer Klappe, wie es klassischer nicht geht. Sie zeigten sich herzerfrischend spendabel und mein heißer Arsch genoss nach seiner liebevollen Behandlung, ihnen zu einem Superfick zu verhelfen. Bückstellung über einem Sideboard oder Schreibtisch wurde zu nichts weniger als zu meinem Markenzeichen."

Jetzt lachte ich lauthals heraus. „Ich hatte auch diese Anwandlung. Wir Frauen sind ganz schön daneben. Lassen uns vermöbeln und empfinden das zu allem Überfluss als Vergnügen. Was soll's. Irgendwann wurdest du demnach zur Profinutte?!"

„Meine selbstständige Tätigkeit sprach sich schnell bis zum städtischen Bordell 'rum und eines Tages stand die Puffmutti höchstpersönlich vor meiner Haustür. Sie bedeutete mir, dass mein Freelancertum in einschlägigen Kreisen ungern gesehen wäre, und rückte mit dem Angebot heraus, unter ihre Fittiche zu schlüpfen."

„Was du getan hast?!"

„Ich hielt es für besser, denn allmählich war mir mein Gewerbe selbst unheimlich geworden. Ich muss sagen, unter den Fittichen eines offiziellen Etablissements ging es mir recht gut; der Schutz wurde allgemein anerkannt und niemand behelligte mich mehr außerhalb meiner Dienstzeit."

„Nur auf den Popoklatsch musstest du hinfort verzichten?"

„Mitnichten. Meine Neigung hatte sich herumgesprochen und meine Backen passen perfekt in eine leicht gewölbte Männerhand. Folglich war ich es, die bei einer Spankinganforderung geschickt wurde. Das hat mir sehr viel Spaß bereitet, auch wenn es dir eventuell pervers vorkommt."

„Ich sagte bereits, dass auch ich einen Passivspank wohlwollend hinnahm. Und heute?"

„Heute bin ich darüber hinweg. Ich brauche – zumindest derzeit – keinen Steifen in meiner Lustgrotte." Mae grinste mich unverschämt an. „Und du? Du treibst's doch ab und zu mit Oliver?!"

Ich fühlte mich ertappt und wurde rot. Dann straffte ich mich und konterte: „Schlimm?"

„Natürlich nicht. Ich verspreche dir auch nicht, dir ewig treu zu bleiben, denn ich bin wahrlich keine Säulenheilige. Ich hoffe nur, dass es unserer WG keinen Abbruch tut."

Das beeilte ich mich abzustreiten. „Ganz sicher nicht. Als Paar wären wir kaum kompatibel, so komfortabel es ist, den guten Oliver bei Vollzug der Missionarsstellung küssen zu können, weil er einen halben Kopf kleiner als ich ist."

Jetzt war es Mae, die Anlassen zum Schmunzeln fand. „Du Ärmste. Ich hab' dir ja meinen Kummer mit dem Zwergentum geschildert. Ich glaube allerdings langsam, dass auch eine Riesin ihre Probleme hat. War dein Wulf denn mit dir kompatibel, um bei dem Ausdruck zu bleiben?"

Schlagartig wurde ich ernst, denn meinen früheren Gatten trachtete ich nach Möglichkeit zu vergessen. „Hm, ja. Er maß genau so viele Zentimeter wie ich."

Mae merkte, dass sie eine empfindliche Saite in mir zum Klingen gebracht hatte, und wechselte das Thema. „Hast du das über den Bundesjustizminister gelesen?"

Selbstverständlich hatte ich das. Die Innenministerinnen und -minister der Länder hatten sich längst Weisungsbefugnis über die Oberlandesgerichte verschafft. Nun hoffte der Bundesminister für Justiz eine Zweidrittelmehrheit zusammengebracht zu haben, um Artikel 97 des Grundgesetzes dergestalt anpassen zu können, dass er eine direkte Weisungsbefugnis über die Bundesverfassungsrichter erlangen würde. Dabei ging es nicht um herkömmliche Straftäter, sondern um zu solchen erklärte Verfassungsfeinde. Es sollte dabei bleiben: Vergewaltiger, Kinderschänder und Triebmörder dürften diese weiterhin nach ihrem Gusto mit einer Bewährungsstrafe belegen oder auf freien Fuß setzen, wenn sich die Gerichtspsychiater nicht über das Maß der Schuldfähigkeit ihrer Schützlinge zu einigen vermochten. Urteile zu Verfechtern der Meinungsfreiheit wie den Klardenkern würden jedoch in Zukunft dem Vetorecht des zuständigen Ministeriums unterliegen. Zu milde Urteile wären ihm zu kassieren erlaubt und er dürfte durchsetzen, dass der Fall unter dem Aspekt der Gefährdung der öffentlichen Ordnung neu aufgerollt würde. Zudem sollte aus dem maximalen Strafmaß von drei Jahren für Fakeverbreitung zehn werden.

Auch im Nachhinein gebe ich keine Bewertung ab, ob Mae oder ich über diese weitere Einschränkung unserer Grundrechte empörter war. Ich hatte jedoch ein Eisen im Feuer, von dem sie nichts ahnte. Allmählich schlossen sich meine Wissenslücken über ihren Werdegang. Dennoch blieb ein Rest an Geheimnisvollem. Sie hatte es geschafft, aus der Prostitution auszusteigen und einen biederen Job als Kassiererin anzunehmen. So weit, so gut. Es war indes nicht vorstellbar, dass sie als Vermieterin ihrer Körperöffnungen so viel Geld beiseitegelegt hatte, wie sie jetzt offenkundig besaß. Und als Kassiererin …?

In mir reifte ein Plan, den ich allein auszuführen gedachte. Ein bisschen Hilfe brauchte ich dabei, aber Oliver fraß mir aus der Hand und er verfügte über eine genügend vernetzte Seilschaft, um mir die nötigen Papiere – das heißt QR-Codes für mein Smartphone – zu verschaffen. Ich selbst begab mich in den Keller und öffnete die zu Beginn dieses Kapitels erwähnte harmlos aussehende Holzkiste. Gemäß einer guten Theaterdramaturgie muss ein Dolch, der im ersten Akt auf dem Kaminsims lauert, spätestens im dritten zum Einsatz gelangen. Mein Dolch war ein hochwertiges Jagdgewehr und sein Einsatzgebiet tatsächlich ein Halali, zu dem Balduin Graf Rotz von Koks geladen hatte. Unter den illustren Gästen würde sich auch der Justizminister befinden. Und ich. Ich war entschlossen, das irgendwie hinzukriegen.

„Wir brauchen ein Opfer", sagte ich zu Oliver.

„Wie meinst du das?" fragte er misstrauisch.

„Naja, die Zugangsdaten einer der Geladenen. Dein Oberhacker Leonard hat ja freundlicherweise die Liste herausbekommen. Da sind doch sicher einige hohle Schnepfen dabei."

„Haufenweise. Deshalb wundert mich, dass du da unbedingt mittun willst. Ich ahnte nicht, dass du ein Flintenweib bist."

„Ich war mal Polizistin, wenn du dich zu erinnern versuchst."

„Trotzdem … Naja, alles kann und will ich nicht verstehen. Hast du ein Opfer gefunden?"

„Hm, ja, hier. Virginia Gold, mit bürgerlichem Namen Emma Wunderfitz. Schauspielerin, lebt zurzeit allein und gilt als unbedarft."

„Schön. Was hast du vor?"

„Einer muss bei ihr einbrechen, ihr für kurze Zeit ihr Smartphone entwenden, dessen Inhalt auf ein anderes spielen es wieder zurücklegen."

„Das klingt, als ginge es um einen Wannseespaziergang. Was ist, wenn unser smarter Einbrecher das Gerät auf die Schnelle nicht findet?"

„Ich führte an, dass Virginia unbedarft ist. Sie hat es garantiert offen auf ihrem Nachttisch liegen, damit sie keine wichtige whatsapp verpasst."

„Und wenn ums Haus Gorillas postiert sind?"

„So groß ist sie bisher nicht herausgekommen, dass sie sich das leisten könnte. Oder dass ihr Polizeischutz unter Unterschlagung von Steuergeldern gewährt würde."

„Und warum ist sie zu dieser Jagd eingeladen?"

„Das weiß ich nicht. Vielleicht, um sie als Ur-Berlinerin ins mediale Bewusstsein zu schieben." Es sollte sich herausstellen, dass der wahre Grund für die Einladung dazu beitragen sollte, meine Mission zum Erfolg zu führen. Meine folgende Aussage geschah bar jeder Kenntnis im Detail. „Vor allem kennt sie niemand richtig. Ich sehe ihr oberflächlich ähnlich und das sollte genügen."

Oliver kraulte sich am Kinn. „Und wer soll den unsichtbaren Einbrecher spielen?"

„Ich selbst."

„Wie bitte? Bist du dafür nicht ein bisschen lang geraten?"

Um ein Haar hätte ich Oliver angegiftet, beherrschte mich aber gerade noch. „Ich erinnere dich nochmals daran, dass ich einmal Polizistin war", flötete ich scheinheilig, „und eine Polizistin, die nicht eine perfekte Einbrecherin oder Safeknackerin ist, hat ihren Beruf verfehlt."

„Helga, die Panzerknackerin." Oliver wirkte amüsiert. „Na schön. Wie sehen die konkreten Schritte aus?"

„Du brauchst dich vorerst um nichts mehr zu kümmern. Ich observiere Virginia Golds Grundstück, dessen Lage Leonard dankenswerterweise herausfand. Ich brauche ihn ein weiteres Mal in der Einbruchsnacht, damit er mir die Daten schnellstens auf ein Zweithandy überspielt. Wo das passieren wird, plane ich bei meinem Schnüffelzug. Du hast doch welche in petto – Handys, meine ich?"

„Klar wie Klardenker. Wir haben bereits vor Jahren etliche angemeldet, über die wir alle Vierteljahre eine SMS verschicken, damit die Nummer nicht erlischt. Die sind längst aus dem Bewusstsein des Providers verschwunden."

„Okay. Über die Termine werde ich mich mit dir kurzschließen. Eins bleibt zum Schluss für dich zu tun."

„Was?"

„Unmittelbar vor ihrem Aufbruch zur Jagd muss die Gold einen Anruf bekommen, dass ihre Mutter im Sterben liegt oder sowas, damit sie nicht parallel mit mir einläuft. Ich werd' mir 'was ausdenken. Vielleicht übernehme ich das selbst."

Nachdem der Generalstabsplan ausgearbeitet war, wurde Oliver anschmiegsam. Was ist eigentlich Liebe? dachte ich mir, während ich seine Hände gewähren ließ. Meinerseits ein weibliches Mittel zum Zweck, da gibt es nichts zu beschönigen. Und bei Männern? Ich hatte keine Ahnung, ob Oliver in mich verliebt war, aber spitz auf jeden Fall und somit unzurechnungsfähig. Er frisst mir aus der Hand, hatte ich zu Beginn dieses Szenarios behauptet, und auch dieses Mal führte mein einladend gespreiztes Fahrgestell dazu, dass die Pygmäe minutiös alle genannten Wünsche erfüllte.

Um drei Dinge hatte ich mich nach meinem erfolgreichen Einbruch zu kümmern: Ich musste vor der sonntäglichen Treibjagd ein Reittier organisieren, darauf achten, dass von dem Auto, an dessen Kupplung der Pferdeanhänger hängen würde, keine Signale ausgingen, und mein Rückzug ohne jegliche Komplikationen vonstattengehen könnte.

Zu diesem Zweck instrumentalisierte ich widerstrebend meine Tochter. Ich wusste, dass sie den Citroën XM ihres Vaters übernommen und in einer Scheune eingemottet hatte, nachdem Wulf auf Brennstoffzellenfahrzeuge umgesattelt und in Berlin für seinen geliebten Oldtimer keinen

Unterstellplatz gefunden hatte. Und dieser XM war, außer bar jeglichen elektronischen Schnickschnacks zu sein, mit einer Anhängerkupplung ausgerüstet, die meines Wissens noch nie ihrem Zweck gedient hatte.

Ein wenig schwierig war es, Anna Lena eine plausible Begründung für mein Anliegen zu unterbreiten, ohne dass sie Verdacht schöpfte – auf keinen Fall gedachte ich sie in die Sache hineinzuziehen. Mittlerweile hatte sie ihr Jurastudium beendet und war Angestellte einer angesehenen Anwaltskanzlei in der Nähe von Hannover, in der sie sich auf Urheberrechts- und Arbeitsrecht spezialisiert hatte.

„Kannst du überhaupt noch Auto fahren?" fragte sie mich. „Du hast doch seit ewigen Zeiten keins mehr."

Ich erzählte ihr nicht, dass ich für die Klardenker ständig motorisiert unterwegs war, häufig sogar mit 7½-Tonnern. „Deswegen reizt es mich, einmal im dünnbesiedelten Niedersachsen ein bisschen spazieren zu fahren", bog ich die Wahrheit ein wenig zurecht. „Ich habe Sehnsucht nach einsamen Landstraßen. Auf denen kann nicht viel passieren."

„Wenn du erlaubst, setze mich für deine ersten Runden auf den Beifahrersitz."

„In Ordnung."

Am Donnerstagmorgen meldete ich den XM für eine Woche an, schraubte die Kurzzeitkennzeichen an und beanspruchte für eine oberflächliche Untersuchung eine Werkstatt. Eine Abgasmessung war für das Fossil nicht vorgeschrieben. Wie meine Tochter sich wunderte, wie souverän ich mich am Steuer verhielt, so wunderte ich mich, dass der fahrbare Untersatz ohne jedes Stottern fortzubewegen war. „Päppelchen fährt im Sommer mehrmals damit herum", beschied sie mir, „und er macht das genauso wie du."

Ich erschrak. „Aber nicht dieses Wochenende?"

„Nein, er besucht ein Symposium in Stockholm. Da geht es um die negative Langzeitauswirkung von prophylaktischen Untersuchungen auf Gesunde."

Gar zu gern hätte ich gewusst, ob sich Wulf inzwischen wiederbeweibt hatte, aber ich verkniff mir die Frage. Offiziell interessierte er mich überhaupt nicht mehr. Indes vermochte ich eine Bemerkung nicht zu unterdrücken. „Weißt du, dass dein Vater Wasserstoff fährt, seit ihn ein Tankwart auf Rügen während unseres ersten Urlaubs dort – also bevor du auf der Welt warst – davon überzeugt hat?"

„Nein, das wusste ich nicht."

Als ich mit dem XM endlich allein war, untersuchte ich zunächst die behördlichen Stempel auf unterlegte Mikrofaserplättchen, die ununterbrochen Ortungssignale aussenden. Ich fand sie unter denen der Zulassungsbehörde sowohl vorn als auch hinten. Auf einem an Werktagen ungenutzten Wanderparkplatz schabte ich sie ab, entfernte die Plättchen und klebte die Stempel wieder an, so gut es ging. Beim Vorbeifahren und bei einer oberflächlich durchgeführten Kontrolle würde niemand etwas Verdächtiges bemerken. Jetzt durfte ich sicher sein, dass kein Geheimdienstler der Welt mich zu lokalisieren fertigbrächte.

Manche Ortschaften in Niedersachsen beherbergen mehr Reitställe als Einwohner. Ich hatte mir im Vorfeld einen ausgeguckt, den genügend Kunden frequentierten, sodass ein einzelner nicht auffallen würde, und der Anhänger vermietete. Der XM fiel nichtsdestoweniger auf und die Identität auf dem Smartphone, das ich bei mir führte, lautete auf Virginia Gold. Dummerweise erwies sich der Vermieter, Bauer Hunt, als Fan von ihr.

„Ich hätte nie gedacht, dass Sie so groß sind. In Ihren Filmen merkt man das überhaupt nicht."

Manchmal bin ich schlagfertig genug, um mich vor Argumentationsnöten zu retten. „Wie Sie richtig erkannten, war das zunächst ein Problem für mich. Achten Sie darauf, dass meine männlichen Partner fast immer auf einer erhöhten Terrasse oder weit von mir weg stehen, wenn sie mit mir reden. Wenn ich den Arsch vollgehauen kriege oder von hinten gefickt werde, bücke ich mich über eine Kommode oder einen Schreibtisch, sodass kein Vergleich möglich ist. Und bei Liebesszenen im Bett, naja …"

„Was ist Ihr nächstes Projekt?"

„Ein Fernsehfilm in der Lüneburger Heide. Ein bisschen arg schmalzig, aber ideal für mich. Die Hauptrolle spielen nämlich Pferde, und hoch zu Ross fällt meine Kleidernummer nicht auf."

„Kriegen Sie auch als tollkühne Reiterin den Arsch vollgehauen?"

Ich zwinkerte Bauer Hunt zu. „Das würde Ihnen gefallen, geben Sie's zu. Wird aber nicht verraten. Sehen Sie sich's an, wenn's gesendet wird. Ich hatte mir jedenfalls ausbedungen, selbst für meinen lebenden Untersatz zu sorgen, denn ich bin ein Profi. Ihr Hof wurde mir von einer Freundin empfohlen."

Darüber war Hunt so stolz, dass er mich ohne weitere Vergatterung ziehen ließ. Für seinen Autogrammwunsch vertröstete ich ihn auf die Rückgabe seines Eigentums, denn ich hatte natürlich keine Ahnung, wie Emma Wunderfitz' Krakel aussehen. Ich bezahlte für eine Woche im Voraus in bar. Falls er sich darüber wunderte, verriet er das mit keiner Miene.

Auf der Autobahn nach Berlin fiel mein Gespann zwar auf, aber ich sonnte mich in dem Gefühl, digital unsichtbar zu sein. Niemand ahnte, wie alt die Zugmaschine war, denn der Autotyp war längst nur noch für Spezialisten bestimmbar. Ich bog auf einen Wanderparkplatz ein, von dem ich wusste, dass er häufig für Oldtimertreffen genutzt wurde, entließ meine Stute aus ihrem Kabuff und suchte die Stelle auf, an der ich Tage zuvor mein Jagdgewehr, sorgfältig verpackt, deponiert hatte. Dann ritt ich zu einem Reitergasthof in der Nähe des morgigen Spektakels, wo ich mich über Nacht einquartierte. „Auch bei der Diplomatenjagd morgen dabei?" begrüßte mich der Rezeptionist. „Ja", antwortete ich wahrheitsgemäß. Wenigstens schien ihm Virginia Gold kein Begriff zu sein, denn er checkte mich ohne weiteren

Kommentar ein. Auch meine des Öfteren genannte Konfektionsgröße fiel ihm nicht auf, denn er war selbst ein Zweimeterlulatsch, für den sich die Menschheit vermutlich aus Gnomen zusammensetzt.

Ein bisschen mulmig war mir, denn dem Empfang nach trieben sich hier weitere Geladene herum. Was soll's, beruhigte ich mich, denen bin ich schließlich unbekannt. Meine ursprüngliche Idee, im Wald zu übernachten, hatte ich aufgegeben, denn in Wirklichkeit dient ein adeliger Anlass dieser Art weniger dem Erlegen eines Zwölfenders, sondern dem Vorzeigen des modischsten Outfits. Dazu gehört natürlich auch gepflegteste Erscheinung. Im Wald hätte ich kaum eine Gelegenheit zum Duschen gefunden.

Ich wurde nach einer kurzen Musterung anstandslos in das Jagdrevier eingelassen. „Frau Virginia Gold", wurde ich der bereits versammelten Gesellschaft angekündigt. Alle Gesichter wandten sich mir zu. „Willkommen, liebe Virginia", flötete ausgerechnet der Justizminister, „ich darf dich doch so nennen?"

„Gern, lieber Hans", erwiderte ich, froh, dass er mich entgegen seiner vertraulichen Anrede nicht näher zu kennen schien. Ob er scharf auf mich – oder vielmehr Virginia – war und sie deshalb eingeladen hatte? Du wirst mich schon noch kennenlernen, dachte ich, aber nicht heute Abend in einem stillen Winkel der Rotz von Koks'schen Riesenhütte. Nochmals war ich froh, dass alle zu Pferde saßen und ich nicht auf den Wurzelzwerg von Minister hinabzuschauen gezwungen war.

Die gesellschaftlichen Aktivitäten waren zum Glück auf den Abend verschoben; zunächst sollte jede Frau ihre und Jedermann seine Treffsicherheit erproben. Ich trug bezüglich meiner Treffsicherheit keine Bedenken, obwohl ich bisher nie auf ein Tier geschossen hatte und das auch heute nicht zu tun gedachte.

Ich bin eine leidliche Reiterin, aber fernab von akrobatischen Fähigkeiten. Für meine Zwecke sollte es genügen, hoffte ich. Viel schlimmer war ein Planungsfehler, dessen ich mir plötzlich und mit Schrecken bewusst wurde: Wie sollte ich es schaffen, dem Minister, außer dem Grafen selber der prominenteste Teilnehmer des Spektakels, auf den Fersen zu bleiben?

Zu meiner Erleichterung löste sich das Problem von allein. Hans, wie er mich ihn zu nennen genötigt hatte, blieb mir auf den Fersen. Meine erster Verdacht, dass er scharf auf Virginia sei, bestätigte sich vollumfänglich. Es bestätigte sich auch, dass er sein Idol nur von Film und Fernsehen kannte und ich als Double ihm vollauf genügte. Vermutlich dachte er sich, wie anders ein Filmstar auf freier Wildbahn gegenüber einem bis zur Unkenntlichkeit zugespachtelten Star in der Rolle eines blutgierigen Vampirs auftritt. Umso besser.

Bald ritten wir als Duo durchs Gehölz und erreichten eine Lichtung.

„Pssst!"

„Was ist?"

„Da vorn!"

„Wo? Ich seh' nichts."

Natürlich konnte Hans nichts sehen, denn da war ja nichts. Ich verwies auf meine außergewöhnliche Sehfähigkeit und erklärte: „Ein veritabler Hirsch. Am besten steigen wir ab und schleichen uns an. Du von links und ich von rechts. Ist das gut?"

Hans fand alles gut, was ich vorschlug. In mir glomm der Verdacht auf, dass er mich durchschaut hatte und das Spielchen aus ganz anderen Gründen mitspielte. Nun gut, du sollst dein blaues Wunder erleben. Ich zwinkerte ihm zu und sagte: „Am Ende der Lichtung treffen wir wieder aufeinander, mit oder ohne Beute. Du weißt doch: Wo ein Wille ist, ist auch ein Gebüsch."

Grinsend zog Hans nach links von dannen. Statt mich nach rechts zu begeben, schlich ich hinter ihm her und wartete auf eine Gelegenheit. Die kam, als er das gegenüberliegende Ende der Lichtung erreicht hatte. Er erhob sich aus seiner gebückten Haltung und sah sich suchend nach mir um. Als er mir sein Gesicht zuwandte, drückte ich ab. In gespenstischer Lautlosigkeit tauchte das Gesicht zurück in das Unterholz. Nur ein leises Rascheln war zu vernehmen.

Ich war mir sicher, den Minister genau zwischen die Augen getroffen zu haben, und ebenso sicher, dass ein Schuss während einer Jagd nicht auffallen würde. Nichtsdestotrotz machte ich mich schnellstmöglich vom Acker. Ich bestieg mein Pferd, trieb es durch den hindernisreichen Wald und erreichte nach nervtötender Dauer dessen Ausgang. Ich schaute mich um. Ich hatte mich richtig orientiert. Hinten rechts lag der Reitergasthof, in dem ich genächtigt hatte; folglich musste links der Wanderparkplatz zu finden sein. Ich galoppierte über die Wiese und tauchte bald in das Wäldchen ein, in dem der XM meiner harrte, lockte meinen lebenden Untersatz in den Anhänger und fuhr unverzüglich los.

Auf der Autobahn fühlte ich mich einigermaßen sicher, denn ich entfernte mich immer weiter vom Tatort. Mit einem bisschen Wohlwollen des Schicksals würde es bis zum Abend dauern, bevor sie die Leiche des Justizministers fänden, und bis dahin war ich zurück bei Anna Lena.

Auf der Elbebrücke bei Hohenwarthe, kurz vor Magdeburg, hielt ich kurz an und tat so, als müsste ich an dem Pferdeanhänger etwas richten. In einem unbeobachteten Augenblick ließ ich das Mobiltelefon, auf dem meine Identität als Virginia Gold gespeichert war und mit dem ich diese zu ihrer Mutter gelockt hatte, in den Fluss plumpsen. Adieu, kompromittierender Helfer, und viel Spaß fürderhin in den Wassern des Atlantischen Ozeans.

In unmittelbarer Nähe des Reiterhofs, bei dem ich die Stute geliehen hatte, bog ich in einen Wirtschaftsweg ein, ließ das Tier frei und kuppelte den Anhänger ab. Ich schob ihn in der Hoffnung, dass der Besitzer ihn finden würde, in eine Ausweichtasche, entledigte mich meiner schicken Kluft und legte mir mein übliches Räuberzivil an. Nach einigem Abwägen steckte ich die Waffe in meinen Seesack, denn die wollte ich nicht im Stich lassen. Möglicherweise würde sich das als Fehler erweisen, aber ab und zu muss man einfach dem Bauch das Wort erteilen.

Zufrieden hatte ich gesehen, dass das Pferd bereits zu seinem Stall aufgebrochen war. Es würde fündig werden. Ich kehrte auf die Landstraße zurück und nahm Kurs auf die Scheune, in der der XM normalerweise untergestellt war. Ich hatte mir den Schlüssel geben lassen und platzierte das Fahrzeug genau dort, wo es vorher gestanden hatte. Dann schraubte ich die Kennzeichen ab, verstaute auch diese in dem Seesack und rief meine Tochter mit der Bitte an, mich abzuholen.

„Schon zurück?" fragte sie verblüfft.

„Ja. Es reicht mir. Ich fühle mich erholt und denke, dass ich das nicht noch einmal machen werde."

Anna Lena überredete mich, über Nacht bei ihr zu bleiben. Morgen würde sie mich zum Hauptbahnhof bringen, damit ich mit dem ICE nach Berlin zurückfahren könnte.

Gespannt erwartete ich die Nachrichten. Erst spät abends meldeten sie, dass der Justizminister bei einem Jagdunfall zu Tode gekommen sei. „Es wird spekuliert", las der Moderator teilnahmslos vor, „ob der Schütze seinen Missgriff überhaupt bemerkt hat. Hirsche in Menschengestalt fielen schon häufig ungezügeltem Eifer zum Opfer." „Gut, dass ich heute nicht in Berlin war", kommentierte ich trocken, „da bin auf jeden Fall unverdächtig."

Sollte es bei der Anschauung eines unglücklichen Jagdunfalls bleiben, wäre ich fein 'raus. Als ganz so naiv sollten sich die Ermittlungsbehörden leider nicht herausstellen.

Mae: Walden'sches Dasein

Äußerlich war Berlin unverändert. Der Tod des Kabinetts-mitglieds Hans Großman wühlte indes die Medien und auch große Teile der Bevölkerung auf. Nachdem zunächst von einem lapidaren Jagdunfall die Rede gewesen war, häuften sich am Folgetag unerklärliche Indizien. Ich war froh, dass Helga über das Wochenende bei ihrer Tochter in Hannover zu Besuch geweilt hatte, hatte sie doch wegen dessen Plänen zur Justizreform einen besonderen Hass auf den zuständigen Minister entwickelt. Erstaunlicherweise verpasste sie keine Neuigkeit über den Fall; naja, die Sache war ihr Herzblut gewesen.

„Da hat dir jemand deinen innigsten Wunsch erfüllt", sagte ich deswegen zu ihr, als sie wieder mit brennenden Augen auf ihrem Smartphone herumnavigierte.

„Sie haben sogar eine Verdächtige", teilte sie mir mit und klang aus mir unverständlichen Gründen triumphierend.

„So? Wen denn?"

„Die Schauspielerin Virginia Gold, die auf den bürgerlichen Namen Emma Wunderfitz hört. Sie war zu der fraglichen Jagd eingeladen, kam aber zu spät. Angeblich hatte sie jemand angerufen, ihre Mutter läge Sterben. Wiederum angeblich vergaß sie, die Jagdgesellschaft zu informieren. Im Nachhinein von Vorteil, weil sie rasch feststellte, dass sie einem Fake aufgesessen war. Ihre Rückkehr geschah früh genug, dass es sich lohnen würde, noch nach dem Jagd-revier des Grafen Rotz von Koks aufzubrechen. Das tat sie, wurde aber von den Sicherheitskräften zunächst abge-wiesen, weil sie angeblich bereits eingetroffen sei. Darauf-hin benahm sie sich wie eine Furie, bis die Gorillas einen holten, der sie persönlich kannte. Der bestätigte, dass es sich um Virginia Gold handele, und sie durfte das Gelände betreten oder besser gesagt bereiten."

„Und weiter?"

„Viel weiter geht's nicht. Erst nach Abblasen der Jagd fiel auf, dass Justizminister Großman fehlte. Eine anberaumte Suchaktion war bald erfolgreich. Man fand ihn mit einem Kopfschuss am Rand einer Lichtung. Sein Pferd hatte sich kaum wegbewegt und ließ sich willig in seinen Stall führen."

„Und wie kommen sie auf diese Gold als Täterin?"

„Ich hatte es angedeutet. Es war zu Beginn des Halali bereits eine als sie identifizierte Person aufgetaucht. Diese Teilnehmerin war spurlos verschwunden, als es an die Beweisaufnahme ging. Es befanden sich exakt die Personen unter Hausarrest in der Koks'schen Hütte, die auch geladen gewesen waren."

„Ein Hirngespinst?"

Helga sah mich prüfend an. „Ein Hirngespinst, das einen Softwarefehler hervorruft? Die Identifikation morgens hatte zweifelsfrei stattgefunden."

„Na, Frau Polizistin, dann leg' mir mal dar, wie du den Fall siehst."

„Ich hab' während meiner aktiven Zeit so viele geheimnisvolle Fälle erlebt, die sich später als profan erwiesen, dass es beinahe zum Lachen gewesen wäre. Das Blödeste, was du als Ermittlerin tun kannst, ist dir eine Meinung über den Verbrechenshergang vorzufertigen. Ich werde mich hüten, beim vorliegenden Fall, in den ich ja gar nicht einbezogen bin, so etwas zu tun. Ein paar Möglichkeiten habe ich im Ärmel, aber das bedeutet nichts. Die wahrscheinlichste ist, dass es sich tatsächlich um einen Jagdunfall handelt und der Schütze oder die Schützin gar nicht gemerkt hat, was ihm oder ihr da vor die Flinte gelaufen ist."

„Und die doppelte Gold – oder wie du das doppelte Lottchen nennen willst?"

„Wenn – wenn! – es so ist, wie es dargestellt wird, läge sie als Mörderin nahe. Schwierig wäre es, ein Motiv zu finden, denn warum hätte sie das Risiko der Enttarnung auf sich nehmen sollen, wenn es kein Motiv gibt? Eifersucht taugt natürlich jederzeit dazu."

„Wäre dann nicht der Todeszeitpunkt wichtig? Ich meine, ob der tödliche Schuss vor oder nach ihrem zweiten Erscheinen abgegeben wurde?"

„Ah, selber Detektivin, liebe Mae. Nein, wäre es nicht, denn sie war ja von Anfang an dabei. Warum sie das Theater mit dem zweiten Auftauchen spielte, wäre dann allerdings unerklärlich."

„Doch, gerade. Wenn der tödliche Schuss vor ihrem zweiten Auftauchen abgegeben worden sein sollte, hätte sie ein tolles Alibi."

„Hm, okay. Du hast einen Job in der Verbrechensfahndung verpasst."

„Du schmeichelst mir, Helga. Und andere Lösungen?"

„Es kann natürlich sein, dass jeder x-Beliebige einen Grund hätte haben können, den Justizminister zu beseitigen, nicht zuletzt wir beide. Zum Glück waren wir nicht zugegen. Es gibt keine bessere Möglichkeit, sich einer unbeliebten Person zu entledigen, als eine Jagdgesellschaft. Alle sind bewaffnet und das mehr oder weniger mit denselben Kalibern. Da wird es sehr schwer, überhaupt die Tatwaffe zu identifizieren."

„Und das doppelte Lottchen, ich meine, die doppelte Virginia Gold?"

„Falls das ein skurriler Zufall war, der mit dem Fall nichts zu tun hat, würde der meine Ex-Kollegen auf eine falsche Spur lenken."

Abends vermochte ich lange nicht einzuschlafen. Ich wälzte mich bei dem Versuch, die Ursache zu ergründen, in meinem Bett herum, als sie mir plötzlich einfiel. Zu Beginn unserer Diskussion über Hans Großmans Ableben hatte Helga gesagt: *Man fand ihn mit einem Kopfschuss am Rand einer Lichtung.* Woher hatte sie das gewusst? Dieses Detail stand in keiner der von mir zu Rate gezogenen Medien. Meine spät gewonnene Erkenntnis verhalf mir keineswegs zu einem erholsamen Schlummer.

Dann geschah das, was unser beider Leben eine weitere entscheidende Wende geben sollte. Ich befand mich im Hauptquartier der Klardenker und stand kurz davor, bei Oliver anzuklopfen. Die Tür zu seinem Büro war nicht geschlossen, sondern leicht angelehnt, sodass ich mitbekam, wie er ein Telefongespräch begann. Die Begrüßung veranlasste mich, meinen Schritt zu verlangsamen und unmittelbar darauf innezuhalten. „Hallo, Herr Minister", hörte ich ihn nämlich sagen. Weit und breit war kein Mensch in Sicht und Oliver schien zu wissen, dass im Augenblick alle aushäusig waren, denn er sah sich nicht genötigt, seine Stimme zu senken.

„… ja gern, Herr Minister. Die Klardenkerbewegung hat seit Langem ihren Sinn verloren, da rennen Sie bei mir eine offene Tür ein … was für einen Posten … jetzt schmeicheln Sie mir aber, Herr Minister, mit einem parlamentarischen Staatssekretär hätte ich nicht gerechnet. Seien Sie versichert, dass ich mich geschmeichelt fühle. Ich würde mich nach Kräften bemühen, das Amt würdevoll …"

Ich hatte genug gehört. Ich kehrte auf dem Absatz um und entfernte mich leise von Olivers Büro, denn er war immer noch lauthals damit beschäftigt, dem Herrn Minister, welchen Ressorts auch immer, Brei um den Bart zu schmieren. Du Dreckskerl, hämmerte es auf meine Gehirnwindungen ein, gekauft wie ein schmieriger Händler. Und du willst unseren Idealen ein leuchtendes Vorbild sein! Du hast deine Strafe mindestens genauso verdient wie unlängst der Justizminister bei seinem Jagdausflug.

Ursprünglich hatte ich mit Oliver den Einsatzplan für die nächste Demo besprechen wollen, denn ich hatte mich mittlerweile zur Logistikerin in der Bewegung hochgearbeitet. Das erschien mir nun gänzlich sinnlos und ich ertappte mich bereits in der U-Bahn nach Hause dabei, dass ich mehr als grimmige Rachepläne hegte. Ganz unerfahren war ich ja nicht, wenn ich an den ehrenwerten Eusebius Pendergast dachte, wobei dessen Ableben als Notwehr hätte durchgehen können. Na gut, ich hätte ihn nicht unbedingt aus der Tür wuchten müssen, nachdem ich ihm die Dornenpeitsche um den Hals gelegt hatte. Was soll's.

Die Besprechung holte ich bei Gelegenheit nach. Dabei fiel mir auf, was mir als Ahnungsloser vermutlich nicht aufgefallen wäre: Oliver ermahnte uns anderen immer wieder zur Besonnenheit und Friedfertigkeit und dass wir keinesfalls der Staatsgewalt gegenüber Widerstand und allen polizeilichen Anordnungen bedingungslos Folge leisten sollten. Die Klardenker waren zwar nie militant gewesen, aber so angepasst und weichgespült wie zu verhalten uns nun eingetrichtert wurde war bisher nicht angesagt gewesen.

Zu meinem gelinden Schrecken fixierte Oliver mich und fragte: „Alles verstanden, Mae?"

„Alles verstanden, Olli." Es war wohl dieser Augenblick, der sein Todesurteil sprach. Was bildete der Kerl sich ein?! Mir war bewusst, dass ich bei Beschlüssen die radikalere Seite zu unterstützen pflegte, aber auch die sollte ihr Sprachrohr heben dürfen.

Obwohl ich zunächst davon hatte absehen wollen, nahm ich an der Demonstration gegen die Wiedereinführung der Wehrpflicht auch für Frauen Teil, aber weniger, um als Demonstrantin aufzufallen, als zu beobachten, wie sich unsere Gruppierung verhielt. Wir als fundamentalistische Fraktion hatten uns stets mit den Hooligans zusammengetan und auch diesmal war es wieder so, aber mir fiel die relative Isolation auf, die wir innerhalb der Klardenker einnahmen. Auf die Rednertribüne durfte keine und keiner von uns.

In dem von uns bewohnten Sechsparteienflur hielten wir, Helga und ich, uns an Werktagen während der normalen Arbeitszeit meistens allein auf. Zunächst hatten wir vermutet, dass die anderen, die wie wir zweiergruppenweise ihre zwei Zimmer bewohnten, das aus demselben Grund wie wir taten, nämlich die vorgeschriebene Quadratmeterzahl pro Person nicht zu überschreiten, um abzugsfrei ihr Bürgergeld beziehen zu dürfen, aber wir stellten zu unserer Verblüffung fest, dass praktisch alle einer geregelten Arbeit nachgingen. Ebenso zu unserer Verblüffung trug bei, dass es sich bei ihnen wie bei uns um gleichgeschlechtliche Zweiergruppen handelte. Ob es sich um Scheinschwulen- und -lesbenpaare handelte oder um echte, entzog sich unserer Kenntnis. Wir wurden ja auch für ein Lesbenpaar gehalten, obwohl das nicht stimmte.

Wie dem auch sei, an einem Mittwochmittag war unsere Flurgemeinschaft vereinsamt. Auch Helga war für einige Tage abwesend, weil sie ihre Tochter besuchte. Folglich hatte ich freie Bahn, in unserem mit einem Bretterverschlag abgetrennten Keller zu untersuchen, was meine Genossin dort alles gelagert haben mochte. Ich tat das, weil ich einen bestimmten Verdacht hegte.

Neben allerlei Gerümpel, das längst weggeworfen gehört hätte und von mir keines Blickes gewürdigt wurde, lagerte eine an die Wand gerückte Kiste, die immer schon meine Aufmerksamkeit erregt hatte. Sie war mit einem einfachen Riegel verschlossen, den beiseitezuschieben Zugang zum Inhalt verschaffen würde. Ganz schön sorglos, dachte ich, falls wirklich das drin sein sollte, was ich vermute. Anderer- seits gar nicht dumm, denn achtlos in eine Ecke Verbanntes erweckt weniger Aufmerksamkeit als nach allen Regeln der Kunst Verrammeltes.

Ich schob den Riegel beiseite.

Drei Gewehre, drei schwere Trommelrevolver und zwei elegante Pistolen belegten den linken Teil der Kiste, wäh- rend der rechte mit Munitionskartons gefüllt war. Ganz schöne Artillerie hast du aus deinem aktiven Polizistinnen- leben mitgehen lassen, liebe Helga, resümierte ich und pfiff anerkennend durch die Zähne. Eins der Gewehre war mit einem Zielfernrohr ausgerüstet, zweifellos eine Jagd- waffe. Ich wog sie in meiner Hand und zielte mit ihr zum Treppenaufgang. Sie lag sehr gut in der Hand; zweifellos von edler Schmiede. Der waidmännische Fachmann Hans Großman hätte seine Freude an dem Teil gehabt, hätte er anderes als den Ausgang des Laufs zu sehen bekommen.

Ich fand in dem Gerümpel einen zerknitterten Beutel, den mitzunehmen ich versäumt hatte und in dem ich eine der eleganten Pistolen und die dazugehörigen Kugeln unterbrachte, schob der Kiste den Riegel wieder vor, verschloss den Keller und begab mich mit meiner Beute in unsere Wohnung. Da sie – die Beute – alsbald zum Einsatz gelangen sollte, betrachtete ich es als ausreichend gutes Versteck, sie unter mein Bett ganz hinten an die Wand zu schieben.

Die Gelegenheit ergab sich bald, denn ich ging wie auch Oliver im Klardenkerhauptquartier nach Belieben ein und aus. Ich schreibe mit Absicht nicht unser Hauptquartier, denn ich hatte mich inzwischen von der Organisation geistig verabschiedet. Das ließ ich mir natürlich nicht anmerken, solange ich als loyales Mitglied galt.

Das Gebäude ist eine aufgelassene Jugendherberge, denn auch Jugendlichen sind heutzutage keine Etagenbetten in Achtbettzimmern und sanitäre Einrichtungen auf dem Flur mehr zuzumuten. Damit erwähne ich beiläufig, dass für die Klardenker Übernachtungsmöglichkeiten bestünden, fiele es einem von ihnen ein, diese zu nutzen – auch Alternative lieben einen gewissen Komfort. Am Wochenende fanden sich beinahe alle ein, um von hier aus zu den Demos auszurücken und, nach erfolgtem Aktivistentum, zurückzukehren und sich an Essen und Trinken zu laben, wobei das Trinken im Vordergrund stand. Regelrecht gekocht wurde nicht, obwohl altmodisch, aber solide eingerichtete Küchen zu ihrer Nutzung einluden. Um Brötchen zu schmieren und zu belegen fand sich immer eine oder fanden sich mehrere Frauen. Soviel zur Arbeitsteilung unter Alternativen.

Einen wichtigen Umstand darf ich zu erwähnen nicht versäumen. Konträr zu heute üblichen Gepflogenheiten befand sich im ganzen Haus keine Überwachungskamera. Heute, nachdem ich diese Anonymität ausgenutzt hatte, dürfte das anders sein. Sorgfältig vorbereitet habe ich nun das Moment, dass sich – wie in Helgas und meinem Plattenbau – an einem Werktag kaum ein Mensch zwischen den modrigen Wänden besagten Hauptquartiers aufhält.

Außer Oliver. Vor einiger Zeit hatte ich spitzgekriegt, dass er während dieser einsamen Stunden gern in den Schreibtischschubladen seiner Kampfgenossen herumschnüffelt, um deren wahre Gesinnung zu erforschen. Ich wusste, dass er freier Mitarbeiter eines florierenden Marketingbüros war, was ihm ein unabhängiges Zeitmanagement verschaffte. Warum nicht einen Mittwochnachmittag nutzen, um zu tieferen Erkenntnissen zu gelangen?

Grundsätzlich stehen die Daten aller allen zur Verfügung, denn wir sind durch die Klardenkerstatuten verpflichtet, unser Wissen auf einem Server im Keller abzuspeichern. Dennoch widersteht beinahe keiner der Versuchung, als Zwischenablage eine kleine Zettelwirtschaft anzulegen, um diese irgendwann später statutengemäß auf die vorgesehenen Dateien zu verteilen – oder auch nicht.

Ich schlich auf Zehenspitzen durch die Gänge und richtig – ein Stück weiter voraus zur Rechten hörte ich ein leises Rascheln. Aus meinem Büro drang es nicht, denn ich sorgte seit Langem dafür, dass sich dort keinerlei kompromittierende Unterlagen fanden. Zwei rasche Schritte, ich riss die angelehnte Tür ganz auf und stand vor Olivers Rücken, der gerade einen Papierkorb durchwühlte.

„Was machst du da?"

Erschrocken sprang Oliver auf und blickte mich verdattert an. „Was …; was machst du hier?"

„Das frage ich dich." In meinem vergangenen Leben war ich berufsbedingt häufig in Spankingminis oder knackengen kurzen Jeans zu Arbeit gegangen oder gefahren; heute liegt mir überhaupt nicht mehr daran, meine üppigen Rundungen zu betonen, und trete in weiten, schlabbernden Overalls oder Kombinationen auf. Ich erwähne das, um verständlich zu machen, warum Oliver meine versteckte Ausrüstung nicht bemerkte.

„Ich …; ich hatte versehentlich eine Notiz weggeschmissen, die sich als nötig herausgestellt hat. Die suche ich nun."

„In Heidis Büro?"

„Ja, dummerweise."

Ich beschloss, dem Versteckspiel ein Ende zu bereiten. „Red' keinen Quatsch, Olli. Ich weiß, dass du bei allen 'rumschnüffelst. Du willst dich nämlich bei deinen neuen Arbeitgebern lieb Kind machen und möglichst viele Informationen überbringen, damit du deinen parlamentarischen Staatssekretär mit einigen Vorschusslorbeeren garnierst."

„Was erzählst du für einen Quatsch, um dich zu zitieren?"

Ich war nicht gewillt, ihm meine Quelle zu verraten, aber immerhin, warum geschehen würde, was ich beschlossen hatte. „Die Spatzen pfeifen es von den Dächern, mein Lieber, und ich bin gewillt, mit einem Verräter umzugehen wie es ihm geziemt."

„Was …?" Weiter sprach er nicht. Schweißperlen bildeten sich auf seiner Stirn, als er in den Pistolenlauf blickte. Ich bin bei Weitem nicht so intensiv an Schusswaffen geübt wie Helga, aber aus 3½ Metern Entfernung reicht meine Treffsicherheit.

„Mach' keinen Quatsch, Mae!" waren Olivers letzte, hysterisch herausgeschrieenen Worte, bevor der Schuss fiel und er mit einem Loch in der Stirn zusammensackte. Hastig wandte ich mich der Tür zu und sah auf den Flur. Ich hatte mich ein wenig unvorsichtig verhalten, weil ich während der vergangenen Minuten keinen Gedanken an eventuelle Zeugen verschwendet hatte, aber was ich vorausgesetzt hatte, erwies sich als zutreffend. Nirgends war eine Bewegung wahrzunehmen oder ein Geräusch zu hören. Schnell sicherte ich die Pistole, versuchte entspannt zu wirken und huschte sonder Eile dem nächsten Ausgang zu, deren es in dem verwinkelten Gebäude zahlreiche gab. Ungesehen erreichte ich den Hinterhof, durchquerte ihn und trat durch eine hüfthohe, lose angelehnte Holztür auf die Straße. Die harmloseste graue Maus, die Berlin zu bieten hat, begab sich pfeifend zu Fuß auf den Heimweg.

Als Helga am nächsten Tag zurückkam, hielt sie mir wortlos ihr Smartphone vor mein Gesicht. Sie hatte eine Meldung geöffnet, die über Olivers Tod berichtete. „Und?" fragte sie provokativ.

„Lass' mich erstmal lesen."

Gestern wurde im Hauptquartier der als Aktivistengruppe bekannten Klardenker deren Vorsitzender Oliver Thalheimer leblos aufgefunden. Er wurde erschossen, das ist als Todesursache eindeutig. Als naheliegendste Verdächtige wurde Heidi Kreutzer inhaftiert, in deren Büro die Leiche lag. Sie wurde allerdings nach wenigen Stunden wieder freigelassen, weil sie ein wasserdichtes Alibi vorwies und als Tatverdächtige ausfällt. Nun werden nach und nach alle Mitglieder der Gruppe vernommen werden, wobei sich das als am schwierigsten bei den militantesten Elementen, den sogenannten Hooligans, gestalten wird. Die sind schon lange dafür bekannt, gegen Thalheimers Führung zu opponieren, weil der ihrer Meinung nach zu weich agiert, aber sie sind keine offiziell eingetragenen Mitglieder und entsprechend schwer zu identifizieren.

Sollen sie bei den Hooligans suchen, fuhr es mir durch den Kopf, da werden sie genauso wenig fündig werden wie bei Hans Großmans Todesschützen, sofern sie der Gold auf den Fersen bleiben.

„Und?" wiederholte Helga.

„Trauerst du?" Meine in Frageform gekleidete Antwort war mindestens genauso provokativ wie ihre in Anklageform gekleidete Frage.

Helga sah mir ins Gesicht. „Nein. Im Gegenteil, eine gelinde Zufriedenheit bewegt mich. Wusstest du, dass das Innenministerium Olli als künftigen Staatssekretär vorgesehen hatte?"

„Dann pfeifen es die Spatzen wohl schon von den Dächern. Und ich hatte gedacht, ich wäre alleinige Mitwisserin."

„Wie du siehst. Und je mehr davon wussten, desto mehr kommen in Frage, ihn als Verräter zu beseitigen, um nicht das Wort hinzurichten in den Mund zu nehmen."

„Das heißt alle, wenn ich dich richtig verstehe."

„Einer oder besser gesagt eine ist besonders verdächtig."

„So? Und wer?"

Helga deponierte ihr Smartphone auf den Beistelltisch. „In unserem Keller steht eine Kiste, die Holzkiste, die ich in die WG eingebracht habe."

„Und von der ich keine Ahnung habe, was sie enthält."

„So?" Wiederholte Helga und sah mir nochmals intensiv ins Gesicht. „Weißt du, ich habe eine bestimmte Methode, den Riegel zu arretieren. Als ich vorhin kurz unten war, war die Methode nicht angewandt. Außerdem der Inhalt anders geordnet und die Gebrauchsmitteln lagen wild verteilt."

„Mit Gebrauchsmitteln meinst du die Munition?"

„Du gibst es also zu?"

„Nur wenn auch du zugibst, dass du das tolle Jagdgewehr unlängst benutzt hast. Ich sah geringe Schmauchspuren. Es ist denkbar, dass nur ein einziger Schuss daraus abgegeben wurde."

„Hm." Helga wandte sich ab und starrte die Wand an. „Sieht nach zwei Leichen im Keller aus. Sollen wir die Hände in den Schoß legen und warten, bis sie uns draufkommen?"

Ich schüttelte den Kopf. „Deine Jagdtrophäe bliebe möglicherweise unentdeckt, denn zu dir gibt es keine Verbindung. Allerdings werden wir beide als Klardenkerinnen über kurz oder lang Besuch bekommen. Wir sollten zumindest die Beweismittel verschwinden lassen."

„Wahr gesprochen." Helgas Blick irrlichterte eine Weile hin und her, bevor er auf mir hängen blieb. „Ich habe mit Anna Lena gesprochen. Sie besitzt eine Jagdhütte im Reinhardswald, die mit Strom und fließendem Wasser ausgerüstet ist. Sie hatte sie aus einer Laune heraus gekauft und weiß jetzt nicht recht, was sie damit anfangen soll. Das heißt, sie steht leer. Dorthin können wir zumindest die Holzkiste verfrachten und, wenn du willst, auch den Inhalt deines Safe, von dem ich tatsächlich nicht weiß, was er enthält."

Von meinem einst erbeuteten Scheinen waren nicht mehr allzu viele übrig, das heißt wenig genug, dass sie in eine voluminöse Lebkuchenbüchse passten, aber genug, dass Helga ins Staunen geriet. „Und das als Nutte beziehungsweise Kassiererin?!"

„Eines Tages werde ich dir die Geschichte des Geldsegens erzählen, denn ich sehe voraus, dass wir mitten im Wald genug Gelegenheiten haben werden, uns auszutauschen. Vorerst glaub' mir, dass es besser ist, wenn du sie nicht kennst."

Helga mietete einen Pick up, dessen Ladefläche mit einer Plane geschützt werden konnte. In ihn packten wir als erste Fuhre alle kompromittierenden Gegenstände und schafften sie in die Waldhütte. Wir versuchten so gelassen wie möglich zu wirken und hofften, dass nicht gerade eine Ermittlerkommission auftauchte, während wir am Räumen waren. Offenbar waren sie jedoch bisher nicht auf unserer Spur, denn uns war unbehelligt unsere Flucht abzuschließen vergönnt. Da die Hütte eingerichtet war, lagerten wir unsere auseinandergebauten Berliner Möbel in einem Geräteschuppen daneben. Dann war die Stadtwohnung leer. Wir kündigten sie ordnungsgemäß, legten die abschließenden Mietszahlungen auf die korrekten Termine und gaben den Pick up dem Vermieter zurück. Im Großen und Ganzen, denke ich, geschah unser Auszug unaufgeregt und unverdächtig. Dass unser Verhalten lückenlos observiert worden war, hatten wir nicht gemerkt.

Anna Lena, die sich während unserer ganzen Aktionen nicht hatte blicken lassen, holte uns am Hannoveraner Hauptbahnhof ab und fuhr uns auf demselben Wirtschaftsweg, den wir während der vergangenen Woche regelmäßig genutzt hatten, zur Hütte. Ihr Pkw hatte deutlich mehr Mühe auf dem spurrillengezeichneten Waldweg, schaffte es aber. Wir verabschiedeten uns recht kühl voneinander, so kühl, dass ich mich fragte, ob wir sie je wiedersehen würden.

„Ich habe ein Steinzeithandy", beruhigte Helga mich, „ohne Internetfunktion, Navy oder sonstigen Schnickschnack, und das deshalb nicht ortbar ist. Mit dem Ding kann man nur telefonieren und SMS schreiben oder empfangen. Anna Lena kennt die Nummer. Wenn's ganz eng wird, kann sie uns helfen."

„Mag sein, aber das scheint sie nicht zu begeistern."

„Sie hat meinen Weg während der vergangenen Jahre mit Misstrauen verfolgt. Sie als Anwältin steht natürlich auf der ‚richtigen' Seite des Gesetzes. Sie wird zumindest froh sein, dass ich mit den Klardenkern gebrochen habe, obwohl die ja mittlerweile handzahm geworden sind."

„Im Gegensatz zu uns."

Helga lächelte gequält. „Dass wir etwas ausgefressen haben, dürfte für sie amtlich sein, denn warum sollten wir uns sonst hier im Wald verstecken? Sie wird allerdings niemals ihre Mutter den Fängen der Justiz ausliefern, da bin ich mir sicher."

Ich war das nicht so ganz, behielt das aber für mich und wechselte das Thema. „Hält sie uns eigentlich für Lesben?"

„Das weiß ich nicht und halte ich auch für unwichtig. Dass ich mit Wulf 1½ Jahrzehnte verheiratet war und zusammengelebt habe, ist ihr bewusst. Ich weiß allerdings und sie auch, dass sexuelle Orientierung wechseln kann."

„Meistens infolge einer gewaltigen Enttäuschung."

„Stimmt wohl. Was soll's."

Auf Smartphones hatten wir in unserem Exil wegen deren Ortbarkeit verzichtet, aber unsere Laptops hatten wir mitgenommen. Da die Hütte sogar für WLAN-Empfang eingerichtet war, brauchten wir auf die Nachrichten aus aller Welt nicht zu verzichten. Irgendwann erfuhren wir, dass wir in den engeren Kreis der Verdächtigen bezüglich des Mordes an Oliver geraten, aber zurzeit unauffindbar waren.

„Die Akte ‚Jagdunfall Justizminister Hans Großman' scheinen sie geschlossen zu haben", sinnierte Helga eines Tages, „denn über den Fall finde ich schier nichts mehr."

„Dafür ist statt Oliver unsere gute Heidi parlamentarische Staatssekretärin im Innenministerium geworden. Ist das nicht eine glänzende Karriere? Von der Revoluzzerin zum Establishment, wir die 68er sagten." Wir lachten bitter.

Einige Monate gingen idyllisch und entspannt ins Land; selbst der Winter beeinträchtigte unser Wohlbefinden nicht, denn er fiel – wieder einmal – sehr milde aus. Etwas mühsam war das Beschaffen von Lebensmitteln, aber wir gewöhnten uns bald daran, dass zu unserer Versorgung eine Stunde Fußmarsch zum nächsten Supermarkt fällig war – und natürlich ein wenig länger der Rückmarsch, da wir auf dem beladen waren.

Einige Male warteten wir auch an der Landstraße auf Anna Lena, die uns zu sich nach Hause abholte und nach Abschluss des Besuchs an der Sammelstelle wieder absetzte. Den ersten Weihnachtstag feierten wir in ihrer Wohnung. Zu dritt, denn sie war so mit ihrer Karriere beschäftigt, dass sie keine Gelegenheit fand, auf Bräutigamschau zu gehen. Ich füge hinzu, dass sie den zweiten mit ihrem Vater, Helgas früherem Ehemann Wulf, verbrachte.

„Hättest du es denn gar nicht ertragen, ein paar Stunden mit ihm zuzubringen?" fragte ich Helga, als wir unsere Hütte wieder erreicht hatten.

„Doch und er vermutlich auch, aber weißt du, eine gewisse Spannung und Verlegenheit wäre vermutlich aufgetreten. Und das muss Weihnachten nicht sein."

Rasch hatten wir uns an unser Walden'sches Dasein gewöhnt und vermochten uns nicht vorzustellen, dass das je mehr anders würde. Zwei Jahre, zwei Monate und zwei Tage wie weiland Henry David Thoreau sollten uns indes nicht vergönnt sein. Im darauffolgenden Frühjahr schlug die Faust von Recht und Ordnung mit aller Gewalt zu.

Helga: Hand in Hand

Obwohl wir – Mae und ich – uns in der abgelegenen Wald-hütte relativ sicher fühlten, schafften wir die heißesten Be-weisstücke weg, das heißt wir vergruben die Holzkiste mit den Waffen an einer Stelle im Wald, deren Standort wir auf einer Art verschlüsselten Schatzkarte mit einem Kreuz mar-kierten und die wir wiederum Anna Lena im Fall unseres Verschwindens oder Ablebens mit dem Hinweis übergaben, der Schlüssel fände sich unübersehbar in der Hütte. Außer-dem übergaben wir ihr Maes Lebkuchen-Blechbüchse, die sie in ihrem reichhaltigen Süßigkeitenschrank unterbrachte. Wir behielten uns natürlich vor, nach Bedarf darauf zurück-zugreifen. Auf Maes Wunsch sollte sie – wiederum im Fall unseres Verschwindens oder Ablebens – samt Inhalt ihr ge-hören. Längst hatte jene mir die Herkunftsgeschichte ihrer Banknotenbündel anvertraut.

„Du hast überhaupt keine Angehörigen?" fragte Anna Lena sie.

„Meine Eltern starben früh und ich bin Einzelkind. Irgend-welche Vettern oder Basen mögen irgendwo leben, aber zu denen habe ich keinerlei Kontakt und da halte ich es für besser, den bescheidenen Rest meines Barvermögens der zu überlassen, zu der ich neben deiner Mutter die engste Beziehung pflege." Anna Lena war anzumerken, dass ihr unser Gehabe bezüglich ‚Fall unseres Verschwindens oder Ablebens' Kummer bereitete.

Nachdem Mae und ich alle unsere Geheimnisse voreinan-der offenbart hatten, fiel mir leicht, Olivers Tod offiziell zu begrüßen. „Ich hatte ihn zwar nicht direkt in meine Pläne eingeweiht, aber ich hatte ihn um einige Gefälligkeiten ge-beten, aus denen er seine Schlüsse hätte ziehen können."

„Warum, denkst du, hat er dich nicht gleich ans Messer ge-liefert?" fragte Mae.

„Erst einmal war ich damals seine Sexgespielin", erwiderte ich. „Er hielt mich wahrscheinlich für seine Geliebte. Zum

Zweiten passte ihm vielleicht mein Vorhaben gut in sein Konzept, denn er war studierter Jurist mit zweitem Staatsexamen und hatte sich auf dieser Basis eventuell als Großmans Nachfolger gesehen. Der ihm bereits angebotene parlamentarische Staatssekretär hat ja schon Ministerrang, ist also vom Kabinettsposten selbst gar nicht mehr weit weg. Einen Gefallen tat er mir übrigens nicht."

„Welchen?"

„Ich musste bei der Gold anrufen, dass ihrer Mutter etwas passiert wäre. Darum hatte ich ursprünglich Olli gebeten, aber da bekam er kalte Füße."

Mae dachte nach. „Interessant. Egal, Olli sagt garantiert nichts mehr aus. Dennoch bleibt einer im Spiel."

„Wer?"

„Leonard, unser Hacker."

„Stimmt, der lebt noch. Den haben sie, glaube ich, zum Chef der Bundes-Virenabwehr gemacht. Genau richtig für ihn und sein introvertiertes Wesen."

„Du schätzt ihn folglich nicht als gefährlich ein?"

„Nein, Mae. Er hat damals ausgeführt, worum ich ihn gebeten hatte, und sich sicher keinerlei Gedanken über den Zweck der Übung gemacht. Eigenständiges Denken ist ihm fremd."

„Wollen wir's hoffen."

Zur Gänze hatten wir uns nicht entwaffnet. Zwei der drei Trommelrevolver samt einigen Schachteln Munition waren den Weg ihrer Kolleginnen und Kollegen unter die Erde nicht mitgegangen, sondern hatten bei uns unter den Kopfkissen Platz gefunden – für alle Fälle. Wie Mae am Schluss des vorigen Kapitels bereits andeutete, sollte sich der Fall aller Fälle im Frühjahr einstellen.

Es begann damit, dass wir zwar nicht im öffentlich-rechtlichen Rundfunk oder Fernsehen, aber im Netz auftauchten. *Die Mörder von Hans Großman und Oliver Thalheimer sind vermutlich enttarnt,* hieß es da, *und zwar handelt es sich um Mitglieder der einstigen Klardenker-Bewegung.*

„Schade", kommentierte Mae, „dem Wort Mitglied ist nicht zu entnehmen, ob es sich um ein weibliches oder männliches handelt. Dann wüssten wir, ob sich die Ermittler auf falscher oder richtiger Fährte befinden."

„Zumindest wären wir dem Wissen näher", korrigierte ich. „Nur wenn es ausdrücklich Männer hieße, wüssten wir, dass sie eine falsche verfolgen."

Leider war dem nicht so. Als sich die Meldungen verdichteten, kündeten sie ausdrücklich von zwei Frauen. *Die konspirative Berliner Wohnung, in der das Lesbenpaar seine Taten plante, fanden die Fahnder verlassen vor. Das ist sie vermutlich seit Monaten. Der derzeitige Aufenthalt der beiden Verdächtigen ist nicht bekannt oder wird nicht bekannt gegeben, um sie nicht vorzuwarnen und ihnen keine Flucht zu ermöglichen.*

„Müsste es nicht Verdächtiginnen heißen?" fragte Mae.

„Deinen Humor möchte ich haben. Ich für meinen Teil bin mir sicher, dass sich die Schlinge zuzieht. Wenn die Meldungen so ins Detail gehen wie wir sie hier vorfinden, sind die Bullen schon viel weiter als die Leser ahnen."

„Wie sprichst du von deinen ehemaligen Kollegen?"

„Ich hab' doch die Seite gewechselt und die Konvertierten sind bekanntlich die Fanatischsten."

Im ersten Satz dieses Kapitels hatte ich das Wort abgelegen verwendet, als ich den Standort unserer Waldhütte beschrieb. Das stimmt auch, obwohl der nächste Supermarkt sich lediglich eine Wanderstunde entfernt befindet. Das verdankten wir dem deutschen Hang, dass sich einerseits Geschäfte und Industrieen möglichst abseits bewohnter Gebiete domizilieren, um die Grundstückskosten gering zu halten, und dass andererseits den Kunden kein Weg zu weit ist, um ein paar Cent zu sparen. Unsere Lebensmittelquelle hatte sich mit dem Rücken unmittelbar an den Wald postiert, der uns als Unterschlupft diente.

Es ist erstaunlich, wie der menschliche Rudelinstinkt lose Bekanntschaften zu knüpfen versucht, wie unpersönlich die Umgebung auch sein mag. Unser Stammsupermarkt war mit einem halben Dutzend Kassen ausgestattet, die beileibe nicht immer alle besetzt waren.

„Vielleicht ist es ein Fehler, an wenig frequentierten Tagen wie an Montagen oder Dienstagen einkaufen zu gehen", sinnierte ich eines Tages, als wir mit vollgepackten Rucksäcken den Heimweg angetreten hatten.

„Warum meinst du?"

„Du hast doch vorhin mitgekriegt, dass uns die Kassiererin mit ‚auch mal wieder da?' begrüßt hat. Das bedeutet, dass sie uns nach unseren vergangenen Besuchen wiedererkannt hat."

„Und? Findest du das schlimm? Ich finde es gerade schön, nicht wie eine Nummer behandelt zu werden."

„Schon. Ich fürchte allerdings, dass die eine oder andere auch gesehen hat, dass wir nicht vom Parkplatz wie alle anderen, sondern von hinter dem Haus kommen."

„Naja, das wird wohl der Fall sein. Meinst du, das könnte uns gefährlich werden?"

„Weiß ich nicht. Jedenfalls fällt mir auf, dass uns im Wald immer wieder Leute begegnen, was bisher nicht der Fall war."

„Es wird halt Frühling, Helga. Hör' nicht das Gras wachsen, ich bitte dich."

Auch dieses Mal kreuzten zwei Paare unsere Wege, die freundlich grüßten. Ich bedeutete Mae, uns seitlich durch das Gehölz zu schlagen. „Wenn da auch Leute herumlungern, sehe ich meinen Verdacht bestätigt."

Er bestätigte sich nicht und wir kamen unentdeckt in der Hütte an. „Und", fragte Mae, „jetzt beruhigt?"

„Für heute ja. Mal sehen, wie sich die Zukunft gibt."

Auf meinen Vorschlag hin verließen wir ab jenem Tag das Haus nur noch bewaffnet. Unsere weiten Kleider verbargen die Revolver gut genug, dass sie diese bei einem flüchtigen Blick nicht verrieten. Wie uns die Kassiererinnen im Supermarkt wiedererkannten, erkannte auch ich, dass die Spaziergänger, die uns über den Weg liefen, immer dieselben waren.

„Sie observieren uns", erklärte ich Mae eines Abends unverblümt. „Ich kenne die Methoden meiner Kollegen aus eigener Erfahrung, wie du weißt."

„Warum nehmen sie uns nicht gleich fest und setzen uns in U-Haft?"

„Sie wollen mehr über uns herausfinden."

„Zweite Frage: Warum schicken sie immer dieselben Typen beziehungsweise Tussis? Es muss ihnen doch klar sein, dass uns das auffällt."

„Ich denke, das gehört zur Taktik. Zur Zermürbungstaktik, um es auf den Punkt zu bringen."

„Und wenn wir zermürbt sind?"

„Dann hoffen sie, dass wir uns stellen und von uns aus ausplaudern, was wir wissen."

Mae sah nachdenklich aus, als sie sich bettfertig machte.

Die Eskalation ließ nicht lange mehr auf sich warten. Wiederum war es eine Meldung im Netz, die uns alarmierte. *Die Polizei ist sich sicher, die vor einiger Zeit vorausgesagte Festnahme der Großman/Thalheimer-Mörder in Kürze vornehmen zu können,* hieß es da, *und damit endlich diese bisher unbefriedigenden Fälle erfolgreich abzuschließen.*

„Ob sie absichtlich Mörder statt Mörderinnen schreiben?" murmelte ich vor mich hin. „Dient das der Vorgehensverschleierung?"

„Sicher nicht, Helga. Die -innen gibt es nur bei neutralen oder positiv besetzten Begriffen wie bei Berufen oder Wohltäterinnen. Raucherinnen, Raserinnen, Verbrecherinnen und Mörderinnen kommen in den Medien nicht vor und ich habe bisher nicht gehört oder gelesen, dass sich Frauengruppen über diese Versäumnisse aufgeregt haben."

„Mag stimmen, Mae. Nichtsdestotrotz erhebt sich für uns die Frage: Wie sollen wir der Entwicklung begegnen? Ein paar Jahre komfortabel und bestens versorgt auf Staatskosten leben und uns danach gut gemeinten, aber unzulänglichen Rehabilitationsmaßnahmen unterwerfen oder gegensteuern?"

Zum ersten Mal sah ich einen derart intensiven Zug von Grimm auf Maes Gesicht, dass er mich schier erschreckte. „Gegensteuern. Den Triumph, aus uns zerknirschte und reumütige Angepasste zu machen, sollen sie nicht haben. Wenn wir uns kaufen lassen wie Heidi und all' die anderen, hätte ich Oliver am Leben lassen können." Ihre Entschlossenheit schien ins Unendliche gesteigert, als sie bekräftigte: „Wenn du den anderen Weg wählst, bitte. Ich kann und will nicht über dein Leben bestimmen, nicht zuletzt, weil du ja eine Tochter hast. Ich werde jedenfalls alle Konsequenzen tragen, die zu tragen ich bereit war, als ich den Klardenkern beitrat. Dass der Verein sich auf so erbärmliche Weise vom Establishment kaufen lässt wie er es tat, hatte ich damals nicht vorausgesehen."

Ich lächelte Mae an. „Keine Bange, meine Liebe. Ich wandele auf demselben Weg. Also ab jetzt: Knarre immer griffbereit, auch im Haus. Und es gilt: Wir schrecken vor nichts zurück!"

Mae beantwortete mein Lächeln. „Lieber stehend sterben als knieend leben, skandierten einst die ‚böhsen onkelz' in ihrem gleich betitelten Lied."

„Im Original stammt der Ausspruch von Emiliano Zapato Salazar, der im mexikanischen Bürgerkrieg auf Seiten der Aufständischen kämpfte und von seinem Kontrahenten, Oberst Guajardo, in einen Hinterhalt gelockt und erschossen wurde. Nochmals hat ihn die spanische Kommunistin Dolores Ibárruri im Kampf gegen Franco verwendet …"

„… während die ‚onkelz' stark rechts anzusiedeln sind. Er ist also politisch unabhängig verwendbar." Wir drückten uns energisch die Hände, während wir uns innig in die Augen schauten.

Als hätte das Schicksal auf unseren Pakt gewartet, hämmerte es wenige Tage später energisch an unsere Tür und eine harsche Stimme forderte: „Aufmachen, Polizei!"

„Was jetzt?" fragte Mae entsetzt.

„Aufmachen wie befohlen. Entweder wollen sie uns sofort mitnehmen; dann werden wir sofort reagieren. Oder sie nehmen zunächst eine Hausdurchsuchung vor; dann lassen wir die geschehen und reagieren später."

Ich öffnete und sagte zu den beiden Vollzugsbeamten: „Das geht doch ein bisschen höflicher, oder nicht? Unsere Hütte steht übrigens stets offen."

„Wir dürfen trotzdem nicht einfach irgendwo eindringen", sagte einer der beiden, vermutlich der Ranghöhere, und wirkte verlegen – beinahe eingeschüchtert, denn ich überragte beide Männer um einen halben Kopf.

„Dann dürfen Sie es jetzt. Bitte einzutreten." Es stellte sich heraus, dass die Herren tatsächlich einen Hausdurchsuchungsbefehl vorzuweisen hatten. „Dürfen wir den Grund erfahren?" Der Kriminaloberkommissar verweigerte zwar wie von mir erwartet die Auskunft, gab sich aber dank unseres höflichen und vermeintlich hilfsbereiten Auftretens moderat. „Tut mir leid", murmelte er leise und fuhr fort, seinen Auftrag zu erfüllen. Mae richtete sich in ihrem Verhalten nach mir, denn sie wusste ja, dass ich interne Erfahrung vorzuweisen habe. Ich blieb ruhig, denn im ganzen Gebäude gab es kein kompromittierendes Beweisstück und unsere Revolver trugen wir unter unseren Overalls verborgen. Hätte eine Leibesvisitation angestanden, hätte die Polizei zwei Frauen schicken müssen, denn dass die zu observierenden Personen weiblich waren, war ihnen zweifellos bekannt. Als Ausnahme wäre erlaubt, wenn wir uns renitent verhalten hätten – wovor wir uns natürlich hüteten.

Sie hatten fein säuberlich alles wieder eingeräumt und die Schlussbesprechung stand an. „Ihren Laptop müssen wir leider mitnehmen." „Bitte eine Quittung." „Selbstverständlich. Außerdem bitte ich Sie, mir – natürlich auch gegen Quittung – Ihre Smartphones auszuhändigen."

„Haben wir nicht."

„Wie bitte?"

Mir war klar, dass das unglaubwürdig klang, und fügte hinzu, um eine körperliche Durchsuchung zu vermeiden: „Nur ein Mobiltelefon einfachster Machart, damit ich mit meiner Tochter Verbindung aufnehmen oder den Notarzt alarmieren kann, falls das einmal nötig sein sollte."

Kriminaloberkommissar Huter nahm das Steinzeitgerät in die Hand. „Das ist nicht internetfähig?"

„Nein. Es kann auch keine Daten außer Telefonnummern und einer Sprachnachricht speichern. Ich kann damit telefonieren und eine SMS oder eine Sprachnachricht verschicken und empfangen. Für unsere Zwecke reicht das dicke."

Kopfschüttelnd gab er mir das Gerät zurück. Er schien mir zu glauben, denn so etwas hatte er noch nie gesehen und wollte sich nicht die Blöße geben, das einzugestehen. Dann räusperte er sich. „Eine letzte Bemerkung."

Ich wusste, was folgen würde, gab mich aber ahnungslos. „Bitte?"

„Sie sind hier nicht gemeldet."

„So? Kann sein. Wissen Sie, verwaltungstechnische Einzelheiten kümmern uns wenig."

„Sie waren einmal Polizistin, Frau Jäger. Da sollten Ihnen verwaltungstechnische Einzelheiten, wie Sie es zu nennen belieben, geläufig sein."

„Das ist lange her und ich habe mit meiner Freundin deshalb die Abgeschiedenheit hier gewählt, weil wir mit dem ganzen zivilisatorischen Wasserkopf nichts mehr zu tun haben wollen."

„Bis vor einem dreiviertel Jahr wohnten Sie in Berlin. Da hatten Sie sich minutiös um alles gekümmert."

„Da wollten wir ja auch noch im Reigen der Angepassten mittanzen. Genau das ist nun nicht mehr der Fall."

Huter erhob sich. „Der Meldepflicht nicht nachzukommen ist eine Ordnungswidrigkeit und folglich nichts, was mich hier kümmert. Ich empfehle Ihnen einfach, es nachzuholen."

„Das werden wir tun, die Herren. Auf Wiedersehen."

Als wir allein waren, fragte Mae ängstlich: „Meinst du, sie haben uns am Schlafittchen?"

„Ich denke eher, das Beweismaterial reicht bisher nicht. Für eine Hausdurchsuchung langten die Verdachtsmomente, aber nicht für eine Festnahme."

Am selben Abend rief Anna Lena an. „Mutti, sagt dir der Name Leonard Marks etwas?"

Mir stieg es siedend heiß von innen hoch. „Tut es. Woher hast du ihn?"

„Es heißt, dieser Marks hätte einst zur Führungsriege der Klardenker gehört. Das ist bei dir ja auch der Fall."

„Stimmt. Aber in welchem Zusammenhang fiel der Name?" Ich brachte diesen Satz nur unter Krächzen heraus.

„Bis auf euch und einige wenige andere wurden ja alle staatlicherseits gut versorgt. Marks ist heute Leiter des Bundesrechenzentrums. Nun ist mir über eine bekannte Anwältin in Berlin zu Ohren gekommen, dass der Typ ausgepackt haben soll, und zwar zum Jagdunfall des damaligen Justizministers."

„Weißt du Genaueres?"

„Er hätte damals unwissentlich mitgeholfen, eine nicht zur Gesellschaft Gehörige dort einzuschleusen, indem er dieser die Identität einer bekannten Schauspielerin verschafft hätte. Alles natürlich aus purer Naivität, wie er anscheinend unablässig beteuert."

Nachdem ich auf den roten Aus-Knopf gedrückt hatte, sah ich Mae an. „Ich fürchte, es ist soweit", sagte ich.

In dieser Nacht schliefen wir zum ersten und einzigen Mal eng aneinandergekuschelt im selben Bett. Am nächsten Morgen gönnten wir uns ungeachtet der Gefahr, dass wir überrumpelt würden, ein ausgiebiges Frühstück. „Unsere Henkersmahlzeit", kommentierte Mae trocken.

Dann machten wir uns auf die Socken. Wir zogen uns so sexy an, wie es unsere karge Garderobe zuließ, schnallten uns unsere Rucksäckchen um und stellten uns mit erhobenen Daumen an die Landstraße. Dieser Geschichte würde nun eins draufgesattelt, wären wir bei einem Vergewaltiger oder gar Triebmörder ins Auto gestiegen, denn dem hätten wir mühelos eine böse Überraschung bereitet. Diesen Gefallen tat uns das Schicksal aber nicht. Alle Herren – natürlich, wer sonst? – waren nett und setzten uns ohne Federlesens dort ab, wo wir es wünschten. Über Hannoversch Münden gelangten wir an die Neubaustrecke bei Lippoldshausen und näherten uns zu Fuß dem Absperrzaun.

„Gut, dass das hier kein Roman ist", bemerkte Mae unvermittelt.

„Warum?"

„Naja, jede Leserin und jeder Leser hätte in unserer Situation erwartet, dass wir uns den Weg von der Hütte bis zum Waldrand freischießen und uns von dort irgendwie die Flucht gelingt. Und nun? Unspektakulärer geht's nicht."

„Das ist der Unterschied zwischen Bonnie und Clyde und Thelma und Louise."

„Na, deren Showdown mit zahllosen Karambolagen ist auch nicht ohne."

„Dabei steckt in ihm ein Webfehler, Mae."

„Welcher?"

„Wenn ich mich in einem Cabrio in eine Schlucht – im Fall von Ridley Scotts Film in den Grand Canyon – stürze, ist überhaupt nicht gewährleistet, dass ich wirklich hinüber bin. Am Ende schneiden sie mich querschnittsgelähmt oder so aus meinem Blech."

Mae nickte. „Stimmt. Unsere Methode ist sicherer."

Die Neubaustrecken sind eingezäunt, aber überall gibt es Durchlässe für Wartungsarbeiten. Diese sind zwar durch Schlösser gesichert, aber die bedeuteten für unsere Revolver, die den ausschließlichen Inhalt unserer Rucksäckchen gebildet hatten, kein Hindernis. An unserer Durchbruchstelle deponierte ich das Steinzeithandy, auf das ich meine letzten Worte, gerichtet an meine geliebte Tochter Anna Lena, gesprochen hatte. Sie würden es finden.

Dann kam ich auf Thelma und Louise zurück. „Aber das mit dem Hand in Hand – das ist nachahmenswert."

Wir umarmten uns zum Abschied innig und erklommen die Schienen. Unmittelbar darauf balancierten wir Hand in Hand, Mae links, ich rechts, auf ihnen dem Südportal des Rauhebergtunnels entgegen, mit genügendem Abstand, damit uns der Luftpfropfen des herausdonnernden Zuges nicht beiseite blasen würde, aber nah genug, dass …

Dem Triebfahrzeugführer des ICE, der sich mit 250 km/h Kassel-Wilhelmshöhe näherte, verblieb keine Chance.

Anna Lena: Erinnerungen

Die Trauer hält mich unvermindert gefangen, aber langsam bin ich in der Lage, meine Gedanken zu ordnen und eine Struktur in die Abläufe zu bringen. Ich glaube, ich beginne mit dem Doppelbegräbnis und versuche dann, in Rückblenden auf deren einzelne Stationen einzugehen, soweit sie mir bekannt sind.

Ich hatte ein Urnengrab gekauft, in dem Mutti und – auf ihren ausdrücklichen Wunsch – Mae Maienkron gemeinsam bestattet wurden. Ein Sarg wäre unangebracht gewesen, denn von zwei unversehrten Leichen konnte keine Rede sein. Noch heute läuft mir ein Schauer des Grauens über den Rücken, wenn ich mich an die Identifizierung erinnere, zu der ich mich als einzige dafür in Frage kommende Person – zumindest was Mae angeht – mehr oder weniger genötigt sah. Leider schaffe ich es nicht, die Erinnerung abzuschütteln. Mutti, Mutti, was hast du mir da aufgebürdet! Auch dich, liebe Mae, muss ich fragen, was ich dir getan habe?!

Der Nekrolog des Bestatters fiel kurz aus, weil ich über Mae nicht viel an Informationen zusammengebracht hatte und nicht wollte, dass über Mutti zwei Stunden und über ihre Freundin drei Minuten verloren würden, um es überspitzt auszudrücken. Erst als ich deren Lebkuchen-Blechbüchse einmal bis zu ihrem Grund erforschte, fielen mir einige Aufzeichnungen in die Hände, die ich hätte verwenden können, hätte ich sie früher gefunden. Doch das später, ebenso wie alle anderen Anekdoten über jene Büchse.

Als wir vor dem Aushub standen und unsere Schaufel Erde hineinwarfen, wir, das Häufchen Hinterbliebener, trat das Bedrückende der Situation überdeutlich hervor. Päppelchen war natürlich da, bedröppelter als ich, wie das hatte passieren können. Als medizinisch gebildetem Menschen gehen ihm Suizide näher als anderen, denn in dieser Eigenschaft fragt er sich immer, ob und wie dieser Schritt zu verhindern gewesen wäre. Ich kenne ihn gut genug.

Er hatte sich erneut verheiratet und war klug genug gewesen, sich mit Theresa eine Frau auszusuchen, die bereits zwei erwachsene Kinder hatte. Auch diese waren zugegen, obwohl sie Helga nie kennengelernt hatten. Besonders weh tat mir, dass sich niemand eingefunden hatte, der für Mae kondolierte. Ich hatte mit halbem Ohr mitbekommen, dass sie irgendwann Prostituierte gewesen war, aber in Süddeutschland, und bis dorthin war meine Todesanzeige sicher nicht vorgedrungen. Außerdem dürften die wenigsten ihrer ehemaligen Freier ihren Nachnamen gekannt haben. Der Gedanke, dass sie unmittelbar nach dem Ende der Zeremonie dem Vergessen anheimfallen würde, trieb mir heftiger die Tränen in die Augen als der Tod meiner Mutter. Ein spurlos vergangenes – nutzloses? – Leben.

Die früheren Klardenker? Die großartigen Revoluzzer hatten sich in wunderbar gemachte Betten gelegt und wollten von ihren ehemaligen Mitstreiterinnen, die den Weg in das wohlsituierte Bürgertum nicht mitgegangen waren, ostentativ nichts mehr wissen. Eigentlich war mir das lieb, denn ich wollte mit den Wendehälsen nichts zu tun haben, auch wenn für mich der Begriff wohlsituiertes Bürgertum genauso zutrifft. Ich hatte mich aber nie als Revoluzzerin definiert.

Ein paar von Muttis und meinen Bekannten und das war's. Als wir uns verabschiedeten, blickte ich erstmals seit Langem meinem Vater aus der Nähe ins Gesicht. Himmel, war er alt geworden! Der heutige Tag hatte ihm sichtbar zugesetzt, obwohl er mit Mutti seit Jahren nichts mehr zu tun gehabt hatte. Ich weiß aber, dass sie es war, die sich von ihm getrennt hatte, und nicht umgekehrt. Heute wurde mir schmerzhaft bewusst, dass seine Liebe zu ihr nie erloschen war. Arme Theresa! Wenigstens kann die Nummer eins nie mehr zu dir in Konkurrenz treten. Trotzdem, zweite Wahl ist zweite Wahl, da kannst du dich anstrengen wie du willst.

Ungeachtet der furchtbaren Beerdigung musste ich mich danach um die profanen geldlichen Dinge kümmern. Mein Vater wollte damit partout nichts zu tun haben und es stand ihm als geschiedenem Ehemann auch rechtlich nichts zu.

Das monatliche Bürgergeld war auch nach Muttis und Maes Wegzug aus Berlin weitergeflossen und zu meiner Überraschung stellte ich fest, dass ein Dauerauftrag an jedem Zehnten einen beträchtlichen Teil von Maes Einkünften auf Muttis Konto überwiesen hatte, sodass auf Maes ein sehr bescheidener Betrag verblieben war. Mochte sich darum schlagen wer wollte. Für mich war beinahe abenteuerlich, wieviel Vertrauen Mae in ihre Freundin gesetzt hatte, um nicht zu sagen übermenschlich! Denn den Inhalt der bereits erwähnten Lebkuchenbüchse durfte ich guten Gewissens als mir zugeeignet betrachten.

Natürlich hatte die Polizei auch bei mir geklingelt und höflich gefragt, ob sie sich bei mir umsehen dürfe. Einer der beiden selbsteingeladenen Gäste war Oberinspektor Huter, der auch in der Waldhütte die Durchsuchung geleitet hatte. Mich ritt der Teufel und ich bot ihnen aus jener Büchse Lebkuchen an, denn ich hatte über die Banknoten einen Pappdeckel und darüber tatsächlich Lebkuchen platziert, um die Tarnung zu perfektionieren. Nach einigen Abwehrversuchen nahmen die beiden Fahnder das Angebot an – das Gebäck war frisch und duftete verführerisch – und wir saßen bei Kaffee und Lebkuchen und unterhielten uns über Mutti. Ein bisschen dessen, was ich wusste, gab ich preis, aber ansonsten spielte ich erfolgreich die ahnungslose, weil räumlich getrennt lebende Tochter. Über Mae gab ich vor, überhaupt nichts zu wissen, und das stimmte zum Zeitpunkt der offiziellen Befragung auch. Nachdem sich meine Haustür hinter den beiden Herren geschlossen hatte, dachte ich, dass Edgar Allan Poes Detektivgeschichte vom entwendeten Brief weiterhin seine Gültigkeit behält. Ein Buch versteckt man am besten in einem Bücherregal und eine Süßigkeitenschatulle voller Geheimnisse zwischen Süßigkeiten. Die zu Beginn erwähnten Aufzeichnungen von Mae, die den Grund der Büchse bildeten, verrieten mir einige Zeit später, dass die gute Frau durchaus eine Vergangenheit zu bieten hatte. Besonders die Sache mit Eusebius Pendergast ...

Ich kehre nunmehr der hinlänglich breitgetretenen Büchse den Rücken und wende mich dem Schlüssel der von Mutti so genannten Schatzkarte zu. Ich hatte von vornherein das dumme Gefühl, dass es sich bei dem Schatz keineswegs um Gold und Geschmeide, sondern um Waffen handelte. Schon lange war mir klar, dass Mutti den damaligen Justizminister und Mae den Vorsitzenden der Klardenker auf dem Gewissen hatte. Mir war einigermaßen eingängig, warum sie das getan hatten, und beließ es bei meinen wohlwollenden Reflexionen. Auch Hans Großmans Tod hatte nicht zu verhindern vermocht, dass das Gesetz in Kraft getreten war, das dem Bundesjustizministerium Vetorecht über die Urteile des Verfassungsgerichts einräumt. Statt Großman hatte es eben dessen Nachfolgerin durchgedrückt. Und Oliver Thalheimer? Hatte sein Seitenwechsel zu seinem Todesurteil geführt? Vermutlich. Dann hätte Mae allerdings konsequenterweise zur Massenmörderin werden müssen.

Der Schlüssel war eine in eine Ecke der frontalen Holzwand eingeschnitzte chemische Formel: H_2CO_3. Das ist die für die flüchtige Verbindung Kohlensäure, die sich nur unter Druck oder bei Kälte hält; entspannen sich diese Bedingungen durch Eingießen von Sprudel oder Bier in die entsprechenden Gläser, steigen aus ihnen Bläschen auf, die aus schlichtem CO_2 oder Kohlendioxid bestehen. Diese Verbindung ist stabil und das verbleibende H_2O oder, ganz profan, das Wasser ebenfalls. Was aber sollte mir das sagen? Ich hielt das merkwürdige Gekritzel, das eine Karte darstellen soll und das Mutti mir vor einem halben Jahr überreicht hatte, nach Norden ausgerichtet gegen die Formel. Das Kreuz bezeichnete nämlich keineswegs den Schatzort, sondern die Hütte. Mir war klar, dass H hoch, also nach Norden, das O Osten und das C vielleicht Kurve bedeuten sollte. Ich fuhr mit dem Zeigefinger die Einkerbungen entlang und landete zunächst bei der linken oberen Ecke des H. Dann rechts hinüber und ich gelangte hinter das O. Dort war ein Strich, wohl ein Weg, eingezeichnet, der wiederum nach Süden zurückführte. Dort, wo die kleine 3 eingekerbt war, dürfte das fragliche Objekt zu suchen sein. Ein Maß-stab war auch vorhanden, der besagte, dass es 200 Meter nach Norden, 300 nach Osten und wieder 200 nach Süden ging, wenn ich den Wegen folgte. Querfeldein direkt nach Osten wäre auch möglich, aber dann hätte ich keine Orientierungspunkte.

Die Stelle, die ich nach einigem Suchen fand, war kaum mehr als von Menschenhand bearbeitet zu identifizieren. Ich weiß, dass sowohl Mutti als auch Mae kräftige Frauen und durchaus zu harter körperlicher Arbeit fähig waren. Ich überlegte. Sollte ich mit einer Schaufel aufkreuzen und zu graben anfangen? Ich war mir nicht sicher, ob ich immer noch unter Beobachtung stand. Mit einem Tagesrucksack behängt und auf den Wegen bleibend ging ich als harmlose Spaziergängerin durch. Mit einer ausgewachsenen Schaufel über der Schulter hingegen …

Ich beschloss, dass ich hier über Muttis Waffenlager stand – was ich aber gar nicht wissen wollte. Die beiden Revolver, die die Staatsanwaltschaft bei den sterblichen Überresten der Frauen gefunden hatte, waren keinesfalls die, denen Großman und Thalheimer zum Opfer gefallen waren. Da das Jagdgewehr und die zierliche Pistole, die anhand der Kaliber als Tatwaffen hochgerechnet worden waren, vermutlich unter meinen Füßen begraben lagen, würden die Ermittler sie niemals finden. Auch gut.

Bevor ich zu meinen Erinnerungen schreite, gehe ich auf das dritte und schlimmste Fundstück ein, das die Staatsanwaltschaft sorgfältig neben dem Eingangstor, durch das sich die beiden Frauen mittels eines gezielten Schusses in das Schloss Zugang zur Strecke verschafft hatten, abgelegt entdeckt hatten. Ich spreche von dem Mobiltelefon, auf das Mutti ihre Gefühle in eine Sprachnachricht gekleidet hatte, bevor ihre finalen Minuten anbrachen. Mich schaudert weitaus mehr als bei ihrer Identifizierung, wenn ich daran denke, dass sie blumig ausgemalt hatte, wie ihr Ende vonstattengehen würde und wie sie diese Vorstellung minutiös in die Tat umgesetzt hatte. Brrr!

Ich muss mir wirklich Mühe geben, mich in meiner Kanzlei auf die mir zugedachten Aufgaben zu konzentrieren und nicht ständig gedanklich abzuschweifen. Vorsichtshalber verzichte ich vorerst auf das sogenannte home office, um täglich in der Straßenbahn und im Büro unter Menschen zu sein und durch sie von meinem Trübsinn abgelenkt zu werden. Selbst die albernsten Büroschranzereien betrachte ich im Augenblick als erfrischend.

Dennoch bleiben die einsamen Abende und Wochenenden. Warum bloß, dachte ich immer wieder, hast du dich dermaßen radikalisiert, Mutti? Und: Wer war die Auslösende, hast du Mae mitgezogen oder sie dich? Oder habt ihr euch gegenseitig hochgeschaukelt? Die Aufzeichnungen schieben die letzte Vermutung in den Vordergrund.

Ich blickte hoch und erschrak. Ich saß in der Küche vor einer Tasse Kaffee und fand mich nicht allein. Wie während des Weihnachtsfests im Dezember saß Mutti mir gegenüber und Mae auf dem linken Stuhl. „Was macht ihr denn hier?" fragte ich verdattert.

„Dich um Verzeihung bitten", sagte Mutti.

Ich war nicht sicher, ob das, was ich gerade erlebte, Traum oder Wirklichkeit war. Ruhten die beiden nicht in Frieden? Oder nicht in Frieden – sonst wären sie ja jetzt nicht hier? „Wofür?" Meine berufsbedingten rhetorischen Fähigkeiten ließen mich in der aktuellen Situation hoffnungslos im Stich.

„Für das, was ich dir angetan habe." Ich starrte meine Mutter schweigend an. Sie fuhr fort: „Wir – vor allem ich – haben dir unendliches Herzeleid angetan und das hatten wir nicht bedacht. Wir hatten angenommen, unser Freitod wäre allein unsere Angelegenheit, aber wie ich erkennen musste, war das nicht der Fall."

Allmählich fasste ich mich. „Und Päppelchen? Ist dir klar, welches Herzeleid du ihm angetan hast? Er liebt dich immer noch abgöttisch."

Mutti senkte den Kopf. „Ich hatte gedacht, mit seiner neuen Frau Theresa käme er gut darüber hinweg und er würde mein Ableben gar nicht wahrnehmen. Das schien nicht der Fall zu sein."

„Nein. Er ist derzeit sterbenskrank und wenn er das überleben sollte, wird er die Rente einreichen. Damit ist aber nicht zu rechnen." Beide Frauen begannen zu schluchzen. „Das …, das war so nicht vorgesehen. Alle anderen sollten weiterleben wie bisher."

Ich wandte mich an Mae. „Was denkst du?"

„Mein Fall liegt anders, denn ich habe niemanden, der um mich trauert. Meine einzige Freundin ging ja mit mir. Dennoch bedauere ich, was geschehen ist."

„Warum bloß?" flüsterte ich.

„Das kannst du nicht verstehen, Anna Lena, denn du stehst mit beiden Beinen im Leben." Wiederum war es Mae, die mir antwortete. „Wenn du deine ganze Leidenschaft in eine politische Vision hineinsteckst, eine Vision, die du allein zu verwirklichen nicht in der Lage bist, du deshalb Gefährten brauchst und von denen dermaßen enttäuscht wirst, wie es uns geschah, siehst du im Leben keinen Sinn mehr."

Ich sah beiden wechselweise in die Augen. „Dann habe ich immerhin eine Erklärung. Was nicht bedeutet, dass meine Trauer und mein Bedauern dadurch geringer werden. Ich hoffe wenigstens, dass sich Päppelchen wieder aufrappelt, sonst bin ich ganz allein. Ich hoffe es auch für Theresa."

„Trotzdem hast du uns sehr geholfen, Anna Lena. Danke." Ich hatte Muttis letzte Worte und das ganze Gespräch klar und deutlich im Ohr, als ich erwachte und mich in meinem Bett wiederfand. Ich sah auf den Wecker. Zehn vor Sieben; gleich würde er klingeln und mich zum Aufstehen nötigen. Ich drückte auf die Aus-Taste und erhob mich voll trauriger Erinnerungen.

Bis heute weiß ich nicht, was sich in jener Nacht in meinem Kopf abgespielt hat – hatte ich sehr intensiv geträumt oder war es mehr gewesen – eine Begegnung der dritten Art? Unsere Zusammenkunft in der Küche steht mir vor Augen wie wirklich erlebt, so lange sie nun auch her ist.